킬러에게
키스를

킬러에게 키스를

ⓒ 김상현 2011

초판1쇄 인쇄 2011년 1월 25일
초판1쇄 발행 2011년 1월 30일

지은이   김상현

펴낸이   박대일
편집   임수진, 임유리
교정   박준용
마케팅   송재진
디자인   김은희(표지), 류미라(본문)

펴낸곳   새파란상상(파란미디어)
출판등록   2004년 9월 14일 제313-2004-00214호

주소   121-886 서울시 마포구 합정동 387-18 현화빌딩 2층
전화   02. 3141. 5589(영업부) 070. 7798. 5589(편집부)
팩스   02. 3141. 5590
전자우편   paranbook@gmail.com
블로그   neoparan21.egloos.com

ISBN 978-89-6371-017-4 03810

킬러에게 키스를

가슴에 두 번 머리에 한 번

김 상 현
장편소설

새파란
상상

소설에 등장하는 인물, 장소, 기관은 모두 작가가 지어낸 것이다. 만약 실제로
존재하는 것 같은 생각이 든다면 그건 순전히 독자의 기분 탓이라고 장담한다.

차 례

나는 샤론의 장미, 골짜기의 백합이어라.

I am the rose of Sharon, and the lily of the valleys.

- 킹제임스 성경, 아가雅歌 2장 1절

실미도 사건

1971년 8월 23일 일요일 12시 30분, 서울.

고정간첩 황태산은 점심으로 자장면을 시켜서 먹고 있었다. 일요일에 배달시켜 먹는 자장면은 그가 남조선에 정착한 이후 즐기게 된 첫 번째 행복이었다.

북조선에 있을 때에도 면 요리를 좋아했다. 남파되기 전, 북조선에서 마지막으로 먹었던 요리도 평양 옥류관의 냉면이었다. 비록 평양에서 먹었던 냉면만은 못하다고 느끼긴 했지만 자장면은 남조선에서 황태산이 먹을 수 있는 가장 맛있는 면 요리였다. 그래서 좀 과한 지출이라고 생각하면서도 일요일에는 꼭 자장면을 배달시켜서 먹곤 했다.

면을 음미하면서 자장면을 꼭꼭 씹어 먹고 있는데 요란하게 전화벨 소리가 울렸다. 오늘은 쉬는 날이고 아무 약속도 없다. 그럼에도 불구하고 전화벨이 울렸다는 건 뭔가 심각한 일이 발생했다는 뜻이다. 입가에 묻은 자장면 찌꺼기를 닦지도 못하고 서둘러 메모지를 준비한 다음 송수화기를 집어 들었다.

– 비둘기.

암호였다. 굵직한 남자 목소리에 가슴이 철렁 내려앉았다. 남파된 이후 자리를 잡고 나서 겪는 첫 번째 실제 상황이다.

"거북이."

황태산이 암호로 답을 하자 굵직한 남자 목소리가 숫자를 부르기 시작했다.

– 2837, 2837. 6163, 6163. 1891, 1891……

난수亂數가 이어졌다. 준비해 둔 메모지에 그것을 받아 적었다. 끝까지 난수를 다 부른 뒤 전화는 인사말도 없이 끊어졌다. 황태산은 머리맡에 둔 난수표를 가지고 해독을 시작했다. 내용은 간단했다.

'깨진 청주병, 독수리, 메뚜기.'

청주병은 2325전대 209파견대를 뜻하는 음어였다. 남조선에서 북파 공작원을 훈련시키는 인천 실미도에 있는 비밀 부대로, 통상 684부대라 불리는 곳이다.

청주병이 깨졌다는 건 비상사태가 발생했다는 뜻이다. 그리고 독수리는 정찰이나 조사를, 메뚜기는 무선 보고를 뜻하는 음어였다. 즉, 암호문은 인천 실미도 684부대에서 비상사태가 발생했으니 상황을 조사한 뒤 무선으로 보고하라는 것이다.

"남조선 애들이 침투 작전을 대낮에 실행할 리는 없는데……."

판단을 쉽게 내릴 수 있는 상황이 아니었다. 무슨 일인지 직접 가서 눈으로 확인하기 전까지는 속단하지 말아야 했다.

시간은 벌써 1시가 다 되어 가고 있었다. 인천까지 가려면 영등포에서 버스를 이용해야 했다. 택시로 인천까지 갈까 하는 생각도 들었지만 택시 기사가 장거리 손님을 기억할 가능성이 높았다.

'황태산 동무, 신속함도 중요하지만 은밀함도 중요하오.'

평양에서 훈련받던 시절 교관이 했던 말이 떠올랐다. 게다가 지금 이 시간이라면 택시를 기다리는 시간이나 버스를 타고 가는 시간이나 별반 다를 바 없을 거였다. 옷을 챙겨 입고 밖으로 나섰다.

길은 한산했다. 지금쯤이면 인천 송도해수욕장에는 피서객들이 몰려 있을 거였다. 덕분에 인천으로 잠입하는 일은 쉽겠지만 반면에 인파 때문에 사건을 파악하는 데는 어려움이 따를 것이다. 황태산은 영등포 역에서 자연스럽게 인천행 버스에 올랐다.

버스 안에는 승객들이 드문드문 앉아 있었다. 한가한 일요일 버스였다. 안내양도 지루한지 연방 하품을 하고 있었다. 버스 기사가 틀어 놓은 라디오에서는 뉴스가 흘러나오고 있었다. 북조선이 오는 26일 대한적십자사로 연락원을 파견할 것이라는 내용의 뉴스였다.

북남 관계는 늘 주기를 반복해 왔다. 1968년 1월 21일의 김신조 청와대 습격 미수 사건처럼 극악의 대치 상황을 겪을 때도 있었고, 대화를 위해 상호 연락원을 파견할 때도 있었다. 고정간첩이 되면 이런 정세에 일희일비해서는 안 된다는 걸 깨닫게 된다.

'조국 통일의 그날은 생각보다 먼 곳에 있다오, 동무. 우리는 그날을 향해 매일 조금씩 기어가는 부지런한 개미가 되어야 하오.'

평양에서 황태산을 담당한 교관은 이렇게 말했었다. 아마 그 말이 맞으리라.

시간은 벌써 1시 30분을 넘고 있었다. 인천에 놀러 가는 사람들인지 피서객으로 보이는 가족 단위 승객들이 눈에 들어왔다.

1시 30분 차였지만 버스는 출발을 하지 않고 있었다. 기사가 아직 차에 오르지 않은 것이다. 황태산은 기사가 게으름을 피우는 게 아닐까 하는 생각을 했다. 하지만 곧 그렇지 않다는 사실이 밝혀졌다. 버스에서 흘러나오고 있던 라디오 정규 방송이 중단된 것이다.

- 뉴스 속보를 말씀드리겠습니다. 정체불명의 무장 괴한 20여 명이 인천에서 서울로 진입 중입니다. 국민 여러분께서는 가급적 외출을 삼가 주시고 군경에 적극 협조하여 주시길 당부드립니다.

뉴스 속보를 듣는 순간 버스에 탄 승객들이 술렁였다. 차창 밖으로 무장한 군인들과 경찰들이 허둥거리며 뛰어가는 광경이 눈에 들어왔다. 하늘에서는 헬기 소리가 들려왔다. 이제 인천으로 갈 필요는 없어졌다. 비상사태는 이미 서울로 옮겨온 것이 분명했다.

버스 기사가 앞문으로 급하게 뛰어 올라왔다.

"지금 대방동에 바리케이드가 설치됐답니다. 지금 당장은 출발 못 합니다."

승객들이 웅성거렸다. 아줌마 하나가 걱정스러운 표정으로 아이를 안았다.

"아, 뭐야. 또 김신조야?"

승객 중 누군가가 푸념 조로 말했다.

"아무튼 지금 당장은 출발 못 하니까 내리실 분은 내리시고 환불 받으실 분은 환불 받으세요. 저라면 그냥 버스 안에 있겠지만요. 밖에서 무슨 일이 벌어질지 어떻게 알아요?"

버스 기사는 냉담하게 말했다. 무슨 일이 벌어질지 모르는 상황이니 일반 시민이라면 버스 기사의 말을 따르는 편이 옳을 것이다. 하지만 무슨 일이 벌어질지 모른다고 해도 황태산은 이대로 버스에 있을 수는 없었다. 약속에 늦어서 큰일 났다는 듯 인상을 찌푸리고, 팔목에 찬 시계를 연방 보면서 바로 버스에서 내렸다. 헬기와 군인들이 향하는 곳은 대방동 쪽이었다. 황태산은 지나가는 택시를 집어탔다.

"대방동으로 갑시다."

"뉴스 못 들었어요? 이북에서 공비들이 내려와서 대방동에서 막고 있다던데요."

"근처까지만 갑시다. 요금은 두 배 드릴 테니. 지금 못 가면 약속 시간에 늦어서 그렇소."

기사는 잠깐 머뭇거리다가 두 배라는 말에 바로 출발했다.

검문소에 훨씬 못 미쳐서 택시에서 내렸다. 큰길로 가는 건 위험부담이 컸다. 일단 뒷골목으로 들어간 뒤, 골목골목으로 해서 대방동 쪽으로 접근해 가기로 했다.

대방동 파출소 부근을 지날 때쯤 총성이 들렸다. 그리고 그 소리를 시작으로 연이어 총성이 울렸다. 총격전이 벌어진 것이다.

황태산은 일단 앞에 있는 건물로 들어간 뒤 옥상으로 올라갔다. 옥상으로 향하는 비상구는 잠겨 있었지만 늘 휴대하고 다니는 장비를 이용해서 쉽게 열 수 있었다. 그렇게 옥상으로 올라가 사방을 살피고 있는데 쾅 하는 굉음이 들렸다. 폭발음이었다. 유한양행 쪽에서 연기가 피어오르는 걸 눈으로 확인할 수 있었다.

'저쪽이다!'

건물에서 내려와 군인과 경찰의 시선을 피해 연기가 나는 쪽으로 접근했다. 가는 도중에 경찰과 한 차례 마주쳤지만 경찰은 겁에 질린 얼굴로 멍하니 서 있기만 했을 뿐, 황태산 쪽으로는 시선 한 번 돌리지 않았다. 덕분에 어렵지 않게 유한양행 건너편 건물로 잠입해 들어갈 수 있었다.

상황은 급박해 보였다. 버스에서는 연기가 피어오르고 있었고, 무장한 군인들과 경찰들이 정신없이 버스를 살피고 있었다. 총성은 더 이상 들리지 않았다. 버스 주변으로 피를 흘리고 있는 부상당한 군인들과 이들을 구조하는 구조대원들이 보였다. 구경꾼들도 꽤 많은 수가 나와 있었다. 구경꾼들 사이로 자연스럽게 섞여 들어가는 건 쉬운 일이었다.

버스는 안에서 폭발물이 터진 것으로 보였다. 유리창 파편이 밖으로 향해 있었다.

'수류탄이로군. 밖에서 누가 던진 거라고 보긴 어려워. 그렇다면 자폭한 걸까?'

황태산이 상황 파악을 위해 머리를 굴리는 사이 헬기 소리가 들려왔다. 소리가 나는 곳을 향해 머리를 들었다. 유한양행 건물 옥상 헬기장에 착륙하는 모양이었다. 구급차는 계속해서 도착했고, 부상자를 실어 나르는 손길이 바빠졌다. 종종 죽은 것이 확실한 시체들도 보였다. 버스 안에서 나오는 시신은 전부 군복 차림이었다.

유한양행 건물에서 굳은 표정으로 걸어 나오는 사람이 보였다. 남조선의 국방부 장관이었다. 사태가 심각하다는 증거였다. 기자들이 국방부 장관에게 달려들었다.

"무슨 일인지 설명해 주실 수 있으십니까?"

"또 다른 북의 도발입니까?"

"피해 상황은 얼마나 됩니까?"

국방부 장관이 대답 대신 손짓을 보내자 군인들이 사납게 기자들을 물리쳤다. 황태산은 그 틈을 타서 기자들 사이에 섞였다. 몇몇 기자들은 국방부 장관에게 질문을 이어갔지만 나머지는 인터뷰를 포기하고 다른 쪽으로 향했다. 황태산은 주위를 살피다가 인터뷰를 포기한 기자들 사이에 섞였다.

그 판단은 옳았다. 덕분에 중요한 정보를 건질 수 있었던 것이다. 기자 하나가 들것에 실려 가는 군인에게 질문을 던졌고, 황태산은 총상을 입은 군인이 대답하는 말을 들었다.

"내 직속상관이 아니면 아무 말도 하지 않겠소."

말투와 태도로 보아 남조선 군인이 틀림없었다. 사태는 파악되었다.

'실미도 2325전대 209파견대 군인들이 탈영을 시도하다가 대방동에서 자폭. 남조선 정부는 이를 북조선 소행으로 몰고 가려고 하고 있다.'

황태산은 택시를 잡아탔다. 무전으로 보고를 하려면 집으로 돌아가야 했다. 남파된 지 1년 만에 맡은 첫 임무를 성공적으로 수행한 것이다. 심장이 벅차게 뛰었다.

"와! 저기 계셨어요?"

택시 기사가 물었다. 황태산은 그냥 고개만 끄덕였다.

"빨갱이 놈들이 또 사고 친 거 같던데. 어디, 라디오 좀 들읍시다."

기사가 라디오를 켰다. 뉴스 속보가 나오고 있었다.

─ 긴급 뉴스를 말씀드리겠습니다. 서울 침투를 기도한 무장간첩 21명이 우리 군경 합동작전에 의해 저지되었습니다.

"보세요, 손님. 이거 또 빨갱이 짓이잖아요. 김신조 때 실패하고도 아직도 정신을 못 차렸어, 김일성이 개새끼가."

황태산은 기사가 하는 말에 대충 대꾸하면서 창밖을 내다보았다. 총격전이 일어난 직후라고 해도 무더운 여름날의 하늘은 푸르기만 했다.

택시에서 내린 뒤 서둘러 집으로 향하다가 바닥에 떨어진 호외를 집어 들었다.

무장간첩 21명 서울 잠입 시도 저지

잠시 걸음을 멈추고 호외를 들여다보았다. 문득 불어온 한줄기 바람을 타고 바닥에 떨어진 호외들이 뒹굴기 시작했다. 호외 한 장이 하늘을 향해 솟아오르는 게 보였다. 황태산은 호외를 따라 시선을 옮기다가 태양이 눈부셔 눈을 감고 말았다.

1. 실리콘
미스터리

길고 무더웠던 여름이 그 끝을 보이고 있었다. 뜨거웠

던 한낮의 열기는 시나브로 수그러들고 대신 서늘한 기운이 조금씩 느껴지는 계절. 바야흐로 가을의 시작이었다.

헤비코어 PC방에서 파트타임으로 근무하는 김수동은 카운터에 앉아 멍하니 시계를 바라보고 있었다.

오전 7시. 남들은 출근할 시각이지만 김수동에게는 퇴근 한 시간 전이다. 퇴근 전 한 시간은 출퇴근을 하는 사람이라면 누구나 공감할 수밖에 없는, 하루 중 가장 느리게 시간이 가는 때이기도 하다.

시계를 바라보다가 문득 대한민국에서 PC방 아르바이트만큼 능력에 비해 저임금을 받는 직종은 없을 거라는 생각을 했다.

PC방 아르바이트를 하려면 필요한 능력이 한두 가지가 아니다. 컴퓨터 하드웨어가 고장 났을 때 수리를 하기 위한 컴퓨터 조립 능력, OS가 바이러스에 감염되었을 때 이를 복구하기 위한 소프트웨어 실력, 인터넷에 능숙하지 못한 고객을 돕기 위한 웹서핑 능력, 거기에 서비스업에 종사하는 사람 누구에게나 기본적으로 필요한 봉사와 희생의 정신까지.

하지만 수동이 가지고 있는 이 모든 능력은 시간당 4천2백 원이라는 법정 최저임금보다 딱 2백 원 더 많은 임금으로 환산될 뿐이다.

누구나 그렇겠지만 김수동도 날 때부터 PC방 아르바이트는 아니었다. 작년까지만 해도 번듯한 인터넷 쇼핑몰 CEO 직함이 박혀 있는 명함을 가지고 다녔다. 지금 그 명함은 책상 서랍 깊숙한 곳에 처박혀 있다. 아마 그 명함이 다시 빛을 보는 것은 다음번 이사할 때 쓰레기통으로 향하는 동안의 잠깐뿐이리라.

한참 의미 없는 생각에 빠져 있다가 다시 시계를 보았다. 시곗바늘은 오전 7시 1분을 지나고 있었다. 차라리 일이라도 있으면 시간이 좀 빨리 가련만. 이런 생각을 하는데 때마침 김수동의 능력을 필요로 하는 일이 발생하였다. 손님이 아르바이트생을 부른 것이다.

"어이, 알바! 여기 컴퓨터 안 되는데?"

굵직한 목소리의 50대 남성이 김수동을 불렀다. 그리고 그와 동시에 카운터에 설치된 컴퓨터에 호출 쪽지가 떴다.

컵라면 하나 주세요. 올 때 재떨이.

컴퓨터가 안 된다고 외친 건 해외 포르노 사이트를 뒤지고 있던 50대 남자였고, 재떨이와 컵라면을 요구한 건 채팅에 열중하고 있는 20대 여자였다. 김수동은 '봉사와 희생의 정신'으로 두 일을 동시에 처리하기로 마음먹었다.

우선 컵라면을 뜯은 뒤 스프를 뿌리며 남자 쪽으로 간다. 그리고 리셋 버튼을 누르는 컴퓨터 수리의 가장 기본적인 응급조치를 취한 다음, 컴퓨터가 재부팅되는 사이 컵라면에 뜨거운 물을 붓는다. 물을 다 붓고 뚜껑을 닫은 다음 남자의 컴퓨터가 작동되는 것을 확인하고, 이어서 컵라면과 재떨이를 가지고 여자에게 간다.

이 모든 일이 끝났을 때 시간은 무려 3분이나 흘러 있었다. 뭔가 해냈구나 싶은 마음. 덕분에 김수동은 카운터에 설치된 컴퓨터를 이용해 인터넷 서핑을 할 수 있는 마음의 여유를 얻을 수 있었다.

모든 포털사이트 첫 화면은 어제 일어난 신도림역 테러 사건으로 도배가 되어 있었다.

신도림 폭발 사건 집중 분석

한미 정상회담을 노린 테러인가, 단순한 사고인가? 갑론을박

경찰과 국가정보부 CCTV 정밀 분석

희생자 합동 추모제 – 오열하는 유족

한미 정상회담 추진 이상 없다!

다른 역은 안전할까? 테러 위협 여전

문근영, 베드신 문제없어

김수동은 신도림 폭발 사건은 뒤로 미뤄 두고 마지막으로 눈에 들어온 문근영 기사를 클릭했다. 본격적인 성인 연기자로 변신에 성공한 문근영의 기사였다. 제목에서 풍기는 선정성과는 관계없이 '작품이 좋다면 베드신도 할 수 있을 것 같다.'는 정도의 언급이 들어간 인터뷰 기사였다. 인터넷에서 흔히 볼 수 있는 자극적인 제목을 활용한 낚시 기사인 것이다. 하지만 지난 청룡영화제 때 찍은 듯한, 가슴이 깊게 파인 화려한 드레스를 입은 레드 카펫 위 문근영의 사진을 볼 수 있었으므로 불만은 없었다.

신도림역에서 일어난 폭발 사건은 무려 53명의 사상자를 낸 올해

최악의 사고였다. 하지만 김수동은 세상을 떠들썩하게 만들고 있는 그 사건에는 별다른 신경을 쓰지 않았다. 지하철 타고 나갈 일도 없는 입장이라 그런지 몰라도 신도림역에서 폭탄이 터진 것보다 문근영의 쇄골에 더 관심이 갔다.

한강 다리가 끊어진다고 해도 다음 날이면 사람들은 출퇴근을 위해 다른 한강 다리로 향할 것이다. 백화점이 무너진다고 해도 그다음 날이면 사람들은 필요한 물건을 사기 위해 무너지지 않은 백화점으로 향할 것이다. 요컨대 아쉬운 사람은 우물을 찾을 수밖에 없는 게 세상 돌아가는 이치라는 것이 김수동의 생각이었다.

뉴스 속보가 이어지고 있었다.

출근길 교통 대란. 정체 구간 줄이어!

지하철 출근에 불안감을 느낀 시민 상당수가 자가용을 몰고 출근길에 나섰다는 분석이 이어졌다. 기사를 읽고 나자 아쉬운 사람은 우물을 찾을 수밖에 없다는 생각에 약간의 수정을 가해야 했다.

'자기 집 마당에 우물이 있는 사람은 굳이 다른 곳에서 우물을 찾지 않겠지.'

언제나 힘든 건 집 밖에 위치한 우물에 의지해야 하는 사람들뿐이다. 문득 자신이 파고 있는 우물은 도대체 어떤 우물일까 하는 쓸데없는 생각에 빠져들었다.

PC방 사장인 강석규가 들어선 건 8시 5분 전이었다.

강석규는 김수동과는 대학 동기다. 쇼핑몰 사업을 함께하기도 했다. 지금은 PC방 사장과 아르바이트생 관계가 되었지만 그렇다고 해서 친구 관계가 사라진 건 아니었다.

"어이, 사장님. 차 막힌다고 뉴스 났던데, 일찍 왔네?"

"응, 일찍 출발했는데도 간신히 시간 맞춰 왔어."

강석규가 대답했다.

강석규는 재벌까지는 아니어도 꽤 재산이 있는 집안 차남이다. 자수성가한 엄한 아버지 밑에서 자란 자식들이 대부분 그렇듯 근검절약 정신이 어려서부터 몸에 익어서 겉으로 보기에는 조금도 부잣집 도련님처럼 보이지 않았다. 오히려 조금 빈곤해 보이는 차림새랄까? 하지만 표정에서 풍기는 여유만큼은 재벌 2세 못지않았다.

"우물이 집에 있어서 좋겠다."

김수동은 혼잣말처럼 말했다.

"어, 그래. 특별한 일 없지?"

강석규는 김수동이 혼잣말처럼 한 말이 무슨 뜻인지 묻지 않았다. 그건 다행이었다. 쓸데없는 생각을 설명하기 위해 쓸데없이 길게 떠들다가는 퇴근만 늦어질 게 분명했기 때문이었다.

"응, 특별한 일은 없어. 그냥 사소한 일이 좀 있지. 12번 아저씨, 포르노 사이트 들어갔다가 바이러스 먹은 거 같아. PC클린에 안 잡히는 사이트인 것 같은데 정확한 건 잘 모르겠네. 계산하고 나가면 확인해 봐. 그리고 4번 아가씨, 요금 4만 원 넘었어."

강석규는 고개를 끄덕였다. 둘 다 PC방을 운영하다 보면 자주 볼 수 있는 경우다.

정부 시책에 따라 모든 PC방은 불법 사이트를 차단하는 소프트웨어를 깔아야 한다. 음란 사이트, 폭발물 제조 사이트, 북한 관련 사이트 등이 차단의 대상이다. 하지만 인터넷에는 수억 개의 사이트가 있고, 하루에도 수십만 개의 사이트가 사라지고 수십만 개의 사이트가 생겨난다. 차단 소프트웨어가 차단하지 못하는 사이트는 흔하디흔하다.

그리고 PC방 요금이 4만 원을 넘는, 즉 24시간도 넘게 자리에 앉아 있는 손님도 얼마든지 있다. 컴퓨터가 사람을 24시간 동안 잠 못 들게 할 이유는 얼마든지 있다. 온라인 게임, 채팅, 주식, 성인물 등등.

"세상은 정신없이 돌아가는데 팔자 좋은 사람들 많아. PC방에서 밤새우는 사람도 많고. 안 그러냐, 수동아?"

"세상이 뭐가 그렇게 정신없는데?"

김수동이 피식 웃으며 되물었다. 그러자 강석규는 고개를 저으며 짐짓 심각한 척을 했다.

"파키스탄과 북한은 핵실험을 한다고 난리지, 코스피는 바닥을 모르고 떨어지지, 환율은 하늘 높은 줄 모르고 오르지, 게다가 신도림역에서는 폭탄이 터지기까지⋯⋯. 어휴, 올해는 연말에 10대 뉴스 고르기가 힘들겠어. 사건 사고가 너무 많아서."

"북한이 언제는 핵실험 안 했냐? 그리고 경기 안 좋은 건 한두 해 된 일도 아니잖아. 사실 난 경기가 좋았던 시절이 있기나 했었는지도 모르겠다."

"신도림역에서 폭탄 터진 건?"

"가스 폭발인지 테러인지 아직 모른다잖아."

김수동이 심드렁하게 말했다.

"그래도 뭔가 터지긴 했잖아."

강석규는 지나가는 투로 투덜거리듯 말했다.

"있잖아, 대부분의 사회문제는 어떤 특정한 사건 때문에 생기는 게 아니라 석규 너처럼 과민 반응을 하는 애들 때문에 생기는 거야. 신도림역 폭발 사건만 해도 그래. 꽝 하고 터졌을 때 폭탄에 직접 다친 사람은 딱 세 사람뿐이었다잖아. 나머지는 놀라서 도망치는 사람들한테 깔려서 죽고 다친 거야."

김수동의 대답을 예상하지 못했는지 강석규는 어깨를 한 번 으쓱했다. 할 말이 없는 모양이었다.

"그래, 내가 사회문제를 일으키는 주범이다. 알았으니까 퇴근이나 해."

강석규가 카운터의 컴퓨터 앞에 앉으면서 말했다.

김수동은 강석규가 말은 이렇게 해도 사실은 전통적인 의미의 보수적 성향을 가지고 있다는 걸 알고 있었다. 반면에 김수동은 말로만 상관없다고 할 뿐이지 사소한 일이 생겨도 상관이 있어지는 평범한 서민이다. 강석규야말로 무슨 일이 일어나도 걱정 없는 대한민국의 상류층 사람이었다.

"원래 집에 우물 있는 애들은 밝고 긍정적이기 마련이야. 왜냐? 세상이 밝고 긍정적이니까. 안 그래?"

"아까도 무슨 우물 어쩌고 하지 않았어?"

"아냐, 신경 쓰지 마. 나, 간다."

김수동은 가볍게 손을 흔들고 PC방을 나섰다. 뒤에서 강석규가 내뱉는 '싱거운 녀석' 어쩌고 하는 소리가 들렸다.

출근할 때는 자정이었지만 퇴근하고 있는 지금은 해가 환하게 빛나고 있었다. 오랫동안 햇빛이 닿지 않은 탓인지 피부가 저릿저릿했다. 김수동은 자신이 나온 5층 건물을 올려다보았다. 석규 명의로 되어 있는 건물이었다. PC방은 건물 3층에 위치하고 있었다. '헤비코어 PC방'이라는 간판이 눈에 들어왔다.

저 간판을 달 때만 해도 이곳에서 일하는 건 그저 임시일 뿐이라고 생각했다. 게다가 그때는 그에게 희망과 용기를 불어넣어 주는 사람도 있었다.

'조금만 참고 버티자. 기회는 또 올 거야.'

이렇게 말한 황민주는 그때만 해도 김수동의 애인이었다. 불과 6개월 전의 일이다. 하지만 이제 황민주는 곁에 없다. 너무나도 급작스러운 이별에 김수동은 아직도 실감이 나지 않고 있었다. 방으로 돌아가면 황민주가 언제 헤어졌냐는 듯 기다리고 있을 것만 같았다. 하지만 그런 일은 결코 일어나지 않을 거였다.

거리는 뉴스에서 본 그대로였다. 차도에는 차가 평소보다 많이 보이고 있었다. 출근길의 사람들 표정도 평소보다 어두워 보였다. 김수동은 남들 출근하는 시간에 퇴근을 하고 있는 자기 자신을 스스로도 그다지 어색하게 여기지 않는다는 사실을 깨달았다. PC방 아르바이트 생활에 익숙해지고 있는 것이다.

"다시 시작할 수 있을까?"

하지만 이 말은 어디에도 닿지 못하고 햇빛과 함께 허공에 흩어져 버렸다.

집 앞 골목에 도착했을 때 노숙자 한 사람이 쓰러져 있는 게 보였다. 간밤에 마신 듯 빈 소주병이 노숙자의 머리맡에 뒹굴고 있었다. 노숙자를 빙 돌아서 자신의 방으로 향했다. 노숙자 근처에서는 냄새가 나기 때문이었다.

골목으로 접어들었을 때 김수동은 위화감을 느꼈다. 시간과 장소에 어울리지 않는 사람들을 본 탓이었다. 골목에는 검은 양복 차림의 선글라스를 낀 사내 셋이 서 있었다. 출근을 하는 사람 같아 보이지도 않았고, 자신처럼 퇴근을 하는 것처럼 보이지도 않았다. 눈이 마주치자마자 세 사람은 일제히 시선을 김수동 쪽으로 돌렸다. 좋지 않은 예감이 들었다.

"김수동 씨."

등 뒤에서 낮은 저음의 목소리가 들려왔다. 김수동은 반사적으로 뒤를 돌아보았다. 등 뒤에서 자신을 부른 것도 검은 양복에 선글라스를 낀 사내였다.

"예?"

"김수동 씨 맞습니까?"

"예, 제가 김수동이긴 합니다만……."

본능적으로 엉거주춤 뒷걸음질을 치면서 말했다. 하지만 말도 걸음도 중간에서 멈추고 말았다. 좀 전에 본 사내 셋이 순식간에 수동을 에워쌌기 때문이었다. 사방을 둘러싸고 있는 사내들을 보면서 도대체 무슨 일이 벌어지고 있는 것인지 이해할 수가 없었다. 뭔가 생각을 해 보려고 했지만 머릿속이 사내들의 양복 색깔처럼 캄캄하게 변해 버린 것만 같았다.

"김수동 씨, 국가정보부법 11조 3항에 의거, 국가 안보 참고인으로 긴급 소환합니다. 소환 기간은 최대 72시간이며 필요에 따라 연장될 수 있습니다. 소환에 불응할 시에는 1년 이하의 징역, 또는 천만 원 이하의

벌금형이 선고될 수 있으며 소환 시 발언은 법정에서 불리하게 작용할
수 있습니다."

사내들은 팔을 붙잡은 채 끌고 가면서도 또박또박 수동의 권리를 말
해 주었다. 잠시 버둥거려 봤지만 수동은 곧 자신의 팔을 잡고 있는 사
내의 근육을 본 뒤 힘으로는 절대 풀려날 수 없다는 사실을 깨닫고 지
체 없이 방법을 바꾸었다.

"잠깐, 잠깐만요. 근데 국가 안보 참고인이라는 게 뭐예요?"

"국가 안보상 꼭 필요한 참고인이라는 겁니다."

하나 마나인 대답이었다.

"아니, 전 일개 시민이에요, 시민. 도대체 뭘 참고할 게 있다고……."

"가 보시면 압니다."

"가 보고 알지 말고, 미리 알고 가면 안 될까요?"

김수동은 애써 미소까지 지어 보이면서 너스레를 부렸다. 하지만 수
동을 붙잡고 있는 사내의 얼굴에는 작은 표정의 변화조차도 일어나지
않았다.

"저기요, 국가정보부 요원이면 신분증, 신분증 좀 보여 주세요."

이번에는 방법을 바꿔서 최대한 침착하게 말하려고 노력하면서 이렇
게 요구했다. 그러자 사내 하나가 신분증을 꺼내 보여 주었다. 하지만 난
생 처음 보는 국가정보부 요원 신분증이 진짜인지 가짜인지 알 길은 없
었다.

"저기요, 아저씨, 이렇게 사람 막 끌고 가는 거 불법 아니에요?"

"말했잖아. 국가정보부법 11조 3항에 의거한 국가 안보 참고인 소
환이라고."

오른팔을 붙잡고 있는 사내가 조금은 짜증난다는 투로 말했다.

그제야 김수동은 올해 초에 뉴스에서 봤던 국가정보부법 개정에 대한 일이 떠올랐다. 야당과 시민 단체가 격렬하게 반대했다는 건 기억이 났지만 자세한 사항은 생각나지 않았다. 자신이 그 법과 이렇게 직접적으로 연관되리라고는 상상조차 해 보지 않았기 때문에 관심 있게 보질 않았던 것이다.

"알았어요. 알았으니까, 이 팔 좀 놔주세요. 제 발로 갈게요."

사내들은 아무 말도 하지 않았다.

"아, 저기요, 그리고 저 지금 퇴근하는 거거든요. 밥도 먹고 잠도 좀 자야 하는데, 지금 가는 곳에서 잠도 자고 밥도 먹을 수 있나요?"

이번에는 대답 대신 팔을 붙잡고 있는 사내의 험악한 표정이 되돌아 왔다. 만약 김수동이 외국인, 아니, 외계인이었다고 해도 자꾸 귀찮게 하지 말라는 뜻이라는 걸 쉽게 이해할 수 있을 만한 표정이었다.

사내는 수동을 커다란 12인승 밴 앞으로 끌고 갔다. 검은색으로 도장되어 있는 밴에는 정부 기관을 상징하는 무궁화 마크와 '공무 수행 중'이라는 글씨가 새겨져 있었다. 사내들은 수동을 먼저 밴에 올리고 뒤따라 탔다.

"내곡동으로 가는 건가요? 아니면 남산?"

김수동은 내곡동과 남산에 국가정보부 청사가 있다는 걸 떠올리고 이렇게 물었다.

"국가 기밀이다."

누군가 이렇게 말했고 나머지는 웃음을 터뜨렸다. 아마 자기들끼리 통하는 농담인 모양이었다. 곧이어 밴의 문이 굳게 닫혔다.

"김수동 확보, 김수동 확보. 회사로 돌아갑니다. 이상."

- 카피. 이상.

조수석에 앉은 사내의 무선통신 대화가 들렸다. 그리고 그 대화를 끝으로 밴 안에는 침묵이 감돌았다. 김수동은 자신을 둘러싸고 앉은 사내들을 바라보다가 고개를 숙였다. 잠시 뒷문을 열고 도망치면 어떻게 될까 하는 생각을 했다. 하지만 일반적으로 경찰차도 안에서는 열리지 않게 되어 있는데 '공무 수행 중'이라고 쓰여 있는 호송용 밴이 안에서 열릴 것 같지는 않았다.

"집에 통화 좀 할 수 있을까요?"

한참이 지난 후에 김수동이 어렵게 입을 열었다. 하지만 마치 소리가 밴 안에서 사라져 버린 듯 사내들은 아무런 반응도 보이지 않았다. 결국 김수동은 밴이 목적지에 닿을 때까지 더 이상 아무 말도 할 수 없었다.

그리 오래 지나지 않아 김수동은 상대가 정보부 요원을 사칭한 납치범이 아니라는 사실을 분명 확인할 수 있었다. 밴이 도착한 곳이 국가정보부 남산 지부였던 것이다. 입구의 거대한 현판에는 정자체正字體로 국가정보부의 부훈部訓이 새겨져 있었다.

'우리는 음지에서 일하고 양지를 지향한다.'

"아, 저거 뉴스에서 봤어요. 저게 바뀐 거죠? 옛날엔 '정보는 국력이다.'였다고 들었는데. 맞죠?"

김수동은 수학여행을 온 고등학생처럼 손가락질까지 해 가면서 신기하다는 듯 말했다. 하지만 그 누구도 수동과 대화를 하고 싶어 하는 것 같진 않았다. 밴에 타고 있는 모두의 표정이 싸늘하게 식었던 것이다. 어쨌거나 말만 꺼내고 혼자 어색해지고 싶지는 않았다. 그래서 어쩔 수 없이 대화를 이어가기 위해서 혼잣말을 계속 늘어놓았다.

"아니면 '자유와 진리를 향한 무명無名의 헌신'이었던가요? 뉴스에서 본 기억이 분명히 있는데……."

"지금 어디 가는 건지 모르십니까?"

요원 하나가 수동의 말을 자르며 짜증난다는 투로 물었다.

"국가정보부 남산 지부요."

수동의 말에 요원은 콧방귀를 뀌었다.

"거기가 어떤 곳인지 알아? 옛날에는 죄 없는 사람도 죄인이 되어서 죽어 나오던 곳이야. 이게 무슨 말인지 몰라?"

"지난 세기에나 그랬겠죠. 지금은 21세기라고요."

수동이 히죽거리면서 응수하자 다른 요원 하나가 검지를 입술에 가져갔다. 아마도 상대하지 말라는 뜻인 것 같았다.

밴이 멈춰 섰다.

김수동은 요원 둘에게 양팔을 잡혀서 국가정보부 남산 지부 본청 정문으로 끌려갔다. 본청 앞에서 수동은 몸수색을 당했고, 지갑과 핸드폰을 플라스틱 상자에 담아야 했다. 소지품을 빼앗아 간 대신 목에 '방문'이라고 쓰여 있는 플라스틱 카드가 달려 있는 목걸이를 걸어 주었다. 목걸이에는 'A-18'이라고 적혀 있었다. 수동의 소지품을 담은 플라스틱 상자에도 'A-18'이라고 적혀 있었다.

"보통 이런 건 비닐 끈으로 되어 있던데, 이건 쇠줄이네요?"

수동은 양팔을 붙들린 채로 목걸이를 보면서 신기하다는 듯 말했다.

팔을 쥐고 있는 요원들이 힘을 주었고, 조용히 하라는 뜻으로 이해한 수동은 입을 다물었다.

김수동은 곧바로 취조실로 옮겨졌다. 취조실은 금속 재질의 창문 하나 없는 방이었다. 방 한쪽 면에는 커다란 거울이 보였고, 중앙에는 아무 장식도 없는 나무 테이블이 하나 놓여 있었다. 그 옆으로 의자 두 개가 마주 보게 놓여 있었는데, 수동은 의자 중 거울을 마주 보는 쪽에 앉자마자 거울 쪽을 보면서 손을 흔들었다.

"저쪽에서 여길 들여다보고 있는 거죠? 영화에서 봤어요."

"아, 진짜 말 많네."

요원 하나가 인상을 잔뜩 찌푸리며 말했다.

"원래 배가 고프면 말이 많아지거든요. 잠을 못 자도 말이 많아지는데, 지금은 밥도 못 먹고 잠도 못 잔 상태죠. 이해가 가세요?"

"알았어, 알았어."

요원은 건성으로 대꾸를 하더니 노트 한 권과 볼펜을 수동에게 내밀었다.

"여기다가 쓰십시오, 김수동 씨."

"일단 밥부터 주세요, 밥. 아니면 잠 좀 자게 해 주시든가요. 밤새 일하고 집으로 가는 길이었다고요. 이렇게 배가 고프고 졸린데 대체 뭘 쓰라는 거예요?"

"김수동의 인생. 처음부터, 오늘까지."

"밥 주면요. 밥 주면 쓸게요."

수동은 자신이 지을 수 있는 가장 불쌍한 표정을 지으면서 말했다. 물론 그 표정은 단숨에 외면당했다.

"다 써. 하나도 빼지 말고."

"밥 주면 쓴다니까요?"

"아, 진짜. 이게 좀 맞아야 정신을 차리려나? 쓰라면 써!"

요원이 소리를 질렀다. 여기서 밀리면 끝이라는 생각이 들었다. 배가 고픈 건 도저히 참을 수 없는 일이었다.

"밥 주면 쓴다니까!"

밥을 굶을 수는 없다는 각오가 큰 소리를 낼 수 있는 용기를 주었다. 소리를 지르자 요원은 당황한 눈치였다. '어라? 이럴 리가 없는데?' 하는 것 같은 표정이 얼굴에 떠올랐다. 그때 방문 옆에 설치된 인터컴에서 신호음이 울렸고 요원은 밖으로 나갔다.

"밥 달라고요, 밥! 내가 무슨 변호사를 불러 달랬어요, 집에 전화를 하게 해 달라고 했어요? 밥 달라고요!"

수동은 거울을 향해서 소리쳤다.

이렇게 행동한 것은 정말로 배가 고파서 그런 것도 있었지만, 지고 싶지 않다는 생각이 더 컸다. 가만히 이들이 하자는 대로 하다가는 정말로 없는 죄가 절로 생길 것 같았던 것이다. 당당하게 굴어야 죄가 없다는 걸 저들이 믿어 줄 것 같았다.

"호랑이 굴에 들어가도……."

김수동이 이렇게 중얼거렸을 때 문이 열렸다. 아까 그 요원이었다. 손에는 쟁반을 들고 있었고, 쟁반 위에는 김이 모락모락 나는 설렁탕과 깍두기가 놓여 있었다.

"……식후경이라고 했지."

환한 웃음이 절로 나왔다.

"얼른 먹고 제발 좀 쓰십시오, 예?"

수동은 건성으로 고개만 한 번 끄덕인 다음 설렁탕을 먹기 시작했다.

"이거 정말 신기한 음식이네요. 모양도 설렁탕처럼 생겼고 냄새도 설렁탕 같은데, 맛은 꼭 불어터진 라면 맛이 나니까요. 그래도 빨리 오긴 진짜 빨리 왔네요. 구내식당에서 나온 건가요?"

요원은 대꾸하고 싶지 않다는 듯 바로 등을 돌려 밖으로 나가 버렸다. 설렁탕은 순식간에 바닥이 보이게 비었다.

"물 없어요? 커피도 마시면 좋겠는데."

수동은 다시 한 번 거울 쪽을 향해서 말했다. 잠시 후 요원이 한 손에는 물 잔을, 다른 한 손에는 커피 잔을 들고 들어왔다. 당당한 태도가 효과를 보는 것 같아서 수동은 뿌듯해졌다.

"여기 드쇼."

요원이 찡그리며 말했지만 수동은 신경 쓰이지 않는다는 듯 물 잔을 단숨에 비우고는 커피 잔에 입술을 댔다. 요원은 어처구니가 없는지 쓴웃음을 지었다.

"설렁탕은 엉망이었지만 커피는 진짜 커피 맛이 나네요."

이 말에 요원은 한숨을 내쉬었다.

"자, 이제 뭘 하면 되는지 좀 알려 주시죠?"

"김수동 씨, 진짜 운 좋은 줄 아쇼."

요원은 이렇게 말을 시작했다.

"지금 김수동 씨가 얼마나 심각한 상황인지 전혀 모르는 모양인데, 지금 김수동 씨는 국가 안보 사범 중요 참고인으로 여기 와 있는 거야. 조금만 삐끗하면 국가보안법 위반으로 잡혀 간다고, 국가보안법 위반."

"저, 죄지은 거 없어요."

수동은 단호하게 자신의 의사를 표현한 뒤 계속해서 말을 이어갔다.

"생각해 봤는데요, 이건 분명히 무슨 착오라고요, 착오. 도대체 저한 테서 뭘 원하는지는 모르겠지만 저, 털어서 먼지 하나 나올 거 없어요."

"김수동 씨 방에서 컴퓨터 압수했어요, 컴퓨터."

요원이 담담하게, 하지만 최대한 협박처럼 들리는 어조로 말했다. 무릇 한 사람의 개인 컴퓨터에는 그 사람의 사생활이 모두 담기기 마련이다. 요원은 그 점을 강조하고자 한 모양이었다. 하지만 수동은 코 웃음을 쳤다.

"제 컴퓨터에는 아무것도 없어요. 그 흔한 야동이나 불법으로 다운 받은 MP3 하나 안 나올걸요? 중요한 자료라고 해 봐야 공인인증서 정 도밖에 없어요."

이 말은 사실이었다.

김수동은 컴퓨터를 황민주와 함께 썼다. 김수동이 쓰는 자료는 황 민주도 쓸 수 있었고, 황민주가 보는 자료는 김수동도 볼 수 있었다.

김수동은 황민주가 컴퓨터에 아무 자료도 남기지 않는다는 사실을 알게 되었던 날이 기억났다. 황민주는 그 흔한 사진 한 장, MP3 하나 남 기지 않았다. 김수동은 어쩐지 같이 쓰는 컴퓨터에 자기만 자료를 남기 면 손해 보는 것 같다는 생각이 들었다. 그래서 그날 이후, 컴퓨터에는 김수동도 아무런 자료를 남기지 않게 되었다.

"그러니까 컴퓨터를 아무리 털어 봐야 먼지 하나 나오지 않을 거다, 이건가?"

요원이 물었다.

"청소한 지는 좀 됐으니까 먼지는 좀 나오겠죠."

"그래그래, 다들 처음에는 그런 식으로 여유 있게 말하지."

요원의 얼굴에 미소가 살짝 떠올랐다가 사라졌다. 뭔지는 몰라도 자신이 있는 모양이었다. 요원의 여유 있는 미소를 보자 수동은 이곳에 온 이후 처음으로 진짜 불안감을 느꼈다. 정말로 없는 죄를 만들어 낼 수 있을 것 같은 느낌이었다.

"여기에 써. 어디서 태어났고, 어떻게 살았고, 누구를 만났고, 뭘 했고, 왜 했고, 그런 걸 다 자세히 쓰란 말이야. 육하원칙 알지? 육하원칙에 의거해서."

"제 인생을요? 이거 한 권으로 모자랄 것 같은데……."

수동이 노트를 흔들면서 말했다.

"시간은 많아."

요원은 여전히 여유 있게 말하고는 밖으로 나가 버렸다. 수동은 잠시 멍하니 있다가 볼펜을 들었다. 설렁탕까지 얻어먹은 마당에 까짓 거 못 쓸 것도 없겠다 싶었다.

"그래요, 쓴다고요, 써. 근데 나, 죄 지은 거 없다고요!"

꼭 누구 들으라는 듯한 큰 소리였다.

거울 저편에는 김수동이 예상한 그대로 수동을 관찰하고 있는 요원들이 있었다. 그들은 모두가 수동의 움직임 하나하나를 철저하게 분석하고 있었다.

그들 중앙에 단정한 정장 차림의 검은 테 안경을 낀 여자가 서 있었다. 이 사건을 담당하고 있는 판진아 요원이었다. 그녀는 머리를 뒤로 올려 묶었고 목에는 가느다란 은 목걸이를 하고 있었는데, 현장보다는 사무실에 어울리는 느낌이었다.

– ……나, 죄 지은 거 없다고요!

수동의 목소리가 인터컴을 통해서 들려왔다.

"세상에 죄가 없는 사람은 없지. 성경책에도 그런 말이 나올걸, 아마."

판진아는 이렇게 말하면서 웃음을 지었다. 아마 나름대로 재미있는 농담을 했다고 생각하는 모양이었는데 나머지 요원 중 웃은 요원은 하나도 없었다.

"너무 편하게 가는 거 아닙니까, 판 주임님?"

요원 하나가 물었다. 판진아는 검지를 들어서 좌우로 흔들었다.

"김수동이는 어디까지나 참고인이야. 거칠게 다뤄 봐야 별로 나올 것도 없을 텐데, 나중에 기자들이나 윗선에서 알게 되면 골치만 아파질 게 뻔해. 편하게 가도 상관없어."

"그럼 어떻게 하시겠습니까?"

"김수동이랑 황민주 교차 검색한 거, 아직 결과 안 나왔어?"

판진아가 매섭게 쏘아붙이자 요원은 헛기침을 한 번 하고는 밖으로 나갔다.

요원이 나가는 걸 확인한 뒤 판진아는 앞에 놓여 있는 모니터를 응시했다. 모니터에는 김수동이 적고 있는 노트가 보이고 있었다. 다른 모니터에는 수동의 정면, 측면, 후면이 고스란히 보이고 있었다.

"한번 찾아보자고. 무슨 죄인지. 어떻게 지은 죄인지."

판진아는 이렇게 말하면서 모니터에 비친 노트를 바라보았다. 노트에는 김수동의 인생이 적히고 있었다. 태어난 곳, 가족 사항, 친구들, 학교, 군대……. 판진아는 모니터를 통해서 차분하게 수동이 적고 있는 글을 읽어 나갔다.

"김수동이랑 황민주 교차 검색한 거 결과 나왔습니다."

조금 전 나갔던 요원이 메모리카드를 들고 돌아왔다. 판진아는 메모리카드를 컴퓨터에 꽂은 뒤 요원이 준비해 온 파일을 검토한 다음 검색어를 몇 개 넣어 보았다. 출생지, 출신 학교, 아르바이트 경력, 직업 이력, 부모의 직업, 해외여행 기록 등. 몇 개의 검색어를 차례로 넣다가 스크롤을 올렸다. 그리고 출신 학교에서 잠시 멈추었다.

"가만. 이거 혹시……?"

자신이 막 생각해 낸 검색어를 넣었다. 결과는 곧 나왔다. 판진아의 입가에 미소가 머금어졌다.

"이거, 운 좋은데?"

"운이요?"

"너, 여준석 주임 알지?"

"예."

"여준석 주임한테 아주 좋은 일이 생기겠어. 샤론의 장미를 앞에 두고 말이야."

이 말에 요원은 못 들은 척 헛기침을 했다.

"내 편 드는 게 좋을 거야. 나하고 원수 졌다가 이베리아반도 끝으로 날아간 친구 꼴 되고 싶은 건 아니겠지?"

"농담도 잘하십니다."

"맞아, 농담."

판진아는 이렇게 말하고는 다시 모니터를 지켜보았다. 김수동은 계속해서 글을 적어 내려가고 있었다. 얼마나 지났을까.

'그래서 나는 사업을 시작했다.'

김수동은 이렇게 적은 다음 노트에 알 수 없는 문자를 적기 시작했다.

"암호일까요? 해독 프로그램 가동시킬까요?"

요원이 판진아에게 물었다. 판진아는 인상을 찌푸렸다.

"들어가서 깨워라. 김수동 졸고 있다."

대부분의 젊은이는 대학을 졸업하면 취업을 위해 자기소개서를 쓴다. 단 한 번 자기소개서를 쓰고 취업에 성공하는 사람도 있고, 글자 그대로 무한에 가까운 작문을 해야 하는 젊은이도 있다.

김수동은 후자였다. '저는 성실하신 아버지와 근면하신 어머니 사이에서 태어나 유복하게 자랐습니다.'와 비슷한 문장으로 시작되는 자기소개서를 수도 없이 적었던 것이다. 이 경험 덕분에 평범했던 초등학교 생활, 고만고만했던 중학교 생활, 아무 사건도 일어나지 않았던 고등학교 생활을 지나 지방에 있는 이름 없는 대학 경영학과를 졸업하고 군대를 다녀온 자신의 삶을 쉬지도 않고 쉽게 적을 수 있었다.

'취업 못 하고 자소서만 수도 없이 쓴 게 이럴 때는 도움이 되네.'

이런 생각이 들자 절로 자조적인 웃음이 지어졌다. 입에 남아 있는 커피 맛이 씁쓸했다.

자기소개서를 쓰다가 등단하겠다는 우스갯소리가 점점 농담이 아니라 현실화되어 갈 때쯤 되어서야 수동은 취직이 아니라 다른 길을 가야겠다고 마음을 먹게 되었다.

'그래서 나는 사업을 시작했다.'

여기까지 쓴 다음 잠시 글을 멈추었다. 어차피 저기 거울 뒤에 서서 자신을 지켜보고 있을 사람들이 원하는 건 인간 김수동의 삶이 아닐 거였다. 잠시 생각을 정리해 보았다.

'도대체 내가 왜 국가 안보에 영향을 주는 사람이 된 걸까? 어떤 사건, 혹은 어떤 사람과의 관계가 나를 여기로 끌려오게 만들었겠지. 누구지? 도대체 무슨 일이지?'

조금만 더 생각을 집중할 수 있었다면 아마도 해답을 찾아낼 수 있었을지 모른다. 물론 시간이 더 있었다면 우주 탄생의 비밀이나 파르마의 정리를 해결할 수 있었을지도 모른다. 하지만 글을 멈춘 시점에서 엄청난 피로가 찾아왔고, 결국에는 노트에 나중에 자신이 봐도 뭐라고 썼는지 알아볼 수 없을 글씨를 남기고 말았다.

"김수동!"

깜빡 졸았다 싶은 순간 굵은 남자 목소리가 수동을 깨웠다. 정신이 번쩍 들었다. 침을 흘리지 않았나 싶어서 얼른 입가를 닦았다.

"이거 자기소개서냐?"

요원이 노트를 흔들면서 빈정거렸다. 좀 전에 본 요원과는 다른 요원이었다.

"인생을 적으라면서요."

"육하원칙에 의거해서 하나도 빠짐없이 적으라고 했더니 이게 뭐야? 지금 장난치는 거야? 장난치는 거냐고!"

요원이 책상을 내리치자 잠이 확 달아났다. 하지만 그것도 잠시뿐이었다.

"아, 몰라요, 몰라. 팔 아파. 그냥 물어보세요. 다 대답해 드릴게."

수동은 손을 휘휘 내저으면서 말했다. 그러자 다시 한 번 문 옆에 있는 인터컴에서 신호음이 울렸고, 요원은 밖으로 나갔다. 수동은 잠깐 눈치를 살피다가 책상에 엎드렸다. 잠이 쏟아졌던 것이다.

단지 눈을 감았을 뿐이었지만 꼭 비단으로 된 이불을 덮은 듯 포근한 기분이 들었다. 이대로 시간이 멈추어 버렸으면 좋겠다는 생각을 했다. 하지만 그 소망은 불과 10초도 지나지 않아 무참하게 무너졌다. 요란한 소리와 함께 문이 열렸고, 검은 테 안경을 쓴 여자 요원이 들어왔기 때문이다. 요원은 손에 파일을 들고 있었다.

"나는 국가정보부 3과 판진아 주임이다. 3과가 뭐 하는 곳인지는 알고 있나?"

노처녀 기숙사 사감 선생을 연상시키는 카랑카랑한 목소리였다. 김수동은 눈만 끔뻑였다.

"1과는 해외 정보를 담당하고, 2과는 국내 정보를, 그리고 내가 속해 있는 3과는 바로 북한 정보를 담당하고 있지. 북한 말이야, 북한."

북한? 수동은 북한이라는 단어의 의미가 잘 떠오르지 않았다. 판진아는 수동이 이해를 하거나 말거나 상관없다는 듯 준비해 온 파일을 펼치고는 자신의 말을 이어갔다.

"김수동. 나이 29세. 사업을 하는 아버지 김갑철과 전업 주부인 어머니 윤선녀 사이에서 태어난 3남. 큰형 김수찬은 마취 전문의. 작은형 김수영은 공인회계사."

"내가 적은 거, 벌써 다 봤어요? 그렇게 오래 잤나?"

수동은 이렇게 말하면서 뒤를 돌아보았다. 아니나 다를까 등 뒤에서 바로 자신을 노려보고 있는 CCTV 카메라를 확인할 수 있었다.

"적고 있는 거, 저걸로 다 봤나 보네요."

"눈치가 빠르군."

판진아는 김수동의 앞에 마주 앉았다. 판진아의 별다른 감정이 느껴지지 않는 싸늘한 얼굴을 보니 상대가 결코 만만치 않으리라는 것을 직감할 수 있었다.

"높은 분이신가 봐요."

수동이 의자를 끌어서 조금 뒤로 물러나면서 말했다.

"왜 그렇게 생각하지?"

판진아가 '어라? 이놈 봐라?' 하는 표정을 지으며 물었다.

"그야……."

순간 '나이가 많아 보여서요.' 하고 말하면 얼마나 재미있을까 싶은 생각이 들었지만 차마 그렇게 말하지는 못했다. 이 여자를 잘못 건드렸다가는 큰일이 날 거라는 예감이 강하게 들었던 것이다.

"그야, 제 눈치가 빠르니까 그렇죠."

"재미있네."

판진아는 이렇게 말하더니 사진 한 장을 내밀었다.

"누군지 알겠어?"

수동은 사진을 보았다. 처음 보는 여자의 사진이었다. 고등학생인지 교복을 입고 있었다. 졸업 사진인 듯 억지로 지은 미소가 자연스러워 보이질 않았다.

"모르겠는데요. 처음 봐요."

판진아는 그럴 줄 알았다는 듯 미소를 지으며 사진을 치웠다.

"황민주라는 이름은 알지?"

"알아요, 황민주."

판진아의 물음에 수동은 가볍게 한숨을 내쉬었다. 이미 떠나가 버린 여자였다. 가슴 한구석이 싸했다.

"황민주. 현재 대한민국에서 활동 중인 고정간첩이다. 대학교 재학 중 포섭된 것으로 파악하고 있지."

감정 없이 교과서를 읽는 투였다. 하지만 그 의미를 깨달은 순간 수동은 눈이 번쩍 뜨이는 것 같았다. 조금 전 들었던 '북한'이라는 단어의 의미가 갑자기 눈앞에 시뻘건 빛으로 다가왔다.

"예? 예? 가, 간첩이요?"

수동의 반응에 판진아는 그럴 줄 알았다는 듯 만족스러운 미소를 지었다.

"이 여자가 황민주다. 성형수술 전 얼굴이지. 수술은 구 체코슬로바키아 정보부 출신 의사가 집도한 걸로 파악하고 있다. 황민주가 체코에 다녀왔던 건 알고 있지?"

"체, 체코요?"

황민주가 대학 시절 배낭여행을 다녀왔다는 말을 했던 기억은 있었다. 하지만 여행에 대해서 자세한 이야기를 한 적은 없었고 굳이 캐묻지도 않았었다.

"북한에는 구 체코슬로바키아 정보부하고 커넥션이 있을 테니까 거길 통했을 거야. 접선책이 있었을 텐데 그와 관련해서 아는 건 없나?"

"저기요. 자, 잠깐만요. 이 여자가 황민주라고요?"

수동은 교복을 입고 있는 사진 속 여자를 가리키면서 말했다. 아무리 뜯어봐도 난생 처음 보는 얼굴이었다.

"그래, 고등학교 졸업 사진이지. 어렵게 구한 거야."

"나한테는 성형 안 했다고 그러더니 순 뻥이었네."

수동은 황민주가 간첩이었다는 말을 들었을 때보다 성형수술을 했다는 사실에 더욱 큰 배신감을 느꼈다.

"그러니까 황민주가 성형수술을 한 사실을 말한 적이 없다는 거지?"

"자연산이라고 했어요. 쳇."

교복을 입고 있는 여자의 사진을 찬찬히 살펴보았다. 성형을 했다는 말을 듣고 난 뒤이기 때문이라 그런지 인터넷을 통해서 알게 된 성형에 대한 정보로 사진이 해석되었다.

"턱은 완전히 깎고 코는 세웠네요. 눈은 앞트임, 뒤트임 다 했고요. 거기다 이마하고 볼에는 자가 지방도 넣었고……."

수동이 뽐난 투로 말하자 판진아는 흥미롭다는 듯 작은 감탄사를 냈다.

"황민주가 이야기한 적 없다고 하더니 그건 어떻게 알지?"

"딱 보면 알죠. 장사 한두 번 하는 것도 아니고."

"둘이 사실혼 관계에 있었지?"

판진아가 불쑥 물었다. 수동은 얼굴이 달아올랐다. 부모님도 모르는 비밀스러운 사생활이 까발려진 기분이 들었던 것이다.

"사실혼까지는 아니고, 같이 살기는 했어요."

"그런데도 성형한 사실을 몰랐다는 건가?"

"요즘은 성형수술 기술이 하도 좋아져서 잘 몰라요. 그, 가슴 성형도 요즘엔 식염수 팩 잘 안 쓴다고요. 촉감이 안 좋아서요. 요즘은 개량 실리콘으로 코젤이라는 걸 써요. 실리콘 팩이 흘러나오지 않게 개량한 거라고 들었어요. 촉감도 진짜하고 똑같다고 하더라고요."

"그래? 황민주 가슴 촉감은 어땠는데?"

"아, 그게……."

수동은 잠시 망설였다. 아무리 황민주가 간첩이라고 해도 쉽게 말하기 어려운 부분이었다.

"……진짜 같던데."

들릴락 말락 한 작은 소리였다.

"이제 이야기 좀 해 봐. 둘이 어떻게 만난 거야?"

판진아가 물었다. 수동은 심호흡을 한 번 했다.

"우리 회사 피팅 모델이었어요, 황민주."

이야기는 이렇게 시작되었다.

2. 엄마
친구 아들

대학을 갓 졸업한 김수동은 다른 동기들이 하는 것

처럼 자기소개서와 이력서를 쓰면서 시간을 보냈다. 그리고 이후 꼬박 1년 동안 인생을 허비했다. 보낸 곳마다 탈락이었던 것이다. 가고자 하는 곳은 많았으나 수동을 원하는 곳은 없었다.

처음에는 친구들 대부분이 자신과 처지가 비슷하다는 사실로 위안을 삼을 수 있었다. 그러나 별 볼일 없던 친구들이 하나둘 자기 일자리를 찾아가고 마침내 동기 중에서 남은 것은 자신을 제외하면 건달이나 다를 바 없는 몇 명뿐이라는 사실을 알게 되자 마음이 초조해졌다.

"제 인생에서 가장 암울했던 순간이었어요."

수동은 그때를 이렇게 묘사했다.

"집에서는 밥 먹는 게 다 눈치가 보일 지경이었거든요. 진짜 목구멍으로 넘어가는 게 밥인지 된장인지 모를 정도였어요. 게다가 명절 때랑 제사 때가 되면 얼마나 불편했는지 몰라요. 친척들이 다들 한마디씩 했거든요. '취직해야지.', '요즘 경제가 어렵다더니 정말 그런 모양이구나.', '언제까지 놀고먹을 생각이냐?' 어휴, 그때만 생각하면 정말 돌아버릴 것 같아요. 특히 저희 집안에서 가장 큰 어른이신 큰아버지 표정은 진짜 다시 보고 싶지 않아요. 그 왜 있잖아요. '쯧쯧. 네가 하는 일이 다 그렇지, 뭐.'라고 말하는 것 같은 표정 말이죠."

수동은 이 대목에서 큰형 김수찬은 마치 전문의이고 작은형 김수영은 공인회계사라는 사실은 굳이 말하지 않았다. 판진아가 그 사실을 알고 있다는 걸 이미 확인한 마당에 굳이 자존심 상하는 이야기를 자기 입으로 하고 싶지 않았기 때문이었다.

그 시절의 수동은 하루도 빠짐없이 아침 식사를 마치자마자 집을 나섰다. 도저히 집에 붙어 있을 염치가 없었다. 달리 갈 곳이 있는 것도 아니었다. 용돈을 타 쓰는 처지에 매일같이 손을 내밀 수는 없는 노릇이었고, 때문에 수동은 친구 강석규를 자주 찾게 되었다.

당시 석규는 작은 카페를 운영하고 있었다. 수동은 그곳에서 노닥거리거나 홀 서빙 일을 돕거나 하면서 점심 정도를 얻어먹으며 시간을 보냈다. 그리고 본격적으로 사업을 시작하게 된 것이 이 즈음이었다.

강석규에게는 애인이 있었다. 키가 작고 통통한 체형인 박다은이라는 이름의 여자였는데, 본인의 이름이 마음에 들지 않는지 '제니퍼'라고 불러 달라고 했다. 제니퍼라는 이름에는 보통 이런 식으로 자기 이름을 짓는 사람 대부분이 그렇듯, 아무런 의미도 없었다.

제니퍼는 수동을 좋아했다. 애인인 석규의 친구 중에서 가장 좋아했다고 말할 수 있을 정도였다. 수동 입장에서는 이해하기 어려웠지만 그건 순전히 수동의 체형 때문이었다.

"키가 작고 통통한 여자애들 중에 종종 마른 체형 남자를 좋아하는 경우가 있어요. 아무래도 자기하고 다르기 때문이겠죠? 이상형이어서 좋아한 건 절대 아닐 거예요, 아마."

그 덕분인지, 아니면 다른 이유가 있는지는 몰랐지만 어찌 되었건 수동은 석규의 카페에서 매일같이 노닥거리면서도 제니퍼의 눈치를 크게 살피지 않아도 되었다. 다른 친구들이라면 술을 조금 과하게 마신다 싶거나 약간만 소란을 피운다 싶어도 당장 제니퍼의 눈총을 받곤 했지만 수동은 확실한 예외였다.

"그래서 종종 셋이 문 닫고 술을 마시곤 했어요. 음악 틀어 놓고 이런저런 잡담 노닥거리면서. 제니퍼는 그렇게 노는 걸 좋아했어요. 운명 같은 거 믿으세요? 자기가 원하건 원하지 않건, 어떤 우연한 일을 계기로 뭔가 큰 변화가 일어나는, 그런 거요. 그날이 바로 운명의 날이었어요. 저한테는 말이죠. 아, '우리한테'라고 해야 하나?"

수동이 말한 바로 그 '운명의 날'이었다. 셋은 카페 문을 닫고 술을 마시기 시작했다. 제니퍼가 술을 마시자고 먼저 제안했고, 수동과 석규는 좋다고 했다. 제니퍼는 데킬라와 샷글라스, 그리고 토닉워터를 가지고 왔다.

"지금부터 마시는 거야. 죽을 때까지."

제니퍼의 선언에 수동은 겁이 났다. 죽을 때까지 마시자는 말은 보통 비유다. 매년 몇 명씩 진짜로 술을 죽을 때까지 마시는 나라에서 살고 있긴 하지만, 진심 어린 얼굴을 하고서 죽을 때까지 마시자는 말을 하는 사람을 보는 일은 결코 흔치 않다.

제니퍼는 샷글라스에 데킬라를 따르고 토닉워터를 섞은 다음 테이블에 내려쳐서 거품을 냈다.

"원샷!"

짧고 굵은 한마디. 제니퍼의 구령에 맞추어 세 사람은 목구멍으로 데킬라를 들이부었다. 그리고 구령은 일정한 간격을 두고 계속 이어졌다.

석규는 오래 버티지 못하고 쓰러졌고, 잠시 뒤 제니퍼는 춤을 추었다. 음악의 흐름에 몸을 맡기고 흐느적거리는, 사람들이 흔히 말하는 '막춤'이었다. 수동은 넋을 놓고 춤을 감상했다. 수동의 눈에는 마치 금가루가 제니퍼의 몸에 쏟아지는 것처럼 보였다.

그러다가 수동은 제니퍼와 눈이 마주쳤다. 그리고 그게 신호가 된 것처럼 그녀는 수동의 얼굴에 콧김이 닿을 정도로 가깝게 다가왔다.

"너, 키 몇이야?"

제니퍼가 물었다.

"180."

"깔창 빼고."

"……75."

"체중은?"

"글쎄, 한 70쯤 나가려나?"

"솔직히."

"……55."

제니퍼는 수동의 고백이 끝나기가 무섭게 자신의 가방을 테이블 위에 뒤집어 놓았다. 안에는 하늘하늘한 여름용 원피스가 잔뜩 들어 있었다.

"입어."

그중 하나를 집어 들고서 제니퍼가 말했다. 명령조였다. 평소 제니퍼의 말이라면 언제나 밝은 리액션을 보여 준 수동이었지만 여자 옷을 입으라는 소리에는 당연히 멈칫할 수밖에 없었다. 그래서 수동은 당당하게 물었다.

"……왜?"

"내가 입으면 옷 터져."

"어, 그, 그렇구나."

수동은 제니퍼의 기세에 눌려서 순순히 옷을 갈아입었다. 처음에는 입고 있는 옷 위에 원피스를 덧입으려고 했다. 하지만 제니퍼는 그렇게는 안 되겠다고 말하며 직접 수동의 옷을 벗기려 들었다. 수동은 큰 용기를 내서 제니퍼에게 선언했다.

"잠깐! 내가 벗을게!"

수동은 곧 팬티 한 장만 입은 알몸 위에 원피스를 걸쳤다. 제니퍼는 조금 전 수동이 그랬던 것처럼 넋을 놓고 바라보았다. 아마도 제니퍼의 눈에는 수동의 몸 위로 금가루가 쏟아지는 것처럼 보이는 모양이었다.

"이거 써."

제니퍼는 챙이 넓은 하얀 모자를 건네주었다. 이번에는 당당하게 뭐라 말할 틈도 없었다. 수동은 모자를 쓰자마자 본능적으로 얼굴을 가렸다. 아무리 술이 취했어도 부끄러웠다. 그리고 그 순간을 놓치지 않고 제니퍼가 핸드폰으로 사진을 찍었다. 사진을 찍혔다는 사실은 수동을 더욱 부끄럽게 만들었고, 더 많은 테킬라를 글자 그대로 들이붓게 만들었다. 취기가 극에 달했고 수동은 기억을 잃었다.

"그게 운명이었어요."

다음 날 수동은 자신의 잃어버린 기억을 웹사이트에서 확인하게 되는 신기한 경험을 하게 되었다.

"자고 일어나니 유명해졌다는 말이 있잖아요. 그런데 인터넷이 없던 시절에는 도대체 무슨 수로 자고 일어나니 유명해질 수 있었을까요?"

수동은 유명인이 되었다. 늘씬한 몸매의 남자라는 설명이 붙은 수동의 사진은 수십만 번, 아니, 수백만 번 복제되었다. 사람들은 수동을 '늘

씬놈', '젓가락놈'이라고 불렀다.

"잠깐 유명했었어요. 지금이야 유행 지났지만요. 지금 인터넷에 제 사진을 올리면 아마 이런 리플이 붙을 거예요. '축, 인터넷 개통.'"

제니퍼가 고의로 수동의 사진을 퍼뜨린 건 아니었다. 그냥 장난삼아 자신의 블로그에 '누구게?'라는 제목으로 올린 것뿐이었다. 사진은 네티즌의 손에 의해 광대한 네트워크의 세계로 퍼져 나갔다.

그리고 제니퍼는 수동과 석규를 카페에서 만났다.

"제니퍼가 저하고 석규에게 사업을 해 보자고 했어요. 운영은 자기가 하겠다고 했죠. 옷도 자기가 떼 오고, 홈페이지도 자기가 관리할 테니 석규한테는 돈을 대 달라고 했어요. 온라인 쇼핑몰을 열겠다는 거였어요."

"그리고 너한테는 피팅 모델을 하라고 했지?"

판진아가 물었다. 수동은 그렇다고 했다.

"그런 눈으로 보지 말고 진지하게 한번 생각해 보세요. 저는 백수였어요. 취직은 안 되지 집에서는 눈치 보이지. 저한테 달리 선택의 여지가 있었겠어요?"

판진아는 사진 한 장을 내밀었다. 당시에 찍었던 사진이었다.

"이 사진, 당신 맞아?"

수동은 사진을 집어 들었다. 그때도 마찬가지였지만 지금도 사진 속의 원피스를 입고 있는 '여자'가 자기라는 게 잘 믿어지지 않았다.

"맞아요."

"살이 찐 건가? 사진하고 지금과는 체격이 다른데."

"사진은 거짓말을 하지 않아요. 언제나 정직하죠."

"그래?"

"하지만 포토샵은 거짓말을 해요."

수동은 싱겁게 피식하고 웃었다.

"다리는 늘인 거고, 허리는 줄였어요. 피부 톤은 인형처럼 뽀샤시하게 다듬었고요. 그런 눈으로 보지 말라니까요? 저, 선생님도 자기 미니홈피에 사진 올릴 때는 그러시잖아요."

"아니."

판진아는 딱 잘라 부정했다.

"난 그런 거 안 해. 그리고 날 선생님이라고 부르지 마. 판 주임님이라고 불러."

"아, 알았어요, 판 주임님."

수동은 잔뜩 주눅이 들어 몸을 움츠리고는 말을 이었다.

쇼핑몰 사업은 순전히 제니퍼의 제안으로 시작했고, 제니퍼가 이끌고 나갔다. 원래부터 제니퍼는 키가 크고 날씬한 모델 체형의 여자가 입는 옷에 관심이 많았다. 그것은 어쩌면 자신이 입을 수 없는 옷에 대한 동경 때문이었는지도 모를 일이었다. 하지만 누구도 감히 사실 여부를 묻거나 하지는 않았다.

'내가 입으면 옷 터져.'

술에 취해서 수동에게 했던 이 말이 제니퍼가 표현한 자신이 고른 옷에 대한 유일한 주관적인 평이었다.

"키 크고 날씬한 여자들만을 위한 쇼핑몰, 스키니톨. 말랐다는 뜻의 스키니(Skinny)와 크다는 뜻의 톨(tall)을 합친 말이죠. 이게 제니퍼가 구상한 쇼핑몰이었어요. 예쁜 옷 파는 쇼핑몰은 많지만 그때만 해도 키 크고 날씬한 여자만을 위한 옷을 파는 쇼핑몰은 없었거든요. 거기에 우연치 않게 제가 피팅 모델이 됐던 거죠."

제니퍼는 우선 석규가 운영하는 카페를 정리하자고 했다. 석규는 그렇게 하자고 했다. 제니퍼는 곧 사무실을 하나 얻어야겠다고 했다. 석규는 그렇게 하자고 했다. 제니퍼는 집기류를 좀 사야겠다고 했다. 석규는 그렇게 하자고 했다.

이렇게 해서 동대문에 쇼핑몰 사무실이 생겼다. 피팅룸으로 쓸 창고와 조명까지 갖추고 나니 일단 쇼핑몰 모양새가 갖추어졌다.

제니퍼는 홈페이지를 만들고, 동대문에서 옷을 사 오고, 사진을 찍고, 홈페이지를 업데이트했다. 초기 홍보는 '늘씬놈', '젓가락놈'의 사진이 맡았다. 제니퍼는 사진 밑에 홈페이지 주소를 넣어 이곳저곳에 올렸고, 사진은 다시 한 번 인터넷으로 퍼져 나갔다.

"부끄러웠죠, 당연히. 저도 사람인데. 하지만 어쩌겠어요? 저한테는 달리 선택할 길이 없었어요."

매출이 조금씩 오르기 시작했을 무렵 케이블TV 프로그램 '별난 사람 별난 세상'이라는 코너의 작가가 연락을 해 왔다. 취재를 하고 싶다는 거였다. 기회라고 생각한 수동은 얼굴을 가리고 인터뷰를 했고, 쇼핑몰 이름도 모자이크 처리를 했다. 10분짜리 한 꼭지였다.

방송이 무섭다는 건 들어서 알고는 있었지만 정말로 무섭다는 사실을 확인하게 된 건 이때가 태어나서 처음이었다. 방송이 나가자 다시 한 번 수동에게 전화가 쏟아졌다. 인터넷에 사진이 돌아다녔을 때와는 비교가 되질 않았다. 비록 얼굴은 커다란 모자와 모자이크로 가려졌지만 알아볼 사람은 다 알아보았다. 여기저기서 축하 전화가 왔다. 농담 반, 비아냥거림 반이 섞인 전화였다. 쇼핑몰 이름 역시 모자이크 처리를 했어도 알아볼 사람은 다 알아봤다.

"매출이 수직 상승했어요. 전 우리나라에 키 170 넘는 여자가 그렇게 많은 줄 그때 처음 알았어요."

오랜만에 맛보는 보람 있는 시간이었다.

새벽에 제니퍼가 옷을 떼 오면 그 옷을 입고 피팅 촬영을 했다. 촬영이 끝나면 홈페이지 관리를 했고 이어서 택배 포장을 했다. 그러면서 고객 전화를 받았고 반품 온 물건을 처리했다. 잠은 중간 중간 틈날 때마다 알아서 잤다. 하루가 24시간인지 36시간인지 48시간인지 모를 정도였다.

"순식간에 매출이 늘었죠. 아르바이트생도 뽑았어요. 택배 보내고 전화 받을 사람이요."

주문은 계속 늘었고, 수동이 입어야 할 옷도 점점 늘어났다. 그동안 피팅 사진을 촬영하는 공간으로 썼던 창고는 곧 본래 용도를 찾아서 옷 창고가 되었다. 제니퍼는 사진을 찍기 위해서 스튜디오를 따로 빌려야 했다. 이제 사업은 본궤도에 오른 셈이었다.

쇼핑몰을 시작한 후 처음으로 휴일이 찾아왔다. 추석이었다. 쇼핑몰은 잠시 문을 닫았고, 그간 과중한 업무에 지친 수동은 오직 발 뻗고 잠들 꿈만 꾸면서 집으로 향했다. 수동을 기다리고 있는 것은 큰아버지를 비롯한 일가친척 일동이었다.

"사실 겁이 좀 났어요. 큰아버지에 대해 말씀드렸던가요? 공무원 생활 오래 하시다가 낙하산으로 공기업 간부가 되신 분이거든요. 그런 분이 제가 여자 옷을 입고 옷 장사를 한다는 사실을 도대체 어떻게 받아들이실지 알 수가 없었어요."

그건 다른 친척들도 마찬가지였다. 오랫동안 백수 생활을 하던 수동이 돈을 번다는 사실은 다들 기쁘게 생각했다. 하지만 큰아버지가 그 사실을 어떻게 받아들이느냐 하는 건 다른 문제였다. 친척들은 큰아버지가 뭐라고 할지 촉각을 곤두세웠다.

"사업한다고 들었다."

큰아버지가 이렇게 입을 열었을 때 수동은 성적표를 받기 직전의 고등학생이 된 기분이었다. 이미 나와 있는 결과를 기다리는 심정은 어렸을 때나 어른이 되어서나 똑같이 불안하기만 했다.

"이제 돈을 벌기 시작했으니 다행이구나. 솔직히 네가 하는 일을 이해하기 어렵긴 하다만, 세상은 변하기 마련이지. 기왕 하는 일이니 성공하길 바라마."

큰아버지는 이렇게 말하면서 먼 산을 바라보았다. 살짝 한숨을 내쉰 것 같기도 했는데, 어찌 되었건 중요한 건 큰아버지가 일을 인정했다는 사실이었다. 큰아버지가 인정한 이상 다른 친척들이 수동이 하는 일에 토를 달 일은 없었다.

추석이 지나고도 매출은 계속 상승했다. 이제 옷의 종류를 늘리기 위해서는 모델이 수동 한 사람으로는 턱없이 부족하게 되었다. 당연히 새 모델을 영입해야 했는데 이 부분이 문제였다.

"솔직히 우리 사업이 성공하고 있는 건 순전히 수동이 '옷발' 덕이라고 봐야 해. 당연히 새 모델을 영입하더라도 수동이 정도 '옷발'은 나와야겠지. 이건 서두른다고 될 문제가 아니라고 봐."

제니퍼는 거의 매일 모델 면접을 보았다. 높은 모델료를 제시한 덕분에 지원자가 넘쳐 났던 것이다. 하지만 제니퍼의 마음에 차는 모델은 없었다. 수동은 대충 아무나 뽑자고 했다.

"사실 저는 모델 일을 정말 하기 싫었어요. 알아요, 알아. 인터넷에 별이상한 소문 다 돌았다는 거. 저도 게시판 볼 능력은 있다고요. 사람들은 그러죠. 저보고 게이라는 둥, 트랜스젠더라는 둥, 복장 도착증이 있는 거 같다는 둥. 판 주임님은 그런 말 안 믿으시죠? 전 여자 옷을 입고 사진을 찍는 게 정말 싫었어요. 지금 다시 하라고 하면 절대 안 할 거예요. 그때도 전 박스 포장하고 전화 받는 일이 더 좋았어요. 진짜예요, 진짜."

하지만 제니퍼는 수동이 좋아하거나 말거나 계속해서 사진을 찍을 것을 강요했다. 당장은 괴롭겠지만 그건 참고 이겨 내야 할 부분이라는 게 제니퍼의 설명이었다.

"넌 그냥 단순한 모델이 아냐. 우리 스키니톨의 CEO라고."

제니퍼는 수동에게 명함을 주면서 말했다. 명함에는 수동의 이름과 함께 CEO라는 직함이 적혀 있었다.

CEO. Chief Executive Officer. 최고경영자.

"우리 스키니톨은 너 때문에 만들어진 쇼핑몰이고, 너 때문에 유지되는 쇼핑몰이야."

이 말에 수동은 흔들렸다. 자신을 직원이 아닌 경영자로 생각한다는 제니퍼의 말은 감동적이기까지 했다. 덕분에 수동은 조금 더 여자 옷을 입는 일을 견딜 수 있었다.

"생각해 보면 말이죠, 제니퍼는 확실히 우리가 살고 있는 사회에서 사업가로 살아가기에 충분한 자질이 있는 아이였어요."

하지만 CEO라는 직함을 받았다고 해서 생활이 바뀐 건 아니었다. 옷 갈아입고 사진 찍고, 옷 갈아입고 사진 찍고 하는 일은 끝없이 반복되었다.

제니퍼는 사진에 많은 공을 들였다. 마음에 들지 않으면 몇 번이고 재촬영을 했다. 이 부분은 수동을 더욱 힘들게 했다. 그래픽 툴을 이용한 후보정은 나중에 영입한 홈페이지 관리자가 맡아서 했지만 사진을 찍는 일만큼은 제니퍼가 도맡아 했다.

"나중에는 제니퍼 얼굴이 다 보기 싫더라고요. CEO고 나발이고 그게 다 무슨 소용이에요. 결국에는 참다못해 도망쳤어요. 진짜 일하기 싫더라고요. 여자 옷 입는 것도 싫고, 제니퍼 얼굴 보는 것도 싫고."

수동은 출근길에 지갑만 들고 청량리역으로 향했다. 그리고 태백선을 타고 무작정 강원도로 향했다. 아는 사람 하나 없는 곳이었다. 수동은 역 주변에 보이는 찜질방에 들어가서 뜨거운 물에 몸을 씻고 수면실에서 잠을 잤다.

"강원도까지 가서는 고작 찜질방에서 잠을 자다니 저도 참 한심하죠. 하지만 그거 말고는 달리 하고 싶은 일도 없었어요. 그냥 다 잊어버리고 푹 쉬고 싶었거든요. 딱 그거뿐이었어요."

꼬박 24시간을 찜질방에서 쉬고 나니 핸드폰을 살펴볼 여유가 생겼다. 부재중 전화가 열 통이 와 있었다. 생각보다는 적은 숫자였다.

- 돌아와. 새로 모델 뽑았어.

제니퍼의 목소리는 차분했다. 특별히 책임을 묻지도 않겠다고 했다.

"사무실로 돌아가니까 새 모델이 와 있었어요."

"그 모델이 황민주지?"

판진아가 물었다.

"맞아요, 황민주. 그날 처음 만났어요."

"어떻게 뽑은 거지? 공채였나? 아니면 제니퍼, 그러니까 박다은이 아는 사람이었나?"

"면접 봐서 뽑았다고 했어요. 쇼핑몰 구석에 모델 채용한다는 공지가 있었는데, 그걸 보고 이력서를 보냈다고 들었어요."

수동이 말하자 판진아는 들고 온 서류를 몇 장 넘겼다.

"그래, 박다은도 그렇게 말했어."

"박다은이요? 제니퍼?"

"그래. 우리가 너만 데리고 왔을 줄 알았어? 지금 여기 박다은도 와 있고, 강석규도 와 있어."

김수동은 잠시 동안 아무 말도 할 수가 없었다. 지금까지는 아무 생각 없이 묻는 말에 대답을 하고 있었지만 제니퍼와 강석규가 자신과 같은 처지가 되어 붙잡혀 왔다는 말을 들으니 함부로 말을 할 수가 없었다.

"이봐, 우리가 원하는 건 황민주 하나야. 신도림역 폭발 사건은 알고 있지?"

수동은 몸을 움츠린 채 고개를 끄덕였다. 판진아는 수동 앞에 사진을 한 장 내밀었다. 화질이 선명하지 않은 CCTV 화면을 캡처한 것을 확대한 흑백사진이었다. 사진을 꽉 채울 정도로 수많은 사람들이 무표정한 얼굴로 걷고 있었다.

"무려 53명의 사상자가 났어. 자세히 봐. 이게 테러 현장에서 찍힌 황민주야."

판진아는 사진 한복판에 있는 선글라스를 끼고 마스크를 쓴 여인을 손가락으로 가리키면서 말했다.

"신도림역 환승 통로 쓰레기통에 폭탄을 설치한 직후에 찍힌 거지."

"이게 황민주라고요?"

수동은 판진아가 가리키고 있는 여인을 뚫어지게 바라보면서 말했다. 사진 속 영상은 너무나도 흐릿해서 선글라스를 낀 여인이 진짜 황민주인지 아닌지 확신하기 힘들었다. 하지만 국가정보부 요원이 그렇다고 하는데 확실하지 않을 수 있겠는가 싶었다.

"황민주."

수동은 작은 소리로 이름을 중얼거렸다. 황민주의 웃는 얼굴이 당장이라도 손으로 잡을 수 있을 만큼 선명하게 떠올랐다.

"황민주가 쓰레기통에 폭탄을 설치했다고요?"

"그래. 꽃다발로 위장해서 쓰레기통에 버렸어. 덕분에 전국 지하철에 설치된 모든 쓰레기통이 철거됐고."

판진아는 진지하게 말했지만 수동은 웃음이 나오려는 것을 참아야 했다. 쓰레기통을 치우면 테러가 사라진다고 진지하게 믿는 것 같았기 때문이었다.

"꽃다발이라. 그건 좀 이상하네요. 민주는, 그러니까 황민주는 꽃다발 같은 거 안 좋아했거든요. 아무짝에도 쓸데없는 게 비싸기만 하다고 했어요. 전 그렇게 말하면 꽃집 아저씨들이 슬퍼할 거라고 대꾸했죠."

수동은 말하면서 손을 내밀어 흐릿한 황민주의 흑백사진을 만져보았다.

얼마나 보고 싶었던가. 얼마나 그리웠던가.

'그동안 고마웠어.'

황민주는 이렇게 말하고 수동과 함께 살았던 방을 떠났다.

처음에는 견딜 만했다. 하지만 가끔씩 참을 수 없을 정도로 황민주가 보고 싶을 때가 있었다. 한번은 목소리만이라도 듣고 싶어서 헤어지기 전 통화했던 전화번호를 눌러 본 적도 있었다. 하지만 번호는 이미 정지되어 있었고 그제야 수동은 자신이 황민주의 전화번호는 물론이고 집 주소도, 고향도, 나온 학교도, 아무것도 모른다는 걸 깨달을 수 있었다.

"하나도 모른다는 게 말이 된다고 생각해? 두 사람, 2년 가깝게 사귀었고 6개월 동안 같이 살았잖아. 그런데 정말 아무것도 모른단 말이야?"

"예, 아무것도 몰라요. 계좌 번호를 알면 추적할 수 있지 않을까 하는 생각도 해 본 적이 있어요. 하지만 페이는 항상 현금으로 지급했어요. 민주가 처음부터 그렇게 해 달라고 했거든요."

수동은 두 사람이 처음 만났던 때를 떠올려 보았다.

황민주는 차가운 인상의 여자였다. 키가 크고 마른 체형이었지만 보통 운동을 많이 한 사람이 그렇듯 몸이 탄탄했다. 황민주는 제니퍼에게 모델로 일하는 데 있어서 몇 가지 조건을 걸었다.

"얼굴은 가려 주세요. 대신 노출은 좀 심해도 괜찮아요. 단, 제가 다리에 흉터가 좀 있는데 그건 포토샵으로 처리하셔야 할 거예요. 싫다고는 안 하시겠죠? 그리고 페이는 당일 현금 지급을 원칙으로 해 주시고, 촬영 하루 전에는 꼭 알려 주셔야 해요. 급하다면서 촬영 당일에 연락 주시면 곤란해요. 저도 생활이 있거든요."

아무래도 이쪽 일에 경험이 많은 모양이었다. 제니퍼는 그렇게 하겠다고 했다. 그리고 김수동과 황민주는 온라인 쇼핑몰 스키니톨을 이끄는 '투 톱' 모델이 되었다.

좋은 시절이었다. 수동은 여전히 여자 옷을 입는 걸 싫어하긴 했지만 적어도 일이 절반으로 줄었다는 데 만족할 수 있었다. 통장 잔고는 늘어 갔고 일 끝나면 여유 있게 쉴 수도 있었다. 부모님께 용돈을 보내 드릴 수도 있었고, 세계 일주까지는 아니어도 제주도 여행 정도는 보내 드릴 수 있게 되었다.

"두 사람 사귄 이야기를 좀 해 보지. 먼저 접근한 건 황민주 쪽이 었나?"

판진아가 물었다.

"아뇨, 저였어요. 제가 먼저 만나자고 했어요."

수동은 지하철역에 폭발물을 설치하고 나오는 황민주의 사진을 보 면서 대답했다.

수동이 피팅 모델 일을 시작한 이후 사람들은 그를 비뚤어진 시각으 로 바라보곤 했다. 인터넷에 돌아다니는 욕설이나 비난은 감수할 수 있 었지만, 친한 줄만 알았던 지인들조차 가끔씩 이상한 눈초리로 바라보 는 건 견디기 힘들었다.

하지만 황민주는 달랐다. 황민주는 단 한 번도 수동을 이상하게 여 기지 않았다. 언제나 자신과 같은 일을 하는 동료로 바라보았다. 종종 포즈에 대해서 논의하기도 했고 옷의 품질이나 디자인, 질감에 대해서 이야기를 하기도 했다. 그럴 때면 늘 마음이 편했다.

"제가 먼저 영화를 보러 가자고 했어요. 둘 다 쉬는 날이었죠. 박찬 욱 감독의 'DMZ'를 보러 가자고 했어요. 이영애하고 송강호, 이병헌 나 오는 그 영화요. 칸영화제에서 김옥빈하고 송강호 나오는 영화 '갈증' 으로 상 받은 다음에 나온 거여서 기대하고 갔죠. 영화는 괜찮았어요."

"누가 간첩 아니랄까 봐 국가보안법 위반한 영화를 잘도 보러 갔군."

판진아가 혼잣말처럼 말했지만 수동은 아랑곳하지 않고 자신의 이야기를 이어갔다.

"그리고 사귀게 됐어요. 특별히 민주가 절 유혹했다거나 그런 건 전혀 없었어요. 어디까지나 제 의지였어요. 제가 좋아했으니까요."

수동은 황민주와 함께했던 일들을 떠올렸다. 영화를 보고 나온 뒤에 함께 손을 잡고 걸었던 호숫가. 석규의 자동차를 빌려 타고 나갔던 야간 드라이브.

"연애는 어땠지? 두 사람 관계 말이야. 좋았나? 자주 싸웠나?"

수동은 대답할 말을 찾기가 힘들었다. 아무리 끝나 버린 연애라 해도 남에게 뭐라 설명하기는 힘이 들었다.

황민주와의 연애에 있어서 수동은 주로 농담을 하는 쪽이었다. 황민주는 주로 아무 말도 하지 않고 듣는 쪽이었다. 어느 날인가 침대에서 있었던 일이 떠올랐다.

"오늘은 또 어딜 가는 거야?"

"누구 좀 만나러."

수동이 물었지만 황민주는 늘 그랬듯 모호하게 대답했다.

"그러니까 누구 만나냐고?"

"일이야."

"그러니까 누구 만나서 무슨 일 하려고? 응?"

"우리, 일 이야기는 하지 말자. 응?"

몇 번이고 반복했던 적이 있는 대화였다. 수동은 어차피 캐물어 봐야 싸움만 될 뿐이라는 걸 잘 알고 있었기 때문에 결국 자신이 져 주는 수밖에 없다고 생각했다. 하지만 그 보상은 짜릿했다. 황민주는 그럴 때마다 키스를 해 주었다. 보상을 받으며 수동은 자신이 얼마나 단순한 생물인지 분명히 깨달을 수 있었다. 만약 장소가 시궁창이라고 해도 수동은 모든 걸 까맣게 잊고 키스에 취해 버릴 게 분명했다.

"황민주는 무슨 일을 한다고 했지?"

"그런 말 한 적 없어요."

"어디로 간다고 하던가? 누굴 만난다고 했지?"

"알려 준 적 없었어요."

몇 번의 질문이 더 이어졌지만 수동은 입을 굳게 다물고 있었다. 말을 하고 싶지가 않았다. 급작스럽게 피곤이 밀려왔다.

"그래, 그러다가 두 사람 어떻게 헤어지게 된 거야? 그건 말해 줄 수 있지?"

판진아가 참을성 있게 고쳐 물었다.

"연애는 참 쉽게 끝나곤 하죠. 하지만 더 쉽게 끝나는 게 있어요. 바로 사업이에요."

수동이 CEO 직함이 찍힌 명함을 들고 다니던 사업은 그야말로 한순간에 무너졌다. 키 크고 마른 여자를 노린 틈새시장을 공략한다는 전략은 성공했다. 문제는 그 틈새시장을 보고 들어온 후발 주자들이 너무 많았다는 점이었다. 매출은 급감했고 경쟁사들은 출혈을 감수하면서까지 폭탄 세일을 감행했다. 제니퍼는 손을 떼어야 할 때가 온 거라고 말했다.

"지금까지 고생했어."

제니퍼의 손에서 시작된 스키니톨은 제니퍼의 손에서 끝이 났다. 제니퍼는 너무도 쉽게 사업을 접었다. 비록 끝은 미약했지만 그간의 매출은 수동은 물론이고 제니퍼와 석규에게도 그다지 나쁠 것 없는 결과를 안겨 주었다.

스키니톨이 끝나자 제니퍼는 새로운 아이템을 찾아보겠다고 했다. 석규는 PC방을 차렸다. 그리고 수동은 다시 실업자가 되었다.

백수 생활이 다시 시작되었다는 건 더 이상 부모님의 제주도 여행 경비를 책임질 수 없을 뿐만 아니라 명절 때 친척들의 눈총을 다시 받게 된다는 뜻이기도 했다. 이즈음 가장 큰 힘이 되어 준 건 황민주였다.

"집에는 사업이 잘 안 됐다고 해. 어르신들은 원래 놀던 놈이 계속 논다고 생각하면 눈치를 줄지 몰라도, 사업을 하다가 망했다고 하면 다 이해하실 거야."

하지만 가장 큰 문제는 명절이 아니었다. 고정적인 수입이 끊겼기 때문에 동대문에 얻은 원룸에서 계속 지낼 수 없다는 거였다. 월세를 낼 수 없으면 집으로 다시 들어가야 했다. 그렇게 되면 예전처럼 집에서 빈둥거릴 수밖에 없게 된다. 게다가 이제는 집을 피할 석규의 카페도 없었다.

"나랑 같이 살아. 그러면 되잖아?"

황민주는 월세를 자신이 부담하겠다고 했다. 그렇게 해서 두 사람은 동거를 시작하게 되었다.

"그래, 스키니톨 사업이 망하고 두 사람이 같이 살기 시작했지. 그러다가 6개월 전에 헤어졌고 말이야."

수동은 힘없이 고개를 끄덕였다.

"저, 이제 좀 쉬면 안 될까요? 저 밤새워서 PC방에서 일했어요. 졸려서 기억나는 게 없네요."

목소리가 갈라져서 나왔다. 판진아는 눈을 부릅떴다.

"이봐, 지금 우리는 테러 용의자를 추적 중이야. 사람이 죽었다고. 그게 뭘 의미하는지 모르겠어?"

"알아요. 판 주임님은 황민주를 찾고 싶으신 거잖아요. 그렇죠? 저도 지난 6개월 동안 황민주를 찾아봤어요. 그리고 실패했고요."

"넌 전문가가 아니잖아. 네가 무시했던 사소한 사실이 어쩌면 중요한 단서일 수도 있고. 지금부터 그걸 찾아보자."

"맞아요, 전 전문가가 아니죠. 하지만 이렇게 졸려서는 아무것도 떠오르질 않아요."

잠시 시간이 흘렀다. 수동을 가만히 관찰하던 판진아는 마침내 결심을 했는지 책상 위에 널려 있는 서류를 정리했다.

"알았어. 저기 뒤에 소파 보이지? 거기서 자. 따로 수면실을 내주고 싶지만 그랬다가는 위에서 날 가만두지 않을 거야. 그렇게 되면 나는 아주 기분이 상할 테고, 널 신문하는 데 좋지 않은 영향을 끼치겠지."

"소파에서 자는 걸로 만족하라는 거죠? 알겠어요, 알겠어. 소파 좋아요. 근데 이불은 없나요?"

"여기 이불 가져와."

판진아가 말하자 요원 하나가 담요를 한 장 가지고 들어왔다.

"저, 자는 것도 녹화하나요?"

수동이 담요를 받아 들면서 물었다. 판진아는 대답 대신 미소를 지었다.

"알려 주지 않겠다는 거로군요? 맘대로 하세요. 사진을 찍건 녹화를 하건."

수동은 소파에 누운 뒤 담요를 덮었다. 지나치게 피곤한 탓인지, 아니면 조금 전까지 이어졌던 신문 탓인지 쉽게 잠이 오질 않았다.

'그동안 고마웠어.'

잠을 청해 보려고 소파에 누워 눈을 감자 황민주가 했던 마지막 말이 떠올랐다. 얼굴에는 아무 감정이 드러나지 않았고 말투도 담담했다. 어쩌면 수동이 그토록 오랫동안 황민주와 헤어졌다는 사실을 부정하고 끊임없이 추적을 했던 것도 그 때문인지 모른다. 만약 슬픈 얼굴을 했다거나 비웃는 말투로 마지막 인사를 남겼다면 조금 달랐을지도 모른다.

　같이 살았던 시절의 추억이 떠올랐다.

　샤워를 하고 있을 때 황민주가 불쑥 문을 열고 들어왔다.

　"뭐야? 내 벗은 몸이 그렇게 탐나?"

　수동이 농담을 하자 황민주도 따라 웃었다. 두 사람은 키득거리면서 같이 샤워를 했다. 수동은 황민주의 몸에 있는 흉터들을 비누칠한 손으로 만지면서 문득 자신이 흉터에 집착하는 페티시가 있는 게 아닐까 하는 생각이 들었다.

　"이 흉터 말이야⋯⋯."

　흉터가 왜 생긴 건지를 묻는다면 황민주는 모호하게 대답하고 넘어갈 게 분명했다. 그래서 수동은 다른 방식으로 흉터 이야기를 하기로 했다.

　"⋯⋯문신한 거야, 아니면 일부러 성형한 거야? 너무 잘 어울려서 말이지. 특히 여기 허벅지에서 엉덩이까지 이어지는 흉터는 선이 아주 예술이야. 누가 보면 엉덩이가 허벅지에 달려 있는 줄⋯⋯."

　하지만 수동은 농담을 끝까지 마치지 못했다. 황민주가 수동의 정강이를 걷어찼기 때문이었다. 수동은 볼썽사납게도 바닥에 쓰러져서 샤워기에서 쏟아지는 물을 얼굴로 받는 신세가 되고 말았고, 황민주는 그 꼴을 보고 웃음을 참지 못했다.

즐거운 추억이었다. 하지만 안타깝게도 수동은 추억 속에서 황민주의 알몸을 떠올리면서 발기를 했다.

눈이 떠졌다. 가장 먼저 보인 것은 CCTV 카메라였다. 집이었다면 자위라도 한 번 하고 다시 잠을 청할 수 있었겠지만 수동은 카메라 앞에서 자위를 할 만큼 대담하지 못했다. 이불을 달라고 한 게 다행스러웠다. 담요가 없었다면 국가정보부 취조실 카메라 앞에서 발기한 기록이 영원히 남을 뻔했구나 싶었다.

잠이 들 때까지 수동은 꽤 오랫동안 뒤척여야 했다.

꿈도 없는 깊은 잠이었다.

수동이 잠들지 못한 건 난생 처음 당해 본 신문에 워낙 긴장했기 때문이었다. 하지만 오랫동안 눈을 감고 있다 보니 결국에는 긴장이 풀려버렸고, 결국 세상만사 다 잊고 잠에 빠져들 수 있었다. PC방 아르바이트를 하느라 밤샘을 한 뒤였기 때문에 잠은 깊고도 길게 찾아왔다.

누가 깨우지도 않았는데 잠에서 깨었다. 꽤 오랫동안 방치된 모양이었다. 시간을 확인해 보고 싶었지만 취조실에는 시계가 없었다. 핸드폰은 들어올 때 빼앗겼다. 그래서 수동은 시간을 알기 위해 누군가에게 도움을 청하기로 했다.

"저, 일어났어요."

수동이 거울 저편에서 자신을 바라보고 있을 누군가를 향해서 말했다. 하지만 대답은 없었다.

"자리 비운 건가요?"

다시 물었지만 역시 대답은 없었다. 대신 문이 열리고 요원 하나가 들어왔다.

"오랜만이다, 김수동."

요원이 웃으면서 손을 내밀었다. 악수를 하자는 뜻인 모양이었는데 수동은 얼결에 내민 손을 맞잡기는 했지만 지금 무슨 일이 벌어지고 있는지 알 수가 없었다.

"저, 누구……?"

"새끼, 기억력하고는. 나 몰라? 여준석."

요원이 환하게 웃으면서 말했다. 그제야 수동은 손을 내민 상대가 누구인지 알 수 있었다.

엄마 친구 아들을 줄인 말인 '엄친아'라는 단어가 있다. 어떤 웹툰 만화가가 만들어 낸 말로, 공부 잘하고 효자에 취직도 잘하는 사람을 일컫는 말이다. 어떤 모임에서나 그런 엄마 친구 아들이 하나쯤은 있기 마련이기 때문에 이 엄친아라는 단어는 꽤 오랫동안 사람들이 사용하게 되었다.

지금 눈앞에 있는 여준석도 수동에게 '엄친아'였다.

여준석과 수동은 중학교 동창이었다. 공부를 잘했고 성격도 좋아서 여준석을 아는 어머니들은 모두가 자신의 아들이 여준석처럼 되기를 희망했다. 하지만 엄친아는 흔하지 않기 때문에 엄친아인 것이고, 수동을 비롯한 대부분의 아이들은 여준석을 선망의 대상, 혹은 질투와 시기의 대상으로 가슴에 품어야 했다.

"어, 그, 그래. 준석이, 오랜만이다. 그런데 너 여긴 왜……?"

"나, 학교 졸업하고 국가정보부 시험 봤거든. 지금은 3과 주임이야."

"아……."

수동은 무슨 말을 해야 좋을지 몰라서 그냥 입으로 감탄사만 냈다.

"일단 너 운 좋았다. 혐의 벗었어."

"혐의?"

"응, 간첩 혐의."

수동은 속으로 끔찍한 소리를 참 태평스럽게도 하는구나 싶었다.

"그럼 나 집에 가도 되는 거야?"

"응, 지금 바로 갈 거야."

"석규랑 제니퍼, 아니, 나랑 같이 여기 온 사람들은?"

"강석규하고 박다은 말하는 거지? 두 사람은 신경 쓰지 말고 따라와. 지금 너, 네 앞가림이나 똑바로 해야 할 때야. 남 신경 써 줄 처지가 아니라고. 알겠어?"

"어, 고, 고맙다."

자고 일어나니 유명인이 되어 본 경험은 있었지만 자고 일어나 보니 간첩 혐의를 벗어 본 것은 처음인지라 수동은 얼떨떨하기만 했다. 여준석을 따라가며 소지품을 돌려받고 출입증을 반납하면서도 실감이 나지 않았다.

"그런데 수동아, 집으로 갈 수는 있는데 조건이 하나 있어."

국가정보부 주차장에서 여준석이 말했다.

"조건?"

또 한 번 불길한 예감이 들었다. 간첩 혐의를 벗었다고 말할 때보다 더 환하게 웃고 있는 여준석의 얼굴을 보니 더욱 그랬다.

"나랑 같이 가야 해. 황민주가 너한테 다시 연락해 올 수도 있잖아? 그래서 당분간 내가 너랑 같이 지내게 될 거야. 동대문에 있는 네 원룸에서 말이야. 걱정하지 마. 생활에 불편은 없을 거야. 내가 있는 동안은 생활비도 지급될 거고."

여준석은 이렇게 말하곤 수동의 어깨를 짝 소리가 날 정도로 한 번 내려쳤다.

"중학교 동창을 오랜만에 만났으니 그간 쌓인 얘기도 하고 좋지 뭘 그래? 자, 얼른 가자."

여준석은 조수석에 수동을 먼저 태우고 운전석에 앉았다. 차 문이 닫히고 시동이 걸렸다. 그러자 여준석의 얼굴에서 웃음기가 싹 가셨다. 분위기가 좋지 않았다. 수동은 일단 눈치를 살폈다.

"씨발년."

차를 몰고 주차장을 빠져나가면서 여준석이 중얼거렸다. 수동은 여준석의 욕설이 황민주를 향한다고 생각했지만, 어쩌면 자신에게도 같은 욕설이 쏟아질지 모른다는 생각에 조마조마했다.

"만나 봤지? 판 주임."

수동은 기어들어 가는 소리로 그렇다고 말했다.

"나랑 동기야. 3과에서 동기 중에 나랑 판 주임이 제일 잘나가지. 나는 현장에서 뛰는 걸로 인정받았고, 판 주임은 정보 분석 쪽에서 인정을 받았어."

"아, 그렇구나."

수동은 여준석이 무슨 말을 이어갈지 몰라서 대충 맞장구만 쳤다.

"그런데 이제 곧 개편이 있거든. 샤론의 장미. 아무튼 그런 게 있어. 판 주임은 황민주 건에 투입됐고, 나는 정상회담에 투입된 상태였어. 알고 있지? 곧 미국하고 정상회담 하는 거."

"뉴스에서 본 것 같긴 한데."

수동은 여준석이 뜻 없이 내뱉은 '샤론의 장미'라는 단어가 마음에 걸렸지만 차마 그 의미를 묻지는 못하고 이렇게 말했다.

"이번 정상회담은 FTA하고 북한 핵개발 문제가 직결되어 있는 회담이라 진짜 중요하거든. 아는지 모르겠지만 미국 대통령이 우리나라에 들어오면 경호는 완전히 미국 쪽에서 전담해. 우리나라는 아무것도 안한다고. 그런데 이번에 우리 정보부에서 미국 경호실하고 협력 체제를 만들게 됐거든. 아무래도 북한 문제가 걸려 있으니까 그렇게 됐겠지. 아무튼 나는 이번에 그쪽으로 차출돼서 일하게 돼 있었어. 미국 경호실하고 합동으로 현장 근무를 하며 경력을 쌓을 기회였단 말이야. 그런데 그 씨발년이 날 이쪽으로 뺀 거야."

수동은 고개만 끄덕였다. 여준석의 분위기로 보아 분명 좋지 않은 일인 것 같기는 했지만 정확하게 왜 좋지 않은지는 알 수가 없었다.

"넌 아무것도 아니야. 나도 서류 봐서 알아. 넌 그냥 황민주한테 이용당한 거잖아? 그런데 너랑 동창이라는 이유로 내가 너랑 같이 황민주 잡는 일에 동원돼야 한다고 그랬다는 거야. 씨발! 그런데 판 주임 그 씨발년이 무슨 수를 어떻게 썼는지는 모르겠는데, 그렇게 하라고 상부에서 지시가 내려왔네?"

여준석은 여기까지 말하고는 갑자기 분을 참지 못하겠는지 운전대를 손으로 내려쳤다. 덕분에 수동은 몸을 움찔하지 않을 수가 없었다.

"미, 미안하다."

수동은 조심스럽게 말했다. 달리 할 말이 떠오르질 않았다.

"미안할 거 없어. 이제부터 넌 날 도와줘야 하니까."

"널⋯⋯, 도와?"

"그래, 날 도와야지. 도와서 황민주를 잡아야지."

수동은 고개를 끄덕이긴 했지만 여준석이 하는 말의 의미는 전혀 이해가 가질 않았다. 도대체 무슨 수로 어떻게 잡겠다는 소리인 걸까 싶었다.

"판 주임이 모르는 게 하나 있지. 김수동, 난 널 알아. 넌 원래 컴퓨터 도사였잖아. 중학교 때부터 말이야. 애들한테 야동 돌리고, 새로 나온 신작 만화도 돌리고, MP3도 돌리고 그랬지. 특히 구하기 어려운 신작들만 골라서 말이야."

"옛날 일이야, 그건."

"아냐, 내가 조사해 봤어. 너, 고등학교 때 저작권 침해로 걸려서 고소당한 적 있더라?"

수동은 아무 말도 하지 않았다. 까맣게 잊고 있었던 치부가 드러나고 있는데 그 상대가 하필이면 국가정보부 요원인 상황이었다. 이럴 때는 오직 침묵만이 답일 거였다.

"압수한 네 컴퓨터 봤어. 진짜 깨끗하더라. 아무것도 없었어. 신기할 정도로. PC방에 있는 컴퓨터도 신기할 정도로 아무것도 없었고. 그건 말이지, 네가 컴퓨터를 쓰지 않는다는 의미가 아니라 컴퓨터를 아주 조심스럽게 쓴다는 뜻이야. 판 주임은 모르겠지만 나는 알 수 있어."

수동은 여전히 침묵을 지켰다.

"그 씨발넌은 내가 현장 요원이라 정보 분석은 전혀 못 한다고 생각하고 있어. 한마디로 날 돌대가리로 본다, 이 말이야. 날 여기로 날려 보냈으니 자기가 더 유리하다고 믿고 있을 텐데, 어디 두고 보자고. 황민주 잡는 게 누구인지."

여준석은 이렇게 말하고 차를 급하게 세웠다. 안전벨트의 장력이 몸을 붙잡아 주는 걸 느낄 수 있을 정도의 급정거였다.

"아무튼 이런 이유로 해서 황민주를 내가 잡아야겠다. 도와줄 거지?"

"내가 무슨 수로……."

"다 알고 있어. 네 핸드폰 고리, 그거 USB메모리잖아. 멍청한 놈들이 그걸 놓쳤어. 그 안에 황민주에 대한 정보가 가득 담겨 있을 텐데 말이지."

"그, 그건……."

"괜찮아. 거기 불법적인 정보가 있어도 상관없어. 난 그런 거 취급하는 요원이 아니야. 황민주만 잡으면 되거든. 다른 건 전혀 신경 안 써."

여준석이 손을 내밀면서 말했다. 수동은 잠시 망설이다가 결국 핸드폰 고리를 분리해서 여준석의 손바닥 위에 올려놓았다.

"자, 이제 찾아보자고. 황민주가 어디 있을지."

여준석이 말했다. 사실 황민주가 어디에 있을까 하는 걸 가장 궁금하게 여기는 건 수동이었다.

"이건 내가 찾다가 실패한 자룐데……."

"알고 있어."

확신에 가득 찬 목소리였다.

차에 설치된 USB리더기에 메모리카드를 꽂는 여준석을 보면서 수동은 자연스럽게 이런 의문이 떠올랐다.

'도대체 황민주는 어디에 있을까?'

3. 불개미의 귀
_7·4 남북공동성명

황민주는 고정간첩 황태산의 사무실에서 차를 마시고 있었다. 황민주는 접대용 테이블 앞에 앉아 차를 음미했고, 황태산은 자신의 책상에서 차를 마셨다.

사무실에는 선물 받은 마시기에 좋은 차가 많이 있었다. 중국에서 들여온 10년 넘게 묵었다는 보이차도 있었고, 인도에서 온 고급 다즐링도 있었다. 하지만 황태산이 주로 즐기는 건 싸구려 커피믹스였다. 지금 두 사람 앞에 놓여 있는 차도 대형 마트에서 할인가로 사 온 한 개에 100원도 하지 않는 커피믹스였다.

"파괴 공작원은 아무래도 고급스러운 취미를 가지기가 어렵지. 가내수공업으로 만든 싸구려 AK소총을 써야 할 때도 있고, 제대로 된 폭탄 대신 현지에서 만든 급조 폭발물로 작업을 해야 할 때도 있는 직업이다 보니 그렇게 되는 것 같아."

황태산은 혼잣말처럼 중얼거렸다.

"언제나 적지에서 추적당하고 있는 것처럼 행동해야 한다고 배웠어요, 파괴 공작원은."

황민주의 말에 황태산은 깊게 고개를 끄덕였다.

"그래, 그래서 파괴 공작원은 작은 일 하나에 기뻐하고 슬퍼해서는 안 되는 법이지. 늘 떠날 준비를 하고 있어야 하고 말이다."

황태산은 고급 도자기 찻잔에 담긴 커피믹스를 음미하면서 말했다. 황민주는 찻잔을 들여다보고 있었다. 금방 탄 커피인지라 하얀 거품이 일고 있었다. 찻숟가락으로 거품을 떴다가 다시 저었다가를 반복했다. 황태산은 이야기를 이어갔다.

"우리는 개미다. 느리지만 부지런히 목표를 향해 기어가는 개미. 한 걸음 나갈 거 두 걸음 앞으로 나갔다고 기뻐할 것도 없고, 오르막길을 만났다고 슬퍼할 것도 없다. 나는 또 이 말이 기억나."

"저도 기억나요."

황민주는 찻숟가락을 내려놓았다. 거품이 빙글빙글 돌면서 소용돌이 모양이 되었다.

"684부대가 뭔지 아느냐?"

"전에 배웠어요. 실미도 사건 일으킨 부대. 남조선에서 파괴 공작원을 키웠던 부대잖아요."

"맞다. 그럼 그 684부대가 왜 실미도 사건을 일으켰다고 생각하느냐?"

"파괴 공작원들을 키워 놓고는 어떤 임무도 주지 않았기 때문에 생겼다고 배웠어요. 실전에 투입될 날만 기다리고 있었는데 임무는 주지 않고, 대우는 점점 더 나빠졌다고……."

"그래, 그랬지."

황태산은 눈을 감고 말을 이어갔다.

"684부대원은 제대로 훈련받은 파괴 공작원이었어. 내가 직접 봤기 때문에 안다. 다만 그들은 제대로 된 때를 만나지 못한 게지. 너였다면 어땠을 것 같으냐? 임무는 주어지지 않고 대우는 점점 나빠진다면?"

"진정한 파괴 공작원이라면 기다릴 줄 알아야 한다고 배웠어요."

"그래, 그러다 보면 반드시 기회가 오기 마련이다."

황민주는 찻숟가락에 남아 있던 거품이 서서히 말라붙어 가는 것을 지켜보고 있었다.

"그해가 1972년이었다. 기회라는 게 어떤 건지 배운 게 말이다."

황태산은 눈을 지그시 감고는 말을 이어갔다.

1972년 6월 20일 월요일, 서울.

황태산은 공장에서 업무를 마치고 집으로 돌아와 신문을 보고 있었다. 당시 황태산의 거처는 용산 동부이촌동 아파트였다.

수도권 인구가 급증하던 시기였다. 정부는 서민들의 주거 환경 개선을 위해 서민아파트를 대거 건설하는 정책을 쓰려고 했지만, 이 무렵 지어진 와우아파트가 부실 공사로 인해 붕괴되면서 60여 명의 사상자를 내는 최악의 사건이 터지고 말았다. 덕분에 서민아파트를 짓는 정책은 중단되었다.

대신 중산층을 위한 아파트를 건설하기로 한 정부는 용산 동부이촌동에 아파트 단지를 조성했다. 그리고 강남에도 대규모 아파트 단지를 조성하기 위해서 주택건설촉진법을 통과시켰다.

황태산은 현대건설의 이명박 상무가 용산에 중기 공장 차고 7동을 무허가로 착공한 혐의로 공개 수배되었다가 구속되었다는 기사를 읽고 있었다.

"서른두 살짜리 젊은 상무가 겁 없이 일을 추진하다가 낭패를 본 게

로군. 이제 대기업도 함부로 서울에 무허가 건물을 지을 수 없다는 뜻
이겠지."

서울의 인구밀도는 높아지고 있지만 서울의 땅은 한정되어 있다. 그
러니 앞으로 부동산이 서울에서 가장 중요한 재화가 될 것이라는 게 황
태산의 판단이었다.

월남전에 참전한 남조선은 급속도로 경제 성장을 이루고 있었고 그
결과 수도권 발전은 눈부실 정도로 빠르게 진행됐다. 정부가 강남 일대
에 대규모 아파트 단지를 조성하게 된다면 이 지역의 부동산 가치가 높
아지는 건 시간문제였다.

"그렇다면 아직 미개발 지역인 영동에 땅을 사 두는 것도 괜찮겠군."

황태산은 자신이 알고 있는 정보를 종합한 다음 이런 결론을 내렸
다. 강남 지역을 두고 영등포의 동쪽에 있다고 해서 '영동'이라고 부르
던 시절이었다.

북에서 보내오는 공작금은 늘 모자랐다. 때문에 남파 간첩들은 신분
이 노출될 위험을 무릅쓰고라도 취직을 해서 돈을 벌어야만 했다. 기왕
버는 돈이라면 크게 버는 게 더 좋을 것이라는 게 황태산의 생각이었다.

공작금을 크게 굴릴 방법이 또 없을까 궁리를 더 해 보고 있는데 전
화벨이 울렸다. 황태산은 전화벨이 두 번 울리기 전에 수화기를 집어
들었다.

- 비둘기.

오래간만에 듣는 굵은 남자 목소리였다.

"거북이."

이어서 굵은 남자 목소리는 난수를 읽었다. 황태산은 하나도 빠짐없

이 받아 적었다. 그리고 해독 작업을 거쳐 지령을 알아낼 수 있었다.

'불개미 제거.'

이것이 지령이었다. 이어진 내용은 불개미의 거처 주소였다. 제거해야 할 이유가 지령에 포함되어 있지 않은 건 이상할 게 없었다. 하지만 선택해야 할 수단과 방법도 없는 지령이었다.

"도대체 불개미가 누구야?"

지나치게 불친절한 지령에 잠시 불만을 품었다가 곧 그만두었다. 상대가 누구인지는 보면 바로 알 수 있을 거였다. 그러니까 지령도 이렇게 간단한 게 분명했다.

황태산은 책장에 진열된 백과사전 중에서 4권을 뽑았다. 뽑아낸 두꺼운 백과사전을 펼치자 체코슬로바키아 사회주의 공화국에서 만든 VZOR-61 기관단총, 속칭 '스콜피온'이 보였다. 2kg도 안 되는 무게에 50cm 남짓한 길이 때문에 종종 기관권총으로 분류되기도 하는 물건.

백과사전 5권 안에는 20발들이 탄창 네 개가 들어 있었다. 황태산은 9mm 탄이 가득 채워진 탄창을 확인했다. 그리고 가죽 권총집을 어깨에 두르고 거기에 스콜피온과 탄창을 집어넣었다. 겉옷으로는 얇은 여름용 정장을 택했다. 불심검문을 당하더라도 몸수색을 당하지 않는 이상 들킬 일은 없을 것이다.

다음으로 신발장에 숨겨 둔 대검을 찾아 가죽 권총집 밑에 끼워 넣었다. 혹시 총을 사용해서는 안 될 상황을 대비해서였다. 북에서 남파될 때 지급받은 만년필형 독침도 정장 상의 주머니에 챙겨 넣었다. 복어 독을 정제해서 만든 테트로도톡신이 들어 있는 이 독침은 상대를 찔러 독을 주입할 수도 있고, 음식물에 섞어서 상대에게 몰래 먹일 수도 있다.

준비는 끝났다. 황태산은 마지막으로 마음을 다시 한 번 다잡은 뒤 집을 나섰다.

영동까지 다니는 차편은 없었기 때문에 황태산은 택시를 이용해 영 등포까지 갔다. 나머지는 걸어서 갈 생각이었다. 돌아올 때도 같은 방 법을 쓸 예정이었다. 시체가 바로 발견되지 않도록 조치만 취한다면 택 시 기사가 자신을 기억할 이유는 없었다.

만약 택시 기사가 잡담을 걸어온다면 공장 부지를 돌아보는 대기업 직원 행세를 할 생각이었다. 하지만 택시 기사는 아무것도 묻지 않았 다. 그저 피곤한 얼굴로 택시를 몰 뿐이었다.

목적지에 도착한 것은 생각보다 이른 시각이었다. 6월의 더위 때문 에 땀이 좀 많이 나긴 했지만 매일 단련하고 있는 황태산의 육체는 이 보다 더한 강행군도 충분히 견딜 수 있었다.

불개미가 살고 있는 곳은 영동의 무허가 판자촌이었다. 뒤에는 산이 있었고, 판자촌 앞에는 공동으로 쓰는 우물이 하나 있었다. 군데군데 텃밭이 눈에 들어왔다. 여의도나 영등포, 용산에 집을 얻지 못한 수도 권의 빈민들이 모여 사는 곳이었다. 이들은 이제 영동에 대규모 아파트 단지가 들어서게 되면 제일 먼저 쫓겨나게 될 운명이었다.

'앞으로는 이런 사람들이 사회 불만 세력이 될 테니 나중에 가면 포 섭하기 좋겠지.'

암살 지령을 수행하러 가는 중에도 이런 생각이 떠올랐다. 상대가 누구인지도 아직 모르는데 굳이 이런 생각을 해야 하는가 싶어서 혼자 쓴웃음을 지었다.

황태산은 판자촌이 잘 보이는 우물 건너편에서 불개미가 살고 있는 집을 살펴보았다. 오른쪽에서 두 번째 집이었다. 불은 꺼져 있었지만 안에 누군가 있을 거라는 느낌이 강하게 들었다. 사람이 들락거리는 집도 어둡기는 마찬가지였다. 전기가 들어오지 않는 곳이다 보니 다들 밤에는 특별한 일이 없으면 불을 켜지 않는 모양이었다.

황태산은 품에 넣은 스콜피온의 개머리판을 펴서 저격을 하는 건 어떨까 생각을 해 보았다. 비록 사거리가 25m 정도밖에 되지 않는 총이지만 개머리판을 펴서 어깨에 견착시키면 명중률을 높일 수 있었다.

'불이 켜져 있는 집이 거의 없으니 몰래 들어가기는 쉽겠어. 하지만 총을 쓰면 소리를 듣고 사람들이 나와서 보게 될 거야. 굳이 목격자를 만들 이유는 없지.'

역시 칼을 쓰는 편이 가장 좋을 것 같다는 판단이 섰다. 만약의 경우 독침을 쓸 수도 있겠지만 그것은 최후의 수단이었다. 황태산은 사람들의 눈을 피해서 조용히 불개미가 살고 있는 집으로 들어갔다.

문은 잠겨 있지 않았다. 천천히 문손잡이를 돌리고 안으로 들어서자 술 냄새가 풍겼다. 곧이어 술병이 움직이는 소리가 들렸다. 사람이 있는 게 분명했다. 황태산은 헛기침을 한 번 했다. 어차피 상대는 누군가 들어오고 있다는 걸 눈치 챘을 것이다. 공연히 몰래 들어가는 것보다는 용건이 있는 척하는 편이 나을 것 같았다.

"누구시오?"

취기가 오른 목소리였다.

"이야기 좀 합시다."

황태산은 이렇게 말하면서 목소리가 들린 쪽으로 걸음을 옮겼다. 그러자 성냥불이 켜졌고 양초에 불이 붙었다. 촛불은 밝지 않았지만 상대가 누구인지는 한눈에 알아볼 수 있었다.

"불개미를 찾아왔군."

술에 취한 사내가 키득거리면서 말했다. 황태산은 한동안 말을 이을 수가 없었다.

"누가 날 찾아올 거라고 예상은 했어. 그런데 그게 황태산이라니, 이거 참, 웃을 수도 없고 울 수도 없고…….."

"불개미가……, 교관님이셨습니까?"

상대는 고개를 끄덕였다.

불개미는 황태산이 평양에서 남파 훈련을 받을 때 파괴 공작을 담당한 교관이었다. 이름은 량태수라고 했다. 하지만 평양에서 그의 이름을 부를 일은 없었다. 그저 '파괴 공작 담당 교관'이라고만 했다. 한쪽 귀가 심하게 찌그러져 있어서 함께 훈련받은 동료들끼리는 '짝귀'라고 부르기도 했다.

'조국 통일의 그날은 생각보다 먼 곳에 있다오, 동무. 우리는 그날을 향해 매일 조금씩 기어가는 부지런한 개미가 되어야 하오.'

평양에서 량 교관이 했던 말이 지금도 생생하게 기억났다.

"나는 작년에 남파되었지. 자네가 서울 어딘가에 있을 거라고 생각은 했지만 우리 일 특성상 인사를 갈 처지는 못 됐다오, 동무."

량 교관은 손짓으로 황태산을 불렀다. 황태산은 량 교관이 앉아 있는 쪽으로 걸음을 옮겼다. 머릿속이 복잡했다.

'칼을 쓸 수 있을까? 차라리 그냥 총으로 쏴 버릴까?'

순간 량 교관이 가르쳤던 기술 몇 가지가 떠올랐다.

'내가 먼저 쏘지 않으면 상대가 먼저 쏘기 마련이다.'

이 생각이 들자 황태산은 걸음을 멈추었다. 더 이상 다가갈 수가 없었다. 그런 황태산의 마음을 아는지 모르는지 량 교관은 앉은뱅이 탁자 앞에 앉아서 소주를 병째로 한 모금 들이켰다.

"남조선이 소주 하나는 잘 만들어. 이거, 30도라는데 맛이 괜찮아. 어때, 한 모금 마실 텐가?"

"남파된 이후 술이라고는 입에도 안 댔습니다."

"왜? 내가 파괴 공작원은 술 마시면 안 된다고 가르쳐서? 이거, 생각보다 훨씬 말 잘 듣는 공작원이었군, 황태산."

량 교관은 키득거리면서 소주를 다시 한 모금 마셨다.

"이거, 남아 있는 공작금 털어서 산 거야. 몇 병 더 있어. 같이 마실 사람이 있으면 좋겠다 싶었는데 마침 잘 찾아와 줬네. 거기 앉아."

황태산은 아무 말도 할 수 없었다. 자신이 이곳을 찾은 목적 때문이었다. 하지만 그렇다고 해서 총을 뽑아 들 수도 없었다. 그저 모든 것이 혼란스럽기만 했다.

"왼쪽 겨드랑이에 가죽 권총집을 찼군. 안에는 스콜피온이 들어 있지? 칼하고 독침도 챙겨 왔겠지. 딱 보면 알아. 그리고 무엇보다도, 나는 자네가 여길 찾아온 목적도 아주 잘 알고 있어. 그러니 앉아."

기묘하리만치 침착한 목소리였다. 앞으로 상황이 어떻게 되든 일단은 이 말을 따를 수밖에 없었다.

"실미도 사건 알고 있지?"

"제가 직접 눈으로 보고 평양에 보고했었습니다."

"알아, 알아. 평양에 소문이 자자했어. 잘 가르쳤다고 칭찬도 들었지."

량 교관은 소주를 한 모금 더 마셨다.

"그 친구들이 왜 버려졌는지 아는가? 684부대원들 말일세."

"그야 남조선이 공격 계획을 버렸기 때문 아닙니까?"

"맞아, 버렸지. 왜 버렸겠는가? 북도 남도 결국 대화를 선택했거든. 이제 상황이 바뀌었어. 김신조가 청와대를 까부수러 내려왔을 때와 지금은 상황이 달라졌단 말이야. 월남에서 미국은 곧 철수할 거야. 호찌민이 이끄는 월맹이 전쟁에서 이길 거란 말이지. 남조선도 병력을 빼고 있고. 이런 와중에 지난달 남조선이 밀사를 파견했다네."

"그 소문은 들었습니다. 고위층 인사가 평양을 다녀갔다고."

하지만 이것은 확인되지 않은 소문일 뿐이었다. 이쪽과 관계된 정보를 수집하라는 지령은 받은 바 없었다.

"중앙정보부장 이후락이 직접 평양을 방문했네."

"그렇다면……."

"장군님과 만났다네."

북한은 모든 인민이 평등하다는 사상을 기반으로 한 공산주의 국가다. 때문에 장군이 이등병을 부를 때에도 '동무'라고 하고, 이등병이 장군을 부를 때에도 '동무'라고 한다. 하지만 모든 인민에서 벗어난 단 한 사람은 '장군님'이라고 불린다. 바로 김일성 주석이다.

"회담이 이루어진 거지. 다음 달 중으로 공식적인 발표가 있을 거야. 공동성명 같은 것도 발표한다고 하더군. 지금 실무자들이 열심히 작업 중이야."

"그렇군요."

황태산은 어째서 량 교관이 이곳에 왔는지, 또 왜 량 교관을 죽이라는 지령이 떨어진 것인지 대충 짐작할 수 있었다.

"나는 파괴 공작 요원이야. 내가 이곳에 온 건 당연히 파괴 공작을 위해서지. 하지만 이제 상황이 바뀌었어. 이젠 북도 남도 내가 사고를 일으키길 원하지 않아. 오히려 나를 제거함으로 해서 다음 달에 발표될 공동성명에 조금이라도 신뢰를 얻으려 들겠지. 파괴 공작 요원의 목을 남조선에 바칠 거라 이 말일세. 알아, 알고 있어. 그게 바로 자네가 여기에 온 이유야."

량 교관은 남아 있던 소주를 한입에 털어 넣었다. 그러고는 아주 자연스럽게, 천천히 빈 병을 식탁 밑으로 내려놓았다.

"내가 가르쳐 줬는데, 잊었나?"

"뭘 말씀이십니까?"

"이런 상황에서 뭔가를 꺼내려면 우선 적당한 물건을 치우는 척하라고 말이야."

량 교관은 빈 병을 내린 손으로 식탁 밑에서 파이프를 꺼내 올려놓았다. 공사판에서 흔하게 볼 수 있는 쇠파이프였다. 하지만 파이프를 보는 순간 황태산은 숨이 멎는 것 같았다.

IED(Improvised explosive device).

황태산은 이 쇠파이프가 흔히들 IED, 즉 급조 폭탄이라고 부르는 물건이라는 것을 한눈에 알아볼 수 있었다. 파이프 끝에 달려 있는 건 기폭 장치가 분명했다.

"이게 뭔지는 알겠지? 비료하고 시너를 구해서 이 집에서 만든 거라네. 기폭 장치는 아주 간단하게 버튼 하나로 작동되게 해 놨어. 아직 평양에는 나를 아끼는 친구들이 있지. 나한테 도망치라고 하더군. 하지만 나는 도망치는 대신 이걸 만들었다네. 남은 공작금으로는 소주를 몇 병 샀고. 기왕 가는 저승길, 날 찾아온 친구를 길동무 삼을 생각이었지."

그랬다. 량 교관은 평양에서 급조 폭탄 만드는 방법을 가르쳐 주었었다. 만드는 법은 의외로 간단하고 재료도 구하기 쉬운 것들이지만 그위력은 일반인의 상상을 뛰어넘는다. 황태산은 평양에서 급조 폭탄을만들고 그것을 폭파시키는 훈련을 수차례 했었다.

"하지만 공화국은 자네를 보냈군. 내가 그딴 짓을 하지 못하도록 말이야. 기가 막히는군. 이건 웃을 수도 없고 울 수도 없고……."

"아니, 도대체 왜 이런 방법을 쓰려고 하셨습니까?"

떨지 않으려고 애를 쓰며 황태산이 물었다.

"실미도 684부대원들도 나와 비슷한 심정이었을걸세. 난 말이야, 공화국에 날 알아 달라고 말하고 싶다네. 공화국을 위해 목숨 바칠 각오가되어 있는데, 청와대든 미8군 사령부든 들어가서 한바탕 싸우다가 죽고싶은데, 이런 나를 꼭 이렇게 이런 식으로 버려야만 하겠느냐고 말일세."

파이프 끝에는 기폭 장치가 달려 있었다. 황태산은 재빨리 움직이면 량 교관이 폭파시키기 전에 파이프를 빼앗을 수도 있을 거라고 생각했다. 하지만 파이프를 쥐고 있는 량 교관의 손은 억세 보였고, 기폭 장치를 누르기 전에 완력으로 파이프를 뺏는 건 불가능해 보였다.

"그럼……, 절 데리고 가실 겁니까?"

총을 뽑아서 재빨리 량 교관의 머리를 명중시킨다면 어떻게 될까 하는 생각을 하며 황태산이 물었다. 하지만 머리에 총을 맞으면 사람은반사적으로 몸의 근육을 움직이게 되어 있다. 아마 명중시키는 순간 기폭 장치가 작동될 것이다.

"글쎄, 일단 한잔하게. 서울 와서 처음 마시는 술이겠군."

"마지막이 되지 않았으면 좋겠습니다."

황태산은 량 교관이 내민 술병을 조심스럽게 받아 들었다. 그리고 이빨로 병뚜껑을 딴 다음 한 모금 마셨다. 오래간만에 입에 대는 술이었지만 긴장 때문인지 술맛이 맹물처럼 느껴졌다.

"솔직히 말하면 나도 그렇다네. 자네는 내가 가르친 공작원 중 최고였어. 이렇게 보내고 싶진 않아."

량 교관은 잠시 말을 끊었다가 다시 이었다.

"하지만 달리 선택의 여지가 없지 않은가?"

"짝귀."

황태산이 말했다. 원하는 답이 아니었는지 량 교관은 고개를 갸웃했다.

"짝귀?"

"예, 교관님 별명이었습니다. 다들 그렇게 불렀죠."

량 교관은 피식 웃음을 지으며 자신의 귀를 만졌다.

"훈련 중에 다친 거지. 아주 젊었을 때 일인데 말이야……."

"저, 달리 선택할 방법이 있을 것도 같습니다."

황태산은 량 교관의 말을 끊었다.

황태산은 량 교관의 짝귀에 대한 이야기까지 마치고는 자리에서 일어나 사무실 구석에 놓여 있는 금고로 향했다. 벽에 붙어 있는 금고는 크기가 거의 냉장고만 했다.

다이얼을 몇 번 돌려 금고 문을 열었다. 안에는 현금 다발과 무기명

유가증권, 보석이 들어 있는 보석함, 사업과 관련된 서류가 들어 있는 서류철, 그리고 오래된 신문과 사진 뭉치 따위가 들어 있었다.

황태산은 내용물을 전부 다 꺼냈다. 황민주는 그 광경을 가만히 지켜보고 있었다. 어차피 금고에 들어 있는 내용물 중 정말로 중요한 건 없었다. 모든 것은 혹시 모를 사태를 대비한 미끼에 불과했다.

드라이버로 텅 빈 금고의 바닥을 뜯어냈다. 그러자 금속으로 된 바닥이 드러났다. 황태산은 바닥에 오른손 손바닥을 대고 왼손으로는 드라이버를 금고 구석에 있는 작은 틈으로 밀어 넣었다. 그러자 바닥에서 붉은 빛으로 된 선이 나와 손바닥을 스캔했다.

스캔이 끝나자 금고의 벽면과 닿아 있는 뒤편에서 철컥하는 금속음이 들렸다. 황태산은 드라이버를 이용해 뒷면을 천천히 열었다. 그러자 벽과 통하는 비밀 공간이 드러났다.

안에 들어 있는 것은 각종 무기였다. 스콜피온 기관단총, 우지 기관단총, AK-47 소총, M-16 소총 등이 가지런히 벽면에 걸려 있었다. 그 아래로는 독침과 대검, 방탄조끼, 방독면 등도 놓여 있었다. 황태산은 그중 가장 밑에 있는 상자를 꺼내 들고 와 황민주 앞 테이블에 내려놓았다.

황민주는 상자를 열었다. 안에 들어 있는 것은 쇠파이프와 작은 부속품이었다.

"급조 폭탄이네요. 나머지는 기폭 장치고요."

황민주가 무표정한 얼굴로 말했다. 황태산은 고개를 끄덕였다.

"그 급조 폭탄은 그때 량태수 교관이 나한테 보여 줬던 급조 폭탄은 아니야. 내가 따로 만든 거지."

"그게 벌써 몇 년 전 일인데, 그때 그 폭탄이 아직도 남아 있겠어요?"

"혹시 오해할까 봐."

황민주는 쇠파이프를 손에 쥐었다.

"기폭 장치는요?"

"여기 있다. 쇠파이프에 연결하고 버튼을 누르면 바로 작동되지. 건전지로 작동하고, 누르면 15분 뒤에 폭발하게 되어 있어."

황태산이 오래된 핸드폰처럼 생긴 기폭 장치를 황민주에게 내밀었다.

"상자 안에 있는 기폭 장치는 뭐죠?"

황민주는 조심스럽게 기폭 장치를 받아 들면서 물었다.

"예비로 만들어 둔 거다. 혹시 모를 미래를 대비한 거지."

황태산이 말하는 사이, 황민주는 쇠파이프와 기폭 장치를 챙겨 두었다.

"우리가 뭘 하려고 하는지, 뭘 해야 하는지 새삼 다시 말할 필요는 없을 것 같구나."

"그런가요?"

황민주의 목소리는 건조했다. 억양이 느껴지질 않았다.

"넌 늘 침착했어. 어떤 일이 벌어져도 놀라는 법이 없었지."

"그렇게 보일 뿐이에요. 조금 전에 70년대에 이미 강남 개발을 예측하셨다는 이야기를 듣고 많이 놀랐어요."

"솔직히 말하자면 확신한 건 아니다. 만약 확신이 있었다면 내 재산은 지금보다 열 배는 더 많았겠지."

"왜요? 서울을 통째로 사들이기라도 하시려고요?"

황민주의 농담에 황태산은 웃었다. 역시나 건조한 웃음이었다.

"그런 말을 한 사람이 너 말고도 하나 더 있었다."

황태산은 금고 안에 현금 다발을 도로 집어넣으면서 말을 이어갔다.

황태산이 량태수 교관을 만나고 돌아온 지 사흘이 지났을 때 전화벨이 다시 울렸다. 역시나 굵은 목소리의 '비둘기'였다. 굵은 목소리는 난수를 읊고는 전화를 끊었고, 황태산은 곧바로 암호를 해독했다. 이번 지령은 간단했다.

'현 위치 대기.'

지령이랄 것도 없는 내용이었다. 황태산은 어떤 일이 벌어지게 될지 어느 정도는 짐작할 수 있었다. 하지만 만약을 대비해야 했다. 스콜피온 기관단총을 등 뒤 바지허리에 꽂았다. 사용해야 할 일이 없기를 바라면서.

그리고 기다렸다.

초인종이 울린 건 저녁 무렵이었다. 생각보다 빠른 시간이었다. 새벽녘에나 오지 않을까 싶었던 것이다. 황태산은 문으로 다가갔다.

"비둘기."

문 저편에서 굵은 목소리가 들렸다.

"거북이."

황태산은 암호를 말한 다음 문을 열어 주었다.

비둘기는 키가 작은 노인이었다. 깔끔한 정장 차림에 안경을 쓰고 있었는데, 반백의 머리는 이제 절반 정도밖에 남아 있지 않아서 더욱 늙어 보였다.

"직접 뵙는 건 처음입니다."

황태산이 인사를 건넸다.

"나도 마찬가지야, 거북이."

노인은 암호명으로 황태산을 불렀다.

"차라도 내올까요?"

"아냐, 물이나 한 잔 주게."

황태산은 노인에게 자리를 안내해 주고는 물을 가지고 왔다.

"이 나이가 되어서 미행이 있는지 확인하면서 장거리를 이동하는 건 정말이지 쉬운 일이 아니야."

"놀랍습니다."

"왜? 이 나이가 되어서도 이렇게 걸어 다니는 게 신기한가?"

농담조였다.

"아뇨. 이 바닥에서는 전설이시지 않습니까. 비둘기. 남조선에 숨어든 가장 오래된 공작원의 암호명이지요. 직접 뵙게 될 줄은 정말 몰랐습니다."

"하긴 나도 내가 이렇게 오래 살아남을 줄은 몰랐으니 말이야."

노인은 물을 마시면서 말했다.

"사람들은 날 두고 사람을 수도 없이 죽였을 거라는 둥, 등쳐먹은 여자가 한 트럭은 될 거라는 둥 별소리를 다 지어내지. 하지만 사실 나는 그저 평범한 노인에 불과해. 그렇게 무시무시한 냉혈한이 아니야. 하기야 오래 살아남았으니 그런 오해를 살 법도 하지. 그렇지만 말일세, 그건 정말로 오해일 뿐이야. 불개미를 제거하라는 지령은 나도 정말 내리기 싫었다네."

황태산은 노인의 말을 가만히 듣고만 있었다.

"하지만 어쩔 수 없었어. 자네나 나나 따지고 보면 결국 명령에 죽고 명령에 사는 공작원 아닌가. 불개미에게는 안된 일이지만 아마 그도 결국에는 이해했으리라 생각하네."

황태산은 대답 대신 고개만 한 번 끄덕였다.

"불개미를 제거하는 일, 어려웠지?"

다시 한 번 끄덕.

"저항은?"

"없었습니다. 말씀하신 그대로입니다. 결국에는 다 이해했습니다."

"역시 그랬군. 시체는 어떻게 했나?"

"한강에 빠뜨렸습니다. 폐와 위에 구멍을 냈으니 쉽게 떠오르지는 않을 겁니다."

"적절한 장례를 치르지 못한 게 유감이로군. 하지만 공화국은 불개미를 잊지 않을걸세. 아마 내일쯤이면 평양에서 장례식이 열릴 테고."

"알겠습니다."

황태산은 말을 아꼈다. 혹시라도 노인이 자신을 의심하지는 않을까에 모든 신경이 집중되어 있었다.

"혹시 증거는 가지고 있나?"

조금도 의심하지 않는다는 투의 목소리였다. 황태산은 그럴 줄 알았다는 듯 미리 준비해 둔 봉지 하나를 들고 왔다. 봉지 안에는 량 교관의 귀가 들어 있었다. 한눈에 봐도 쉽게 식별할 수 있을 정도로 심하게 찌그러진 귀였다.

"그래, 평양에서 불개미 별명이 짝귀였지."

노인은 봉투를 접어서 품에 넣었다. 그러고는 대신 신문지로 싼 물건을 내밀었다.

"이건 뭡니까?"

"단거리 수신기야."

노인은 손짓으로 이어폰을 끼우라는 신호를 보냈다. 황태산은 지시를 따랐다.

"잘 들리나?"

노인이 자신의 셔츠 단추를 풀면서 말했다. 셔츠 안에는 마이크가 부착되어 있었다.

"예, 들립니다."

"좋아."

노인은 단추를 채우고는 자리에서 일어섰다. 황태산도 따라 일어섰다.

"지금부터 나는 남조선 정보부 요원을 만나러 가네. 나는 국적이 일본이니까 놈들도 함부로 날 체포하지는 못할 거야. 해야 할 일도 불개미의 죽음을 확인시켜 주기만 하면 되는 간단한 일이고. 그래도 말이야, 아무래도 불안해서 말이지."

"무장하고 갈까요?"

"아냐, 아냐. 그럴 것 없어. 혹시 내가 잡혀가면 무선으로 북에 보고해 줘. 그것만 해 주면 된다네. 행여 날 구하려고 하거나 하지 말고. 어차피 나는 오늘 남조선 정보부에 신분이 노출되게 되어 있어. 이제 이생활도 끝이지. 내일 일본으로 떠날 거고 거기서 북으로 갈 거라네. 하지만 자네는 여기서 신분을 유지해야지."

"그래도……."

"주민등록법이 생긴 이후로 남조선에서 제대로 된 신분을 얻으려면 많은 시간과 노력이 들어가게 되었지. 자네 신분은 아주 꼼꼼하게 잘 만들어졌어. 퇴물 간첩 하나 구해 보겠다고 날려 먹을 게 아니지. 게다가……."

노인은 이 대목에서 말을 한 번 끊었다.

"……솔직히 나는 자네 능력에 크게 감탄했다네. 공작금을 불려서 영등포에 집을 구하더니 이제는 용산에 아파트라니. 어쩌면 여기서 10년, 20년 있으면 큰 부자가 될지도 모르겠어. 서울을 통째로 사들이는 건 어떤가? 그 정도 부자가 되지는 못하더라도 자네의 능력은 조국 통일을 앞당기는 데에 큰 도움이 될 거야."

노인이 웃으면서 말했다.

"과찬이십니다."

"그야 두고 볼 일이지. 아무튼 남조선 정보부 요원은 워커힐호텔 로비에서 만날걸세. 녀석들한테 만날 장소는 저녁 8시 30분에 전화로 알려 주겠다고 했어. 난 밤 9시까지 갈 테니까 자네는 이 길로 바로 택시를 타고 워커힐호텔 로비로 가서 먼저 기다리고 있게. 그래야 놈들이 눈치 채지 못하지."

노인은 자신이 나간 뒤 10분 후에 집을 나서라고 했다. 황태산은 그러겠다고 했다. 이제 다시는 만나서 대화를 나눌 수 없으리라고 생각해서 그런지 집을 나서는 노인의 뒷모습이 쓸쓸하게 느껴졌다.

이후 10분간 황태산은 나갈 준비를 했다. 우선 호텔 로비에 가만히 앉아 있어도 조금도 어색하지 않도록 차려입어야 했다. 이럴 때를 대비해 맞춰 놓은 정장을 입고 금테 안경을 썼다. 팔목에는 고급 시계를 찼다.

다음은 장비 차례였다. 안주머니에 수신기를 넣고 양복 팔을 따라가도록 이어폰 줄을 넣은 다음 이어폰 끝을 손으로 잡았다. 시곗줄이 거치적거리자 풀어서 이어폰 줄이 지나가게 한 다음 다시 찼다. 그러고 나니 팔을 움직여도 이어폰 줄이 고정되어서 움직이기가 한결 편했다.

준비는 끝났다. 다른 장비는 챙기지 않았다.

밖으로 나서자 제법 선선한 바람이 불어오고 있었다. 택시를 잡아타는 일도 수월했다. 워커힐호텔이 있는 광나루까지 가면서 택시의 창문을 열었다.

한강 남쪽의 어둠을 응시하며 황태산은 그곳에 아파트 단지가 들어선 광경을 상상했다. 지금은 작은 불빛 하나 보이지 않는 한강 남쪽에 앞으로 5층짜리 아파트 단지가 대규모로 서게 된다면 강남은 분명 불야성이 될 터였다. 다만 자신의 이름으로만 아파트를 계속 산다면 위험 부담이 따르지 않을까 하는 생각이 들었다.

택시는 워커힐호텔 앞에 섰다. 호텔 종업원이 황태산에게 인사를 하면서 맞이했다. 황태산은 여유 있게 안으로 들어섰다.

로비에 들어선 황태산은 벽면에 걸려 있는 워커힐호텔 소개 글을 읽었다. 6·25 때 전사한 워커 장군을 기리기 위해 세워졌다는 글이 영문과 함께 병기되어 있었다. 노인이 군이 워커힐호텔 로비를 약속 장소로 잡은 이유를 알 수 있을 것 같았다.

황태산은 기다리는 동안 시간을 보내면서 영자 신문을 한 부 샀다. 남조선에서 영자 신문을 들고 있는 사람은 의심을 받지 않는다. 황태산은 신문을 보는 척하면서 앞으로 벌어질 일을 하나하나 예상하고 대처 방법을 구상하면서 시간을 보냈다.

노인이 워커힐호텔 로비에 들어선 시각은 밤 9시가 조금 지났을 때였다. 노인이 좌우를 두리번거리자 까만 양복에 선글라스를 낀 남조선 정보부 요원이 노인에게 접근했다. 황태산은 이어폰을 귀에 꼈다.

- 반갑습니다. 중앙정보부 김철수 요원입니다.

요원이 외교관들이 지을 법한 환한 웃음을 지으며 손을 내밀었다.

- 김철수? 가짜 이름치고는 너무 티가 나는 가짜 이름이로군. 난 비둘기라고 불러 주게.

노인은 가볍게 악수를 하며 말했다.

- 그렇게 하지요.

황태산은 김철수와 눈이 마주치지 않도록 주의하면서 얼굴을 살폈다. 단정하게 빗은 머리에 편안한 인상의 사내였다. 그러고 보니 로비 주위에 비슷한 복장의 사내 몇 명이 더 서 있었다. 좀 심하다 싶을 정도로 요원 티를 내는 사내들이었다. 황태산은 미리 챙겨 둔 영자 신문을 보는 척하면서 이어폰에 귀를 기울였다.

- 불개미 문제 때문에 골치 아픈 거 알고 있어. 사실 불개미는 우리 쪽에서도 골치 아픈 문제였지. 남조선 실미도 때하고 같다고 보면 될 거야.

- 바로 본론으로 들어가시는군요. 좋습니다.

노인은 김철수에게 황태산의 집에서 받은 봉지를 내밀었다. 김철수는 봉지 속을 확인하더니 그것을 품에 넣었다. 조금도 놀란 표정이 아니었다. 귀가 아니라 머리통이나 눈알이 들어 있었어도 그랬을 것 같다는 생각이 들 정도로 냉정해 보였다.

- 불개미 사진은 가지고 있지? 귀 모양 확인해 보면 진짜란 거

알 거야.

- 쉽지 않은 일이었을 거라는 거 압니다.

- 글쎄, 불개미 귀를 얻는 일보다는 내 신분을 드러내기로 결정하는 게 더 어려운 일이었다네. 비둘기가 신분을 포기하고 북으로 돌아간다. 이거, 남쪽 요원이나 북쪽 요원이나 다 놀랄 만한 일 아닌가?

- 그야 그렇지요. 내일 일본으로 가시나요?

- 다 알고 있으면서 뭘 묻나? 내일 내가 타고 갈 비행기 좌석까지 알고 있을 거면서.

노인은 이렇게 말하고는 손을 내밀었다. 용건이 끝났다는 뜻이었다.

- 7월이면 남북이 공동성명을 발표할 겁니다.

김철수가 노인의 손을 잡고 흔들었다.

- 나나 자네나 무사히 일이 끝나길 빌어야겠군.

- 공감합니다.

- 그럼 다시는 보지 말지, 친구.

노인은 김철수의 어깨를 한 번 툭 치고는 로비를 빠져나갔다. 황태산은 혹시 미행하는 요원이 있나 살펴봤지만 자리를 뜨는 사람은 없었다. 순순히 놓아주기로 한 모양이었다. 황태산 입장에서는 다행이었다.

김철수가 손짓을 보내자 검은 양복을 입은 사내들이 김철수 주변으로 모여들었다. 뭔가 지시를 내린 모양이었다. 곧이어 호텔 로비 앞에 검정색 승합차가 한 대 와서 섰다. 요원들은 승합차에 올랐다. 아마 정보부로 돌아가는 것이리라.

황태산은 10분 정도 더 로비에 머물렀다가 호텔 로비를 나섰다. 그리고 손님을 기다리고 있는 택시에 올랐다.

떠나기 전, 황태산은 혹시나 하는 마음에 이어폰에 귀를 기울였다. 그러자 귀에 익은 굵은 목소리가 들렸다.

– 이제 비둘기는 집으로 돌아가네. 오래 살게, 거북이.

황태산은 반사적으로 주변을 둘러보았다. 하지만 어디에도 노인은 보이지 않았다. 그리고 그것이 전설적인 남파 간첩, 비둘기와의 마지막이었다.

"그게 7·4북남공동성명이 있기 전 일이죠?"

황민주가 황태산에게 물었다.

"그렇지. 바로 다음 달에 북남공동성명이 있었어. 그날이 기억나는군. 나는 량태수 교관하고 소주 한 잔을 했지. 조국 통일을 위해서 말이야."

황태산은 잠시 회상에 잠긴 듯 눈을 지그시 감았다.

"이야기를 들으니까 짝귀 할아버지 기억이 나요. 저 어렸을 때 이것저것 많이 가르쳐 주셨잖아요."

"그래. 파괴 공작원은 적지에서 쫓기는 것처럼 행동해야 한다거나 하는 것 말이지."

황태산은 황민주의 맞은편에 앉았다.

"내가 말하려는 건 말이다, 비둘기의 최후다."

"북으로 돌아가지 않았나요?"

"돌아갔지. 그런데 평양에 있던 량태수 교관의 친구가 나중에 안 좋은 소식을 전해 줬단다. 비둘기는 평양에서 미제의 스파이라는 혐의를 받고 재판에 넘겨졌어. 유죄 판결을 받았다고 들었다. 아마 바로 총살

당했을 거야. 운 나쁘게 강제수용소로 보내졌을 수도 있는데, 그 나이라면 수용소에서 강제 노역을 하다 죽느니 그냥 바로 죽는 편이 낫지."

황민주는 고개를 갸웃했다.

"어쩌다가 그렇게 된 거죠?"

"글쎄, 몇 가지 이유가 있었겠지. 너무 많은 걸 알고 있는 비둘기를 당에서 부담스러워했다는 이야기도 있었고, 너무 오래 남파 생활을 해서 자본주의에 물들었다는 소리도 있었지."

황태산은 황민주 쪽으로 몸을 기울였다.

"나는 그때 깨달았어. 비록 우리가 명령에 죽고 명령에 사는 존재지만, 기회가 온다면 반드시 그것을 잡아야 한다는 걸 말이야. 개미처럼 부지런히 조국 통일을 위해서 가는 길을 견디는 건 그 기회를 잡기 위함이야. 그래서 기회가 있을 때 나는 량태수 교관에게 잠실에서 농사를 짓도록 시켰단다. 덕분에 꽤 많은 돈을 벌었지."

"그리고 수원, 성남, 분당, 용인에서도 농사를 지으셨지요?"

"그래. 나는 량태수 교관의 목숨을 구했고, 량태수 교관은 나한테 이 빌딩과 공장을 구해 준 거나 마찬가지지. 량태수 교관에게 제대로 된 신분을 구해 주는 일은 까다롭고도 힘든 작업이었지만 그 보상은 아주 충분하고도 남았다고 볼 수 있어."

황태산은 급조 폭탄이 들어 있는 상자를 손짓으로 가리켰다.

"그리고 지금 우리에게는 또 한 번의 기회가 온 거다."

"위기가 아니라요?"

황민주가 반문하자 황태산은 손을 휘휘 내저었다.

"천만에. 항상 쫓기고 있는 우리 입장에서 추적자가 하나 더 늘었다고 해서 그걸 위기라고 할 수 있겠어? 이건 기회야, 기회."

"말이 좀 빠르시네요. 불안하신가 봐요."

황민주가 쓴웃음을 지으면서 말하자 황태산은 헛기침을 한 번 했다.

"저요, 금고 안에 다른 상자가 하나 더 있는 거 알아요. 그리고 그 내용물도."

황민주의 말에 황태산의 눈이 커졌다. 당황한 기색이 역력했다. 황태산은 뭐라고 바로 말을 하려다가 그만두고는 천천히 고개를 저었다.

"마지막 순간까지 저한테 비밀로 하려고 하셨던 거죠?"

"미안하다만 그렇게 됐구나. 솔직히 우리가 하는 일 중에서 어떤 건 아는 사람이 적을수록 좋은 일 아니겠느냐."

"그야 그렇죠. 저라도 숨겼을 거예요."

"그나저나 너, 생각보다 더 유능한 파괴 공작원이 되었구나. 내가 숨기려고 한 걸 알아낼 정도가 된 걸 보면 말이다."

"지금 상황에서 살아남으려면 생각하시는 것보다도 더 유능해져야 할 것 같아요."

황민주는 자리에서 일어나 사무실 창밖을 내다보았다. 멀리 화려하게 지은 성남시청이 보였다.

"대한민국 정보기관이 총력을 기울여서 절 찾고 있을 거예요. 북에서 온 요원도 절 찾고 있고요. 거기다가……."

황민주는 말을 하다가 잠시 멈췄다.

"알고 있다. 무슨 생각을 하고 있는지."

두 사람 사이에 잠시 침묵이 흘렀다.

"시간이 지나면 결국 오늘 이날을 돌아보게 될 거다. 그때가 되면 우리가 올바른 판단을 내렸다는 걸 알게 되겠지. 물론 까다롭고 힘든 작업이긴 해. 하지만 그 보상은 충분하고도 남을 거다."

"정말 그럴까요?"

황민주의 목소리는 흔들리고 있었다.

"이런 경우 우리에게 가장 위험한 것은 불신이다. 자신에 대한 불신. 이 노인의 말을 믿어라. 스파이로 40년을 살아남은 내가 하는 말이다. 그리고 나는 비둘기처럼 사라지지 않을 거란다. 결코 그런 일은 일어나지 않아."

안심을 시키기 위해서인지 황태산의 목소리에는 평소보다 힘이 더 들어가 있었다.

"이번에도 말이 빠르세요."

"그런가?"

황태산은 헛웃음으로 얼버무리려고 했다. 황민주는 성남시청을 바라보고 있었다.

"참 화려하게도 지었어요. 그렇죠?"

"그렇지."

"성남시가 아무리 부자라고 해도 저렇게 돈을 흥청망청 쓰다가 결국엔 빚만 잔뜩 지게 됐다고 하더라고요. 옛말에도 있잖아요. 매에는 장사 없고, 낭비에 남아나는 부자 없다고요. 제가 아무리 조심한다고 해도 상대방에게 정보가 있다면 결국 잡히고 마는 게 아닐까, 전 그게 걱정돼요."

"글쎄다. 난 좀 다르게 생각하는데."

황태산이 황민주 옆으로 와서 같이 성남시청을 보면서 말했다.

"난 네가 잡힐 거라고는 생각 안 해. 북조선 요원도, 남조선 정보부도 널 찾지는 못할 거다. 난 오히려 김수동 그 친구가 마음에 걸리는구나."

황민주는 고개를 끄덕여 공감을 표했다.

"그리고 저 시청, 아무리 빚을 져서 만들었다고 해도 멋지지 않느냐? 난 보기 좋기만 하더구나. 저기 휴게실도 편하고 도서관도 잘 만들었어. 그건 그저 관점의 문제라고 본다. 빚더미냐 유용한 공간이냐 하는 거 말이다."

황태산이 말을 하거나 말거나 황민주의 눈동자는 이제 성남시청이 아니라 먼 하늘의 한 곳에 초점 없이 고정돼 있었다.

"김수동."

황민주는 이렇게 중얼거렸다.

4. 제니퍼
패밀리

김수동은 조수석에 앉아 중학교 시절을 생각하고 있

었다. 지금 차를 운전하고 있는 여준석의 옆모습을 보니 자연스럽게 그렇게 되었다.

엄마 친구 아들.

여준석은 공부를 잘했다. 운동도 잘했고 여자들에게 인기도 많았다. 자신과는 거의 반대쪽에서 살았다고 해도 과언이 아니다. 사람을 대할 때 언제나 예의 바르게 행동했고 중학교 시절 내내 사소한 싸움 한 번 한 적 없었다. 선생님 말씀은 언제나 잘 들었고 학생회장으로 학우들을 잘 이끌기도 했다. 쉽게 말해서 여준석은 흔히 말하는 '타의 모범이 되는 학생'이었다.

하지만 김수동은 여준석의 그렇지 않은 면을 본 적이 있다.

중학교 3학년 때였다. 이름은 정확하게 기억이 나질 않지만 반에 '찔구'라는 별명을 가진 친구가 있었다. 집이 가난한 친구였다. 공부도 그다지 잘하는 편이 아니었고, 그렇다고 싸움을 잘하는 것도, 외모가 뛰어난 것도 아니었다. 아마도 찔구라는 별명은 그래서 생겼던 것 같다.

찔구는 비록 잘난 점은 없어도 사람은 참 좋았다. 친구가 많지는 않았지만 동시에 적敵도 없는 타입이었다고 하면 얼추 맞을 것이다.

언제였는지 정확하게 기억은 나지 않지만 아마 여름방학 이전이었던 것 같다. 찔구의 다른 반 친구가 찾아왔을 때였다. 찔구는 친구와 한참을 이야기하다가 여준석에게 다가갔다. 그리고 밝게 미소 지으며 여준석을 자기 친구에게 소개했다. 여준석은 예의 그 환하게 웃는 얼굴로 인사를 한 번 하더니 찔구의 어깨에 손을 올렸다.

"씨발, 언제부터 내가 네 친구냐?"

수동은 바로 그 순간 우연히 찔구 옆을 지나고 있었기 때문에 그 말을 들을 수 있었다. 수동은 그 뒤로 조금도 변하지 않은 여준석의 태도와, 그 뒤로 눈에 띄게 의기소침해진 찔구를 기억했다.

여준석이 국가정보부 건물 안에서는 웃는 얼굴로 판진아 요원을 대하다가 밖으로 나온 순간 돌변한 것도 따지고 보면 중학교 때 그 성격 그대로라고 볼 수도 있으리라.

차는 동대문으로 향하고 있었다. 수동이 혼자 살고 있는 거처로 가기 위함은 아니었다.

"수동아, 네 방은 이미 우리 요원들이 다 뒤졌어. 남아 있는 건 이불하고 옷가지뿐일걸? 그나마도 다 뒤집어 놨을 거야. 엉망진창이 된 방을 보면 아마 꽤 심란해지겠지. 하지만 엉망진창이 된 방이라도 보려면 황민주를 잡아야 할 거야. 그 전엔 놓아주지 않을 테니까."

여준석은 아주 자신만만한 투로 말했다.

"어차피 평소에도 심란한 방이었어."

수동은 허세를 부렸다. 상황이 이렇다고 할지라도 여준석에게 밀리고 싶지 않았다.

"그래? 그렇다면 다행이고."

여준석은 수동을 보며 미소를 지었다. 수동은 그 미소가 비웃음이라

110

고 느꼈다. 마음 깊은 곳에서 화가 치밀었다. 그래서 수동은 고개를 차창 밖으로 돌렸다. 달리 대응할 방법이 없었다.

"동대문시장 역사는 100년이 넘었지."

여준석은 수동이 자신을 보거나 말거나 자기 할 말을 이어갔다.

"일제강점기 때는 종합 시장이었고, 6·25 끝나고 나서는 미군 부대에서 빠져나온 물건들을 팔았어. 60~70년대부터는 원단을 중심으로 의류를 팔기 시작했고, 80년대에는 수출 붐을 타고 의류 수출의 중심지가 됐지."

차에 장착된 컴퓨터로 검색을 한 다음 그것을 읽는 모양이었다.

"강의하는 거야?"

수동은 여준석 쪽은 바라보지도 않고 물었다.

"아냐, 아냐. 내가 하고 싶은 말은 50년대, 밀수품이 돌아다닐 때부터 전통적으로 동대문시장은 조직 폭력배들이 이권을 놓고 다퉜다는 말을 하고 싶은 거야."

"그래?"

수동의 시선은 여전히 차창 밖을 향하고 있었다.

"그러다가 90년대에 대규모 쇼핑 타워가 들어서면서부터 동대문의 조직 폭력배들은 급속도로 몰락했어. 그 몰락에는 정부의 '범죄와의 전쟁'도 한몫했지. 폭력배들이 있어야 할 자리는 양복을 잘 차려입고 귀에는 무전기 리시버를 꽂은 정식 보안 요원들이 차지하게 되었거든."

수동은 속으로 '그래서 어쩌라고?' 하는 생각을 하긴 했지만 입 밖으로 내진 않았다.

"이제 창밖은 그만 좀 보고 여길 좀 봐 봐."

수동이 고개를 돌리자 여준석은 차에 장착된 컴퓨터 모니터를 손으로 클릭했다. 그러자 화면에 비대해 보이는 50대 남자의 얼굴이 나타났다.

"밑에 프로필 나오지? 읽어 봐."

"박연철. 53세. 인터넷 쇼핑몰 '젓가락닷컴' 운영. 가만, 이 사람 사진 벌써 찾은 거야?"

수동은 프로필을 읽다가 놀라서 물었다.

"나 국가정보부 요원이야. 네가 멍 때리고 먼 산 보는 사이에 이 정도 찾아내는 건 아무것도 아니지."

당연하다는 투였다.

조금 전, 여준석은 수동의 핸드폰에 걸려 있던 USB메모리를 건네받자마자 내용물을 검색했다. 안에 들어 있던 파일 중에서 여준석의 시선을 끈 것은 황민주의 사진이었다. 얼굴은 모자이크 처리되어 있었지만 수동은 용케도 황민주를 알아보았다.

"어디선가 모델 일을 하고 있을 거라고 생각했어. 그래서 틈날 때마다 쇼핑몰을 뒤져 봤지. 이름도 모르고 얼굴도 안 나올 테지만, 그래도 혹시나 하는 심정으로 매일같이 찾아봤어. 그러다가 발견한 거야."

"쇼핑몰 주소는?"

"그 사진 들어 있는 폴더 이름이야. '젓가락닷컴'."

여준석은 잠시 차가 신호를 대기하는 사이에 재빨리 컴퓨터에 젓가락닷컴 주소를 넣었다.

"사무실이 동대문에 있네?"

젓가락닷컴 홈페이지 대문에 적혀 있는 주소를 확인한 여준석은 바로 동대문을 향해 차를 운전했다. 잠깐 잡담을 하다가 이렇게 쇼핑몰 사장의 프로필까지 손에 넣은 것이다.

"이 컴퓨터는 검색 전용이야. 정보부 메인 서버하고 연결되어 있거든. 원하는 정보는 얼마든지 찾을 수 있지. 보통 인터넷에서는 구할 수 없거나 돈을 주고 사야 하는 정보도 이렇게 클릭 몇 번으로 찾을 수 있어."

수동은 여준석의 설명을 들으면서도 박연철의 얼굴 사진에서 눈을 뗄 수가 없었다. 아마도 여권 사진이거나 주민등록 사진인 것 같았다. 여권 사진이나 주민등록 사진이 디지털화되어서 보관된다는 건 알고 있었지만 이렇게 국가 기관에서 쉽게 검색해 낼 수 있는 줄은 몰랐다.

"프로필 나머지 보이지?"

여준석의 말에 수동은 나머지를 읽었다.

"폭력 전과 2범?"

여준석은 고개를 끄덕였다.

"딱 보니까 알겠네. 이 친구는 화석 같은 존재야. 동대문에 여전히 남아 있는 조직 폭력배 중 하나지. 이런 친구들은 상대하기 쉬워. 공권력에 약하고 배신도 잘하거든. 생각보다 황민주를 쉽게 찾을지도 모르겠는데? 너, 생각보다 훨씬 빨리 집으로 돌아갈 수 있을지도 모르겠다."

여준석은 낄낄거렸다. 수동은 화면 속 박연철의 사진을 계속 바라보았다. 무표정한 얼굴로 정면을 향하고 있는 박연철의 표정은 감정을 읽을 수가 없어서 그런지, 아니면 폭력 전과가 있다는 말을 들어서 그런지 어쩐지 겁나는 구석이 있었다.

"저, 그러면 이걸로 검색해서 다른 것도 찾아볼 수 있을까?"

수동이 조심스럽게 물었다.

"왜? 또 다른 거, 생각나는 거 있어?"

"응, 연미. 김연미 기억나지? 우리 학교에서 제일 인기 많았잖아."

"아, 연미. 기억 나. 인기 짱이었지. 연미가 입은 옷을 두고 '연미복'이라고 그랬잖아."

"지금 뭐 하고 사는지 궁금하지 않아?"

수동이 묻자 여준석은 인상을 썼다.

"이거 국가 안보하고 관계된 장비야. 검색 내용은 기록이 남을 뿐만 아니라 나중에 왜 찾아봤는지 보고서도 제출해야 해. 그렇게 사적인 용도로 쓸 수 있는 게 아니야."

가볍게 농담조로 한 말이었는데 정색을 하고 반응을 하니 얼굴이 다 화끈거렸다. 수동은 어쩐지 자신이 기억 속의 찔구가 된 기분이 들었다.

- 목적지 주변에 도착했습니다.

젓가락닷컴 주소지를 안내하고 있던 내비게이션이 신호음을 냈다.

"이제 거의 다 왔네. 박연철이가 황민주를 모델로 쓴 건 확실하니까 캐 보면 일단 뭐든 나오겠지."

여준석은 여전히 확신에 찬 투였다. 하지만 수동은 불안한 마음을 지울 수가 없었다.

판진아 요원은 서류를 읽고 있었다. 일단 다 읽은 서류의 정보는 판진아의 머릿속에 정리된다. 그리고 나중에 다른 서류를 읽다가 연관된 자료가 나오면 바로 기억해 낸다. 이것이 판진아 요원의 특기다.

김수동과 여준석 요원이 중학교 동창이라는 걸 알아낸 것도 이러한 판진아 요원의 능력 덕분이었다. 컴퓨터는 인간이 지시한 정보만을 교차 검색할 수 있지만 판진아 요원은 모든 정보를 교차 검색할 수 있다. 자료 분석에는 컴퓨터가 해낼 수 없는 창의적인 부분이 존재한다는 것이 판진아 요원의 생각이었다.

"박다은, 일명 '제니퍼'를 잡아 왔습니다."

요원 하나가 막 읽은 서류철을 치우고 있는 판진아 요원에게 보고했다. 김수동에게는 이미 잡아 왔다고 보고했지만 사실 국가정보부가 확보한 참고인은 PC방 사장인 강석규뿐이었고, 그나마 판진아 팀이 아니라 다른 팀에서 확보해 신문 중인 상황이었다.

"왜 이렇게 늦었어?"

판진아는 요원을 질책했다.

"행방이 묘연했습니다. 가족은 물론이고 애인인 강석규도 박다은의 위치를 모르고 있었습니다."

"그래서?"

"핸드폰 위치 추적을 통해 간신히 홍대 클럽 화장실에서 잠들어 있던 박다은을 잡아 올 수 있었습니다. 홍대에 있는 의경, 전경까지 동원해서 겨우 찾았습니다."

요원은 억울하다는 투였다. 판진아는 알겠다고 말하고는 서류를 들고 취조실로 들어섰다.

'별로 뽑아낼 건 없을 것 같은데.'

서류를 읽은 판진아가 내린 결론이었다. 쇼핑몰을 운영하면서 황민주를 모델로 고용했다뿐이지 그 이상의 관계는 없어 보였다. 그래도 최선을 다해서 신문을 하리라 마음먹으며 판진아는 박다은의 앞에 앉았다.

"박다은. 일명 제니퍼. 지금은 사라진 온라인 쇼핑몰 스키니톨 사장."

서류를 내려놓으면서 판진아가 말했다. 박다은은 술이 덜 깬 얼굴로 멍하니 판진아의 얼굴을 바라보고 있었다.

"저, 무슨 일인지 말씀 좀 해 주시면 안 될까요?"

"나는 국가정보부 3과 판진아 주임이다. 3과가 뭐 하는 곳인지 알아?"

"정보부요?"

박다은은 믿기 힘든지 눈을 비비면서 주위를 살폈다.

"간밤에 심하게 놀았나 봐?"

"아뇨, 그냥 친구들 만나서 가볍게 한잔했어요. 아는 오빠가 하는 가게라서 새벽에 영업 끝난 다음에 조금 더 마셨을 뿐이에요. 저, 이건 죄가 아니죠?"

박다은은 겁먹은 표정이었다. 괜히 더 겁을 줄 필요는 없을 것 같았다.

"신도림역 폭발 사건 알지?"

판진아는 바로 본론으로 들어갔다. 박다은은 고개를 끄덕였다.

"그 폭발 사건 범인이 황민주야."

박다은은 술이 확 깨는지 판진아가 내민 지하철 CCTV 사진을 눈을 동그랗게 뜨고 바라보았다.

"화, 황민주가……?"

"황민주 지금 어디 있지?"

"저, 그건 몰라요?"

"연락처는?"

"제 해, 핸드폰에 있어요."

박다은은 취조실 출입문 쪽을 가리키면서 말했다.

"핸드폰?"

"예, 여기 들어올 때 보관했어요, 제 핸드폰. 거기에 있어요, 문자로 온 황민주 연락처. 아무한테도 알려 주지 말라면서, 나중에 연락할 일 생길 거라고 했거든요. 그래서 저장을……."

"지금 당장 박다은 핸드폰 가지고 와. 그리고 추적 장치 준비하고, 심리 분석관하고 기술 요원 불러. 빨리!"

판진아의 지시에 요원들이 정신없이 뛰기 시작했다. 바쁘게 움직이는 요원들을 보며 판진아는 일이 너무 쉽게 풀리는 게 아닌가 하는 생각을 했다.

여준석은 내비게이션이 알려 준 곳에 차를 주차하고 젓가락닷컴 사무실이 있는 건물로 향했다. 차에서 내리기 전, 여준석은 차에 장착된 프린터에서 사진을 한 장 뽑았다. 황민주의 얼굴이 모자이크 처리된 쇼핑몰 사진 한 장이었다.

"어떻게 할 거야?"

수동이 여준석에게 물었다.

"깡패 새끼들은 아주 쉽다고 했지? 내가 그 새끼들 겁주는 법을 알려 줄게. 넌 입 다물고 내 뒤에 가만히 서 있기만 해. 알겠지?"

김수동은 손짓으로 입을 다무는 시늉을 했고 여준석은 앞장서서 걸었다.

젓가락닷컴 사무실은 4층짜리 작은 건물의 2층에 있었다. 2층 전체를 임대해서 사용하는지 창고로 쓰는 방이 따로 있는 건 물론이고 웅

접실과 사장실, 직원실, 택배실이 따로 있었다. 꽤 매출이 큰 회사인 모양이었다.

김수동과 여준석이 안으로 들어서자 응접실에 있던 여직원 하나가 누구냐고 물었다. 여준석은 품에서 국가정보부 신분증을 꺼냈다.

"국가정보부 요원 여준석입니다. 참고인 조사 때문에 왔습니다. 박연철 씨가 여기 대표죠?"

여준석이 무표정한 얼굴로 여직원에게 말했다. 그러자 여직원은 심드렁한 표정으로 인터폰을 눌렀다.

"국가정보부에서 오셨다는데요."

전혀 겁먹은 표정이 아니었다. 여직원의 반응에 여준석은 조금 당황하는 눈치였다.

곧이어 문이 열리고 처음 보는 사내가 나타났다. 깔끔하게 정장을 차려입고 무테안경을 쓴 사내였다. 사내는 웃으며 명함을 내밀었다.

"변호사 서주환입니다. 만나 뵙게 돼서 반갑습니다. 성함이……?"

사내가 여준석을 보며 물었다. 눈빛이 매서웠다.

"아, 저, 저는 여준석, 국가정보부 요원 여준석이라고 합니다."

"예, 여준석 요원님. 반갑습니다. 그런데 여긴 무슨 일로 오셨습니까?"

전혀 반갑지 않다는 걸 쉽게 느낄 수 있을 정도로 딱딱한 투였다.

"이곳 대표, 박연철 씨를 만나러 왔습니다."

"그렇군요. 대표님께서는 지금 자리에 안 계십니다. 일단 앉으시지요. 여기 차 한 잔 내오고."

서주환이라고 자신을 밝힌 사내는 손짓으로 자리를 권하고는 여직원을 향해 손가락을 튕겼다. 여직원은 예의 그 심드렁한 표정으로 자리에서 일어섰다.

"저희 대표님은 왜 찾으시는 겁니까?"

"음, 그러니까, 지금 수사 중인 사건의 참고인으로 몇 가지 묻고 싶은 게 있어서 그렇습니다."

"오호, 참고인으로요."

서주환은 안경테를 고쳐 쓰면서 흥미롭다는 듯 말했다. 전혀 협조적인 태도가 아니었다. 깡패를 다루는 법을 알려 주겠다던 여준석은 당황하는 기색이었다.

"일단 무슨 일인지 제가 들어 봐야 할 것 같습니다. 저는 변호사입니다. 제대로 들어 보지도 않고 저희 대표님에게 보고를 드릴 수는 없지요. 이게 제 일이니까요. 이해하시겠지요?"

"아, 물론입니다. 이해합니다."

여준석은 먼저 신도림역 폭발 사건에 대해 언급한 뒤 사건의 용의자인 황민주에 대한 이야기를 했다. 이어서 황민주가 젓가락닷컴에서 일했다는 증거인 사진을 보여 주었다. 그러자 문이 열리고 자리를 비웠다던 박연철이 나왔다.

"됐어, 서 변호사. 내, 도와 드리지."

사진에서 본 바로 그 사내였다. 실제로 보니 사진으로 볼 때보다 훨씬 단정해 보였다. 깡패라기보다는 사업가 같은 인상이었다.

"굳이 그러실 필요까지는……."

"됐어, 됐어. 나라를 위한 일인데 적극 협조해야지. 그래, 뭘 도와 드리면 되겠습니까, 요원님?"

박연철은 협조적이었다. 여준석은 다행이라는 듯 환하게 웃었다.

"지금 정보부에서는 필사적으로 황민주를 찾고 있습니다. 저희가 원하는 것은 황민주의 연락처, 혹은 소재입니다. 그리고 이 모자이크 처리된 사진의 원본도 얻고 싶습니다."

수동은 '깡패' 앞에서 쩔쩔매는 여준석을 보면서 웃음을 참느라 애를 써야 했다. 지금 여준석은 서주환과 박연철 앞에서 거의 농락당하고 있었다.

"알겠습니다. 그런데 영장은 가지고 오셨겠지요?"

서주환은 박연철이 여준석의 말에 답하기 전에 얼른 대화에 끼어들었다. 그러고는 눈짓으로 박연철에게 가만히 있으라는 신호를 보냈다.

"여, 영장이요?"

"예, 영장이요. 지금 저희 회사에 한 개인의 개인 정보를 요구하셨잖습니까. 당연히 영장이 있어야겠지요."

"흠. 서 변호사님, 국가정보부법 11조 3항은 알고 계시지요?"

"예, 당연히 알고 있지요. 그 법 통과될 때 반인권적 법률이라고 시민 단체에서 반대가 심했으니까요."

비꼬는 투였다.

"11조 3항에 따르면 국가정보부 요원은 국가 안보에 영향을 줄 수 있는 사안일 경우 영장 없이 수색 및 참고인 동행을 요구할 수 있습니다. 그리고 지금 이 상황이 바로 11조 3항에 해당됩니다."

"그건 요원님 판단이지요."

서주환은 물을 한 모금 마시고는 말을 이었다.

"이 황민주라는 여성이 테러 용의자라는 걸 저희는 알 수가 없습니다. 지금 요원님과 함께 오신 누군지 알 수 없는 분이 단순히 개인적인 이유, 혹은 전혀 다른 이유로 황민주를 찾고 있는 건지 어떻게 알 수 있습니까? 영장도 없는데."

"서 변호사님, 그건 제가 보장합니다. 만약 문제가 생기면 제가 책임지겠습니다."

여준석이 당당한 태도로 말했다.

"물론 이 일이 문제가 된다면 형사상 책임은 당연히 요원님이 지셔야 되겠지요. 하지만 민사상 책임은 어떻게 될까요? 저희가 개인 정보를 내준 것에 대해서 여기 이 황민주라는 여성이 우리 회사를 고소라도 한다면 저희는 꼼짝없이 당하게 됩니다. 그렇게 되면 금전적 피해는 물론이고 회사 이미지에도 씻을 수 없는 타격을 받게 됩니다. 아시겠습니다만 인터넷 쇼핑몰을 운영하는데 있어서 개인 정보 문제는 매우 민감한 부분입니다."

서주환의 말에 여준석은 잠시 말이 없었다. 아마도 뭔가 대응할 말을 찾는 모양이었다. 수동은 박연철을 바라보았다. 박연철은 말없이 여준석의 다음 말을 기다리고 있었다.

"좋습니다. 그럼 어떻게 하면 될까요?"

결국 여준석은 서주환에게 이렇게 물었다. 수동은 깡패를 겁주는 일이 얼마나 쉬운가에 대한 농담을 떠올리면서 웃음을 참았다.

"111번으로 제가 확인할 수 있도록 책임자 연결 번호를 알려 주십시오. 상관의 확인만 있다면 정보부법 11조 3항에 해당한다는 걸 알 수 있겠지요. 물론 통화 내용은 녹음될 겁니다."

"알겠습니다. 잠시만 시간을 주십시오. 제 상관에게 미리 말해 둬야겠습니다."

여준석은 수동에게 따라 나오라는 손짓을 하고는 먼저 사무실을 나섰다. 수동은 얼른 그 뒤를 따랐다.

"씨발 새끼, 존나게 까칠하게 구네."

사무실을 나서자마자 여준석이 신경질을 부렸다. 수동은 그냥 전화하라고 하면 되지 뭘 그러느냐고 묻고 싶었지만 그만두었다. 괜히 여준석의 성질을 건드려 봐야 좋을 게 없을 것 같았다.

"사실 너 이렇게 데리고 나온 거, 위에 보고 안 했거든. 뭔가 확실한 게 생긴 다음에 보고하려고 그랬는데, 이렇게 된 이상 어쩔 수 없지."

여준석은 핸드폰을 꺼냈다. 수동은 국가정보부 요원이 사용하는 핸드폰이 어떤 모양일까 궁금해서 자세히 살펴보았다. 시중에서 볼 수 있는 평범한 스마트폰과 아주 흡사한 디자인이었다.

"과장님, 저 여준석입니다."

여준석이 핸드폰을 들고 말했다.

박다은이 앉아 있는 취조실에는 판진아와 요원들로 가득 차 있었다. 만약의 사태를 대비한 기술 요원과 협상 전문 요원, 심리 분석관, 현장 요원, 연락관 등 찾을 수 있는 요원들은 다 모였다.

"이제 박다은 핸드폰하고 연결만 하면 되는 건가?"

판진아가 기술 요원에게 물었다.

"예, 연결한 다음 박다은이 전화를 걸기만 하면 됩니다. 상대가 전화를 받으면 그 순간 위치 추적은 끝납니다. 통화 내용은 이곳에 있는 모든 요원들이 들을 수 있도록 스피커폰으로 연결될 겁니다."

기술 요원이 답했다. 판진아는 심리 분석관과 협상 전문 요원에게 눈짓으로 신호를 보냈다. 두 사람 다 준비가 완료되었다는 손짓을 보냈다.

"그럼 이제 핸드폰만 오면 되는 거지?"

"예, 그렇습니다."

"좋아. 박다은."

박다은은 판진아의 기세에 눌려 움츠린 자세로 고개만 끄덕였다.

"그냥 일 때문에 전화했다고 해. 새로 쇼핑몰을 열기로 했는데 모델이 필요하다고. 다른 말은 하지 마. 그 정도면 충분하니까."

"예."

판진아는 초조한 마음으로 핸드폰을 가지러 간 요원이 돌아오기를 기다렸다. 마음 한구석이 찜찜했다. 일이 너무 쉽게 풀린다 싶은 마음이 여전했다.

잠시 후, 핸드폰을 가지러 간 요원이 돌아왔다. 뛰었는지 숨을 헐떡이고 있었다.

"서류를 작성해야 한다고 해서 좀 늦었습니다. 아, 경비 중대 새끼들……."

"됐어."

판진아는 말을 끊고 요원의 손에서 박다은의 핸드폰을 빼앗듯 집어들었다. 이제 박다은이 통화 버튼을 누르기만 하면 황민주의 위치가 드러날 것이다. 그리고 운이 좋다면 다른 정보도 얻을 수 있다.

"그럼 진행하겠습니다."

기술 요원이 케이블을 가지고 자리에서 일어섰다.

"잠깐."

판진아는 이렇게 말하고는 박다은의 핸드폰을 검색했다. 취조실 안의 모든 요원들이 판진아를 바라보았다.

"다들 돌아가. 작전 취소다."

"취소라뇨? 지금 준비가 다 끝났는데요?"

판진아의 말에 기술 요원이 바로 되물었다. 다른 요원들은 무슨 일인지 몰라서 당황하고 있는 눈치였다.

"준비만 끝났지."

판진아가 한쪽 입술로만 웃으면서 중얼거렸다.

"저, 무슨 일이신지……."

"이 번호 무슨 번호인지 몰라? 아는 사람 아무도 없나?"

박다은의 핸드폰을 들고 액정을 요원들에게 보여 주면서 판진아가 물었다. 액정 화면에는 황민주의 이름과 번호가 적혀 있었다. 기술 요원이 천천히 손을 들었다.

"부장님……, 번호입니다."

"맞아. 대한민국 국가정보부장 핸드폰 번호다. 빌어먹을 황민주."

판진아는 어금니를 꽉 깨물었다.

여준석은 꽤 긴 통화를 해야 했다. 보고도 없이 한 자신의 독단적인 행동을 설명해야 했기 때문이다.

"이건 황민주를 잡을 수 있는 좋은 기회입니다, 과장님. 물론입니다. 제가 책임지겠습니다. 과장님, 어차피 황민주가 김수동을 만나기 위해서 김수동하고 함께 살았던 방으로 돌아올 가능성은 없습니다. 예, 맞습니다. 현장 요원으로서 제가 내린 판단입니다. 예, 알겠습니다."

결국 여준석은 통화를 마쳤다. 해명에 생각보다 힘을 쏟았는지 여준석의 얼굴에는 피곤한 기색이 역력했다.

"이제 됐어. 들어가자."

"어, 그래."

수동은 여준석을 뒤따라 들어갔다. 박연철은 어디로 갔는지 보이지 않았고 자리를 지키는 건 서주환뿐이었다.

"111 누르시고 3과장실 대 달라고 하시면 됩니다. 그러면 저희 윤태형 과장님께서 전화를 받으실 겁니다."

"알겠습니다."

서주환은 전화를 했고 3과장에게 현재 통화는 녹음되고 있으며 나중에 법정에서 증거로 쓰일 수 있다는 사실을 명확하게 알린 뒤 자신이 듣고자 하는 말을 모두 들었다.

그러는 사이 수동은 여준석의 표정을 곁눈질로 살폈다. 군대에서 사고 친 이등병 표정이었다. 직장 상사에게 곤란한 부탁을 한 터라 일이 제대로 풀리지 않았다가는 어떤 꼴을 당하게 될지 훤한 상황이니 그런 표정을 지을 법도 했다.

"이제 됐습니다. 표정 좀 푸시지요, 여준석 요원님. 요원님은 요원님의 일을 하는 거고, 저는 제 일을 하는 거지요."

"제 일은 국가 안보에 관계된 일입니다."

여준석은 자신의 분노를 우회적으로 표현했다.

"전 그런 어려운 건 잘 모릅니다. 저는 그저 우리 대표님의 총알받이

일 뿐이지요. 어렵고 궂은일 도맡아 하는, 그런 거 말입니다."

서주환은 여직원에게 손짓을 보냈다. 그러자 여직원은 미리 출력된 서류를 들고 왔다. 여준석이 과장에게 전화를 하러 간 사이에 이미 준비해 둔 모양이었다.

"우리가 알고 있는 황민주 연락처와 아까 보여 주신 사진 원본입니다."

"황민주와 마지막으로 통화하신 게 언제입니까?"

"꽤 됐죠. 가만있자, 마지막 촬영이 언제였지?"

서주환이 여직원에게 물었다.

"작년 12월이요."

"그때가 마지막이었습니다. 그리고 모델 일은 그만둔다고 했습니다. 그러니 다시 연락할 일도 없었지요."

여준석은 서주환이 준 사진을 살펴보았다. 사진 속의 황민주는 커다란 선글라스를 끼고 있었다. 거기다가 고개를 돌리고 있어서 확실히 얼굴을 구별할 수는 없었다.

"혹시 얼굴 나온 사진 없습니까?"

"원본 다 보여 드릴 수도 있습니다만, 그런 사진은 없습니다. 황민주는 이상하게도 얼굴 찍히는 걸 싫어했거든요. 어쩌면 테러리스트니까 일부러 그렇게 했는지도 모르지요."

여준석은 고개를 한 번 깊게 끄덕였다.

"저희가 알고 있는 건 이게 전부입니다."

여준석은 뭔가 더 물으려는 듯 숨을 깊게 들이쉬었다가 한숨처럼 길게 숨을 내뱉었다. 더 이야기해 봐야 건질 게 없다고 판단한 모양이었다.

"총알받이 잘하십쇼."

여준석은 퉁명스럽게 내뱉고는 그대로 뒤돌아서서 사무실을 빠져 나갔다. 수동은 여준석의 뒤를 따르며 슬쩍 뒤를 돌아보았다. 서주환은 환하게 웃고 있었다. 원시시대였다면 싸움을 잘하는 쪽이 무조건 이겼 겠지만, 아마 현대사회에서 승자와 패자는 이런 식으로 나뉘는 게 아닐 까 하는 생각이 들었다.

"와! 잘 배웠어. 깡패 협박하는 법!"

수동은 키득거리면서 여준석을 놀렸다. 그러자 여준석이 싸늘한 눈 초리로 수동을 노려보았다.

"조용히 해라."

"깡패 쉽다며? 공권력에 약하다며?"

"조용히 하라고 했다."

"정보부 요원도 변호사 앞에서는 꼼짝 못하더라? 그래도 한마디 하 긴 했지. '총알받이 잘하십쇼.' 멋졌어, 정말!"

"씨발, 조용히 하라고!"

"어라? 너, 지금 나한테 협박하는 거야? 나, 너희 과장한테 이른다? 111번 누르고 3과장님 바꿔 달라고 하면 되지? 그렇지?"

수동은 이렇게 말하고는 낄낄 웃으며 도망치는 시늉을 했다.

"이 새끼가……."

"이른다니까! 진짜야, 진짜!"

수동은 핸드폰을 들고 전화를 거는 시늉을 하며 여준석을 놀렸다. 여준석은 잠시 숨을 고르더니 순식간에 수동을 향해 뛰기 시작했다. 이 미 예상하고 있던 수동도 재빨리 도망을 쳤다. 그렇게 해서 국가정보 부 요원과 중요 참고인 사이의 백주 대낮 추격전이 시작되었다.

승부는 싱겁게 끝났다. 국가정보부 현장 요원 중에서도 손꼽히는 요원인 여준석도 따라잡지 못할 만큼 수동의 발은 빨랐다. 여준석은 숨을 헐떡거리며 핸드폰을 들어 수동에게 전화를 걸어야 했다.

"야, 장난 그만 치고 돌아와."

– 때릴 거야?

"안 때려, 안 때려. 장난 그만 치고 돌아오라고."

– 나 여기 차야. 얼른 와.

여준석은 툴툴거리며 차로 돌아왔다. 수동은 차 옆에 기대서서 여준석을 기다리고 있었다.

"야, 나이 먹고 이게 뭐 하는 짓이냐? 애도 아니고……."

걸어오면서 체력이 어느 정도 회복됐는지 여준석은 꽤 여유 있는 얼굴을 하고서 수동에게 말했다.

"어허, 나이는 숫자에 불과해."

수동이 말했지만 여준석은 대꾸할 가치도 없다는 듯이 차 문을 열고 안으로 들어갔다. 수동은 조수석에 앉았다.

"야, 잊어버려. 우리가 황민주 찾으러 왔지 깡패 가르치려고 온 건 아니잖아."

"맞아, 그래야지. 네 말이 맞아."

여준석은 이렇게 말하더니 재빨리 수동의 머리통을 팔로 붙잡아 헤드록 자세를 취했다. 그리고 수동이 뭐라 말할 여유도 주지 않고 머리통에 꿀밤을 연속으로 먹였다. 국가정보부 현장 요원다운 빠른 손놀림이었다.

"야, 안 때린다고 했잖아!"

"미안하다. 거짓말했다."

여준석은 이렇게 말하고 나서야 얼굴에 웃음을 되찾았다. 수동도 꿀밤을 얻어맞은 머리통을 손바닥으로 쓸면서 웃음을 지었다.

"네 말이 맞아. 우리가 여기 온 건 황민주를 찾기 위해서지."

여준석은 컴퓨터를 조작하기 시작했다.

"우선 이 번호 조회부터 해 보자."

서주환이 넘겨준 황민주의 번호를 입력하자 선불폰이라는 메시지가 떴다.

"선불폰이면 번호만 가지고는 알 수 있는 게 없네?"

수동이 묻자 여준석이 긍정했다.

"그래도 전화를 해서 위치 추적을 하는 수가 남았어."

"다른 방법은?"

"선불폰 제조사에 의뢰해 어디서 팔렸는지 확인하고, 거기서 사 간 사람을 기억하는지, 뭐 그런 식으로 조사를 해 볼 수는 있겠지. 하지만 이 방법으로는 어려울 거야."

여준석의 설명이 아니어도 충분히 이해할 수 있는 대목이었다. 선불폰을 판 사람이 사 간 사람이 어디서 뭐 하는 사람이고 연락처는 어떻게 되는지 알 수 있을 리가 없다는 건 쉽게 생각할 수 있었다.

수동이 생각하고 있는 사이, 여준석은 자신의 핸드폰을 컴퓨터에 케이블로 연결했다.

"뭐 하는 거야?"

"GPS 삼각 측정 프로그램. 이걸로 황민주가 전화를 받으면 바로 추적할 수 있어."

"전화 안 받으면 추적 못 해?"

"할 수는 있는데 오차가 커. 그리고 여기 이 컴퓨터로는 못 해. 본사로 들어가야 해."

여준석의 얼굴에는 무슨 일이 있어도 판진아보다 먼저 황민주를 찾겠다는 결의가 보였다.

"그런데 황민주 핸드폰에 번호가 뜰 텐데, 모르는 번호를 받을까?"

"여기 사무실 번호가 뜨게 할 거야. 받으면 모델 일 할 생각 없는지 물어보면 되고."

"영화 보니까 30초 이상 통화해야지 추적할 수 있다고 하던데……."

"지금이 무슨 20세기냐? 받으면 그 순간 추적 끝이야. 안 받아도 전화기를 켜 놓고만 있으면 어느 기지국 범위에 있는지까지는 알아낼 수 있어."

"그렇구나."

수동이 고개를 끄덕거리자 여준석은 우쭐거리며 장비 설치를 마쳤다.

"이제 전화한다. 조용히 해."

수동은 검지를 입에 가져갔다.

신호음이 울리자 수동의 머리에 마지막으로 보았던 황민주의 얼굴이 떠올랐다. 그동안 고마웠다고 말하던 무표정한 얼굴. 수동은 지금까지 몇 번이고 그 얼굴을 다시 떠올려 보았다. 그러면서 이제는 다시 볼 수 없다고 다짐도 해 보았다. 하지만 수동은 자신도 모르게 황민주를 찾고 있었다. 광활한 인터넷 쇼핑몰을 뒤지며, 또 기억하기 힘들만큼 많은 모델들을 보며 시간을 보내곤 했다.

그때마다 도대체 지금 뭘 하고 있는 걸까 하는 의문이 늘 따라다녔다. 이제는 만날 수도 없고, 만나 봐야 아무 의미도 없을 한 여자를 찾는 자신을 자기 자신도 이해할 수 없었던 것이다.

황민주가 테러를 저지른 스파이라는 사실을 알게 되었어도 지금 수동에게 더 중요한 건 황민주를 다시 볼 수 있는 기회라는 사실인지도 모른다.

전화벨 소리가 한 번씩 울릴 때마다 수동의 심장이 점점 더 힘차게 뛰었다.

- 여보세요.

혹시 아무도 전화를 받지 않는 게 아닐까 싶을 즈음, 누군가 전화를 받았다. 뜻밖에도 남자 목소리였다.

"저, 여기 젓가락닷컴인데요, 혹시 황민주 씨 핸드폰 아닙니까?"

하지만 여준석은 조금도 당황하지 않고 사무적인 말투로 이렇게 물었다.

- 아닙니다.

전화는 그대로 끊어졌다.

그리고 잠시 동안 여준석은 미간을 찌푸리고 고민에 빠졌다. 뭔가 생각하고 있는 것이리라.

"도대체 누구지?"

수동이 조심스럽게 혼잣말처럼 중얼거렸다. 여준석은 모니터를 손가락으로 가리켰다.

"성남 모란역 부근이야."

"응, 나도 보여."

"모란역……."

여준석은 중얼거리다가 이윽고 결심했다는 듯 차에 시동을 걸었다.

"어떻게 하려고?"

"가 봐야지."

"가 본다고?"

"가서 무조건 찾아봐야지. 황민주가 썼던 핸드폰이야. 지금 전화 받은 남자, 찾아내면 뭐라도 건질 수 있을 거야."

수동은 잠시 그 남자가 혹시 지금 황민주와 같이 살고 있는 남자가 아닐까 하는 생각을 했다. 하지만 그 생각은 곧 지워 버렸다. 어쩐지 가슴 한구석이 싸늘해지는 기분이 들었기 때문이다.

판진아는 취조실에 앉아 자술서를 작성하고 있는 박다은을 보고 있었다. 황민주는 일이 이렇게 되리라는 걸 짐작했다고 보아야 했다. 그렇지 않다면 굳이 정보부장의 전화번호를 알려 주어서 도발을 할 이유가 없었다. 문제는 왜 그랬는가 하는 점이었다.

수사에 혼선을 주기 위해서? 단순히 정보부를 기분 나쁘게 하기 위해서? 아니면 박다은의 혐의를 벗겨 주기 위해서?

몇 가지 가설이 떠오르기는 했지만 딱히 이거다 싶은 것은 없었다.

'발상을 전환해 보자.'

판진아는 육하원칙에 의거해서 생각을 해 보기로 했다.

'왜 그랬는지는 좀 나중에 생각해 보자. 누가, 언제, 어디서, 무엇을, 어떻게…….'

육하원칙을 떠올리자 판진아의 머리에 뭔가 떠오르는 생각이 있었다. 판진아는 박다은의 핸드폰을 집어 들었다. 그리고 황민주가 남긴 전화번호를 다시 살펴보았다. 그 순간 판진아는 그대로 검색을 시작했다. 불과 몇 번의 검색만으로 판진아는 자신이 원하는 정보를 얻을 수 있었다. 정보를 얻은 판진아는 문서를 출력한 뒤 그것을 들고 자리에서 일어나 박다은이 있는 취조실로 들어갔다.

"박다은, 왜 김수동한테 이야기 안 했지?"

갑작스러운 질문에 박다은은 멍한 얼굴이 되었다.

"이 문자, 스키니톨이 망한 다음에 온 거야. 여기 날짜 보이지? 불과 석 달 전까지만 해도 넌 황민주와 연락하고 있었어. 그런데 왜 김수동한테 이야기 안 했을까? 김수동이 황민주를 찾고 있다는 걸 분명히 알고 있었을 텐데 말이야. 왜지?"

"그, 그건……"

"그래, 맞아. 넌 스키니톨을 버린 거야. 그리고 다른 사업을 벌인 거지."

판진아는 출력해 온 문서를 박다은에게 내밀었다.

"모델이 중요하다고 말했지만 결국 넌 김수동하고 강석규와 수익을 나누는 게 싫었던 거야. 그래서 이렇게 몰래 쇼핑몰을 차렸어. 모델로 는 값싼 황민주를 썼고 말이야."

판진아가 내민 문서에는 쇼핑몰 '젓가락닷컴'의 사업자 등록이 박다은 이름으로 되어 있다는 사실이 적혀 있었다.

"여기 같이 이름 적혀 있는 박연철은 누구야? 가공인물인가? 아니면 바지사장?"

판진아가 쉴 틈을 주지 않고 몰아붙였다. 박다은은 잠시 동안 멍한 상태로 있다가 결국 고개를 끄덕였다.

"작은아버지세요."

"그랬군. 결국 믿을 건 가족뿐이다. 패밀리 비즈니스, 그런 건가?"

대답을 기다릴 필요는 없었다. 이제 결론은 나왔다. 판진아는 모니터를 바라보았다.

"지금 당장 요원들 동대문으로 급파시켜. 심리 분석관하고 기술 요원 같이 가는 거 잊지 말고."

판진아가 말하자 스피커에서 요원의 음성이 흘러나왔다.

- 저, 동대문이요?

"젓가락닷컴 사무실 압수 수색해. 지금 모니터 보면 주소 보이지? 요원 한 명은 영장 신청해. 지금 당직 판사 찾아가면 바로 영장 내줄 거야. 영장 나오면 그대로 팩스로 보내서 현장에서 보여 줘. 알겠지?"

- 알겠습니다.

"샅샅이 뒤져. 황민주 흔적이 있을 거야. 뭐가 됐건 다 찾아내!"

판진아가 소리쳤고, 취조실 밖에서는 요원들이 다시 한 번 정신없이 뛰어다니기 시작했다.

"저, 일부러 그런 건 아니었어요. 어쩔 수 없었어요. 작은아버지께서 그런 건 가족끼리 해야 하지 않겠냐고 해서…… . 전 거역할 수가 없었어요."

박다은이 중얼거렸다. 아마도 애인인 강석규를 배신했다는 사실에 가책을 느끼는 모양이었다.

"그건 강석규한테 말해."

어쩌면 박다은은 처음부터 강석규의 돈만을 노리고 사귄 꽃뱀인지도 모르겠다 싶었다. 하지만 지금은 그런 건 아무래도 좋았다. 이제부터는 현장 요원들을 지휘할 차례였다. 동대문이라면 요원들이 도착하기까지 30분이면 될 거였다. 판진아는 지휘를 위해 컴퓨터를 세팅하기 시작했다.

같은 시각, 황민주는 한 사내를 만나고 있었다. 바로 조금 전 여준석의 전화를 받았던 사내였다. 두 사람은 모란역 근처에 있는 커피숍에 앉아 있었다.

"차우차우, 준비는 다 끝났지?"

황민주는 사내를 차우차우라고 불렀다. 인상이 험악하고 체격이 단단해 보이는 사내였다.

"물론입니다. 시간이 얼마 남지 않았군요."

차우차우라고 불린 사내는 팔목에 찬 시계를 보며 말했다.

"고마워. 선뜻 나서기 힘든 일이었을 텐데."

"일 없습니다. 황 회장님께 진 신세를 생각해 보면 이 정도는 아무것도 아닙니다."

사내의 말투에는 연변 사투리가 살짝 섞여 있었다.

"그렇게 생각해 주면 고맙지."

황민주는 이렇게 말하고 자리에서 일어섰다.

"그만 가 보시렵니까?"

"난 다른 곳에 일이 있거든. 그리고 이 친구, 꼭 확인해 주는 거 잊지 마."

황민주가 커피숍을 나서기 전 마지막으로 남긴 말이었다. 사내는 테이블 위에 놓여 있는 사진 한 장을 바라보고 있었다. 환하게 웃고 있는 한 남자의 사진이었다.

"남자 친구였나?"

차우차우는 중얼거리면서 사진을 집어 들었다. 사진 속 남자는 바로 김수동이었다.

"내 상관할 바가 아니지."

마침내 차우차우도 자리에서 일어섰다. 잠시 후, 그가 손짓을 보내자 커피숍에 앉아 있던 남자들이 우르르 자리에서 일어섰다.

"가자!"

차우차우가 짧게 지시했다. 중국어였다. 지시가 떨어지자 남자들이 일사불란하게 움직이기 시작했다. 그들의 손에는 모두 김수동의 사진이 들려 있었다.

5. 안전가옥
코드

황민주가 나간 사무실에서 황태산은 혼자 앉아 컴퓨터를 이용해 뉴스를 검색하고 있었다. 포털사이트마다 여전히 신도림역 폭발 사건 관련 기사가 전면에 배치되어 있었다. 누가 왜 폭탄을 터뜨렸는가? 이 질문에 답하기 위해 언론들은 각각 의견을 내놓았다.

한미 정상회담을 방해하기 위한 북한의 소행이다.

떨어진 국정 지지도를 끌어올리기 위한 정보부의 자작극이다.

버려진 부탄가스 통이 저절로 폭발한 것이다.

폭탄 제조 사이트에서 정보를 얻은 미치광이가 벌인 짓이다.

저마다 나름의 논리와 증거를 갖추고 있는 의견들이 소개되고 있었다. 몇몇 논리는 상충되고, 몇몇 증거는 상반되었다. 어쩌면 지금 현재 남조선에서 사건의 진상을 정확하게 알고 있는 건 오직 황태산 혼자뿐인지도 모를 일이었다.

문득 황민주를 처음 만났던 날이 떠올랐다. 그때 황민주는 겨우 목이나 가눌 수 있는 어린 아기에 불과했다. 하지만 20여 년이 지난 지금 황민주는 어엿한 한 사람의 파괴 공작원으로 성장했다.

돌이켜보면 황민주를 처음 만났던 1980년대는 간첩단의 시기였다. 합참의장이 대간첩대책본부장을 겸임하던 시절이기도 했다. 자고 일어나면 간첩단 검거 뉴스가 신문 1면 머리기사로 실렸다. 처음 그런 뉴스를 보았을 때는 가슴이 철렁 내려앉곤 했다. 혹시라도 아는 동지가 붙잡히지나 않았을까, 혹시 자신이 추적당하고 있는 건 아닐까 싶었기 때문이다.

하지만 우려는 곧 사라졌다. 보도되는 간첩단 사건 대부분은 남조선에서 실제로 활동하고 있는 간첩단과는 거리가 있었다. 검거된 자들을 천천히 뜯어보면 최대한 남조선 정부에 유리하게 말한다고 해도 '반정부 인사'가 대부분이었고, 냉정하게 말하면 어느 사회에나 있는 '불평불만 세력'에 불과했던 것이다.

이를테면 1982년 일가족이 간첩단으로 몰린 '송씨 일가 사건'이 그랬다. 북조선과는 아무 관계도 없는 일가족이 단지 친척 중에 월북한 사람이 있다는 이유만으로 고문과 조작을 통해 간첩단으로 둔갑한 사건이었다.

이 송씨 일가 간첩단 사건과 관련해 1980년대 최대의 법정 공방이 있었다. 과정은 매우 드라마틱했다. 대법원에서 두 번이나 사건을 무죄 취지로 파기 환송했지만 고등법원은 그때마다 이에 불복했다. 결과적으로 송씨 일가족은 유죄 판결을 받고 옥살이를 해야만 했다.

하지만 나중에 이 사건은 합리적으로 마무리되었다. 송씨 일가 모두에게 무죄 판결이 내려진 것이다. 다만 그렇게 된 것은 27년이나 흐른 뒤인 2009년의 일이다.

간첩단 사건이 신문에 연일 보도될 즈음 평양에서 지령이 내려왔다. 억울하게 간첩으로 몰린 이들을 포섭하여 공작원으로 만들거나, 혹은 월북을 유도하라는 것이었다. 탁상에 앉아서 공론을 만지작거리는 간부가 생각하기엔 좋은 생각이었을지도 모른다. 하지만 조금만 생각해 보면 이것은 위험 부담은 너무 크고, 성공 확률은 지나치게 낮은 공작 이었다.

이들은 엄밀하게 말해 남조선 사회에서 '빨갱이'로 몰린 자들이 었다. 이들은 필사적으로 자신이 빨갱이가 아니라는 것을 증명하고 자 했다.

6·25를 돌아보면 인천상륙작전 때 가장 용감하게 앞장섰던 이들 중 에 제주도 출신 해병이 많았다고 한다. 제주4·3사건을 겪었던 이들은 자신이 빨갱이가 아니라는 것을 증명하기 위해 가장 위험한 곳에 자원 한 것이다.

이런 해병과 같은 마음이 보통 사람의 마음이라면, 이들을 포섭한다 는 건 주체사상 책을 들고 적기가赤旗歌를 부르며 남조선 정보부 요원 앞에서 춤을 추는 것이나 마찬가지일 수 있었다.

사실 이런 무리한 공작 지령이 내려온 것은 남조선 안에서 파괴 공작을 실행하기가 어려워졌다는 방증이기도 했다. 1980년대 들어 남조선 사회는 심한 통제 사회가 되어 가고 있었다. 주민등록증을 통 해 전 국민의 지문을 국가가 보관하는 게 당연한 일로 여겨졌다. 평 양에서도 파괴 공작은 해외에서 진행하는 쪽으로 방향을 선회하고 있었다.

이 과정에서 어처구니없는 실수도 있었다. 남조선 대통령이 아프리 카 순방길에 올랐을 때 스파이를 보내 현지의 용병을 고용, 대통령 일행 을 공격하는 작전을 계획했던 일이 대표적이다. 당시 현지에서 고용한 용병은 돈만 받고 잠적해 버렸다. 경험 부족이 낳은 어이없는 실수였다.

성공적인 경우도 있었다. 1983년에 있었던 버마 아웅산 폭탄 테러와 KAL747 여객기 폭파가 그런 경우였다.

아웅산에서는 17명의 중요 인사를 제거하는 데 성공했다. KAL747기는 115명의 탑승객 전원이 사망했다. 하지만 이 두 번의 성공도 이후에 남조선 독재 정권을 오히려 견고하게 하는 데 도움이 되었다는 걸 생각해 보면, 전술적으로는 성공이었을지 몰라도 전략적으로도 성공이라고 보기는 힘들 것이다.

황태산은 평양에 공작을 진행 중이라는 보고를 올리면서 독자적으로 전혀 다른 작전을 진행했다. 남조선 현지에서 파괴 공작원을 키우면 어떨까 하는 발상에서 나온 작전이었다. 이를 위해 고아원을 인수하고 될성부른 떡잎을 찾았다. 찾아낸 아이들은 남과 북 모두에서 이미 죽은 것으로 되어 있는 '짝귀' 교관에게 맡겼다.

대부분은 실패로 끝났다. 애초에 파괴 공작원이 될 수 있는 강인한 마음을 가지고 태어나는 이는 매우 드물었다. 많은 아이들이 공작원이 되는 데에 실패했다. 폭력을 행사하는 일을 거부하는 아이도 있었다. 도망을 치는 아이도 있었다. 이런 아이들은 결국 그냥 정상적인 교육을 시킬 수밖에 없었다.

하지만 이 과정에서 성공한 케이스도 있었다. 바로 황민주였다.

"세상에 타고난 살인자가 있는지는 몰라. 하지만 분명한 건, 누구나 필요한 순간에 필요한 훈련만 받으면 살인자가 될 수 있다는 거지. 파괴 공작원은 타고난 살인자일 필요는 없어. 그냥 무난한 살인자면 충분해."

짝귀는 이렇게 말하곤 했다.

고아원에서 데리고 온 황민주는 함께 입양된 아이들과 마찬가지로 그저 말 못하는 아기에 불과했다. 처음에는 황태산도 황민주를 눈여겨 보지 않았다. 하지만 시간이 가면 갈수록 황민주는 강인한 아이로 성장해 갔다.

황민주가 타고난 살인자인지는 아무도 모른다. 하지만 적응하지 못한 다른 아이들과 비교한다면 타고난 파괴 공작원이라고 해도 크게 무리는 없을 것이다. 황민주는 짝귀 교관의 힘든 교육 과정을 무리 없이 소화했다. 특히 어린 나이에도 담력이 뛰어나 흉기를 두려워하지 않는 점이 눈에 띄었다.

"이 아이는 아주 잘 돌봐야 해. 나중에 자라면 말이지, 내가 남조선에서 거둔 최고의 성과가 될 테니까 말이야."

짝귀의 말이 아니었어도 황태산은 황민주를 아껴야 한다고 판단했다. 언젠가는 반드시 크게 도움이 될 것이라는 생각에서였다.

"학교에서는 친구를 만들어서는 안 된다. 누가 물어보면 아무 대답도 하지 마라. 혹시 시비 거는 애들이 생기면 그냥 자리를 피해라."

황태산은 황민주에게 이렇게 가르쳤다. 그리고 가정 형편을 핑계로 길게는 1년, 짧게는 3개월 간격으로 전학을 보냈다.

그리고 마침내 실습을 하는 날이 찾아왔다. 황민주가 중학교 졸업을 한 달 앞둔 시점이었다.

짝귀가 오랫동안 공을 들인 일이었다. 실습 대상은 경기도 일대에서 활약하는 아동성범죄자였다. 1980년대 후반만 해도 아동성범죄자에 대한 사회적 경각심은 매우 낮았다. 때문에 아동성범죄 전과가 있는 자에 대한 관리도 없었다. 짝귀는 여기에 착안을 했다.

"평양에서 본 적이 있어. 이런 자들은 감옥에 다녀온다고 해서 교화

되지 않지. 방앗간하고 참새 이야기 알지? 이놈들이 딱 그래. 기회만 생긴다면 바로 달려들 거야."

짝귀의 말은 옳았다.

황태산은 황민주에게 심부름을 좀 다녀오라고 했다. 외딴곳에 있는 허름한 농가였다. 거기 가서 미리 숨겨 놓은 물건을 찾아오라고 했다. 그곳은 짝귀가 대상으로 삼은 아동성범죄자가 사는 곳이었다.

황민주가 그곳으로 가던 날, 짝귀는 위험을 무릅쓰고 저격용 소총까지 챙겨서 그곳을 찾았다. 만에 하나라도 자신이 아끼는 제자가 아동성범죄자에게 다치는 꼴을 보고 싶지 않았던 것이다.

"그걸로 놈을 쏠 겁니까?"

"만약 실패한다면 황민주도 쏠 거야. 내가 그렇게 가르쳤는데 저런 놈 하나 처리 못 하고 당한다면 아무 짝에도 쓸모없어."

짝귀의 말투는 담담했다.

황민주는 황태산이 알려 준 장소에 도착한 다음 준비해 간 야전삽을 이용해 땅을 팠다. 황민주가 발견한 것은 의미 없는 서류 뭉치와 단검 한 자루였다. 그리고 아동성범죄자는 자신의 구역으로 들어온 황민주를 놓치지 않았다.

처음에는 꼭 친근한 동네 아저씨처럼 말을 걸었다. 그리고 자신의 거처로 유인하려고 했다. 황민주는 가지 않겠다고 했고, 그 순간 아동성범죄자는 본색을 드러냈다. 힘으로 황민주를 제압하려 든 것이다.

황민주의 첫 실습 대상은 짝귀가 마련한 기회를 놓치지 않았다. 그리고 그 기회를 놓치지 않은 덕분에 황민주는 단검이라는 무기가 얼마나 효율적이고 믿을 수 있는 것인지를 몸으로 분명하게 체험할 수 있었다.

"처음이라는 걸 믿기 힘들 정도의 솜씨야. 이것 보라우. 딱 한 번에 경동맥을 절단 내 버렸어. 일반적으로 처음에는 망설이는 게 보통인데, 이건 진짜 전문가 솜씨라고 해도 믿겠어."

황태산은 짝귀와 함께 시체를 처리하면서 황민주의 솜씨를 눈으로 확인할 수 있었다. 단검이 남긴 상처는 깊고 깔끔했다. 하지만 황태산은 황민주의 심리 상태가 걱정됐다. 사람을 죽인 뒤 겪게 되는 심리적 충격과 그로 인한 심경의 변화는 체득하고 있는 살인 기술과는 완전히 다른 문제였다.

"괜찮니?"

황태산은 자기 방에서 책을 보고 있는 황민주에게 물었다. 황민주는 고개를 끄덕였다.

"무섭지 않았어?"

이번에는 고개를 가로저었다. 평소와 조금도 다름없는 표정이었다.

"그래도 사람을 죽였잖니."

"안 죽였으면 제가 죽었어요."

황민주는 책에서 눈을 떼지 않고 대수롭지 않다는 투로 말했다. 너무나도 평온해 보이는 황민주의 얼굴에 질린 건 오히려 황태산 쪽이었다.

그리고 황민주는 황태산이 예상한 그대로 뛰어난 파괴 공작원이 되었다.

중학교 졸업 이후 황민주는 몇 번의 작전에 투입되었다. 평양에서 내려온 지령을 수행한 적도 있었고, 황태산이 필요해서 꾸민 일에 투입되기도 했다. 황민주는 모든 작전을 완벽하게 수행했다.

이제 황태산은 황민주에게 새로운 임무를 맡겼다.

"이게 마지막 임무가 되어야 할 텐데."

황태산은 자신도 모르게 이렇게 중얼거렸다.

"황민주 말이야, 도대체 고향이 어디야?"

성남 모란역으로 향하는 차 안에서 김수동이 조심스럽게 여준석에게 물었다.

"거참, 부조리한 일이야. 부조리."

여준석은 이렇게 말문을 열었다.

"같이 살을 맞대고 살았으면서 고향도 몰라, 출신 학교도 몰라. 어쩌면 그렇게 부조리할 수가 있냐?"

"사랑은 원래 부조리한 거야. 논리 따지는 사랑이 어디 있냐?"

"말은 잘한다."

여준석은 혀를 끌끌 차면서 모니터를 몇 번 건드렸다. 그러자 모니터에 황민주 관련 파일이 나왔다.

"기록상으로 황민주는 입양아야. 성남에 있는 고아원에서 어떤 부부에게 입양됐지. 입양한 부모는 이미 사망했어. 기록상으로만 본다면 고아원에서 나오자마자 다시 고아가 된 거지. 이런 경우를 두고 우리는 보통 '신분세탁'이라고 불러."

"신분세탁? 돈세탁이라는 말은 들어 봤지만 그런 말은 첨 듣네."

"아마 이 부모는 원래 죽은 사람이었을 거야. 사망신고가 제대로 되지 않은 사람의 신원을 이용한 거겠지."

"죽은 사람 주민등록증으로 산 사람 주민등록증을 만든다고? 그게 가능해?"

"80년대에는 가능했어. 지금이야 전산 처리되니까 불가능하지만."

여준석은 모니터를 다시 몇 번 조작해 화면을 하나 띄웠다. 비닐로 코팅이 된 예전 주민등록증이었다.

"이걸 보여 줄게. 80년대에 쓰던 주민등록증이야. 위조 방지 장치가 되어 있지. 어디에 있는지 알겠어?"

수동은 화면을 뚫어지게 보았지만 여준석이 말하는 위조 방지 장치가 무엇인지는 알 수가 없었다.

"모르겠는데?"

"록."

"록?"

"그래, '주민등록증'이라고 쓰여 있는 글자 중에서 '록'자에 있어. 자세히 보면 모음 한가운데가 끊어져 있는 게 보일 거야."

"어, 진짜 그러네?"

주민등록증의 '록'자 모음에는 마치 면도칼로 도려낸 것 같은 틈이 있었다.

"옛날 복사기로 복사를 하면 저 '록'자의 모음 중간에 끊어진 부분이 붙어 버렸거든. 지금이야 복사기 성능이 좋아져서 안 그러지만 말이야. 하여간 80년대는 그런 시절이었어."

"그렇구나."

수동은 어쩐지 국가 기밀을 알게 된 것 같은 기분이 들어서 화면에서 눈을 떼지 못하고 대답했다.

"그 뒤로 황민주는 고등학교까지 전학을 수도 없이 다니면서 마쳤지. 짧으면 석 달, 길면 1년. 때문에 우리 요원들이 아무리 탐문 수사를 해도 황민주를 기억하는 사람을 단 한 사람도 찾을 수가 없었어. 황민주의 담임선생들도 마찬가지였고. 황민주의 부모 얼굴은커녕 전학 수속 때 아버지가 왔었는지 어머니가 왔었는지도 기억 못 하더라고."

"음……, 그럼 일단 우리나라에서 초중고는 마쳤다는 거네?"

"그렇지. 아마 고정간첩 부부의 자녀가 아닐까, 그렇게 생각하고 있어. 어쩌면 진짜 고아인지도 몰라. 대학생 시절에 북에서 온 간첩에게 포섭된 걸 수도 있지."

"대학생 시절 기록은 남아 있어?"

"기록은 있지만 역시나 황민주를 기억하는 사람이 없어. 교수도, 동기도. 하지만 출입국 기록은 남아 있지."

"그래. 대학 때 체코에 갔었다고 들었어."

"응, 우린 황민주가 체코에서 성형수술을 받고 돌아왔다고 보고 있어."

모니터에는 오전에 수동이 취조실에서 보았던 사진이 떠 있었다. 수동의 견해를 따르자면 턱을 깎고 코를 세우기 전 얼굴이었다. 앞트임과 뒤트임을 하지 않은 눈은 작고 찢어진 전형적인 동양인의 눈이었고, 이마와 볼에 자가 지방 넣기 전 얼굴은 어쩐지 마른 오이를 연상시켰다.

"나갈 때는 이 얼굴이었고, 돌아올 때 지금 황민주 얼굴로 바뀌었을 거야. 저 신분으로 돌아온 기록은 없으니까."

"저 사진 좀 치워 줘."

"야, 너 여자 볼 때 얼굴만 보는구나? 그렇지? 하긴 그러니까 간첩하고 사귀지. 쯧쯧."

화면을 닫으면서 여준석이 말했다. 꼭 수동을 비웃는 투였다. 수동은 반박할 말이 없었다. 하필 성형과 관련된 순간에 나온 이야기이다 보니 더욱 그랬다.

"그런데 황민주가 테러를 저지른 건 어떻게 안 거야?"

한동안 말이 없던 두 사람 중 다시 말을 시작한 건 수동이었다. 수동은 아직도 황민주에 대해서 궁금한 것이 많이 남아 있었다.

"말해 줄 수는 있지만, 그러면 널 죽여야 해."

수동은 뜻밖의 대답에 입을 다물었다. 잘못 물었구나 싶었다.

"역시 안 웃네. 이거, 정보부 사람들끼리는 자주 하는 농담인데."

"아, 노, 농담이었어?"

수동은 억지로 웃는 시늉을 했다. 그제야 여준석도 웃음을 지었다.

"정보부에는 정보원들이 있어. 정식 요원도 있지만 그렇지 않은 사람들도 있지. 그러니까 민간인 말이야."

"그, 영화 무간도 같은 데 나오는……, 그런?"

"무간도가 뭐야?"

들어 본 적도 없다니, 영화를 별로 좋아하지 않는 모양이었다.

"경찰이 폭력 조직에 조직원으로 위장해서 들어가는 내용이야."

"비슷하긴 해. 애초에 경찰이 아니라 그냥 조직원이라는 게 좀 다르긴 하지만. 아무튼 정보원들의 정보는 정말 귀중해. 음, 영화는 못 봤지만 그 조직원으로 위장한 경찰이 만약 경찰이라는 게 탄로 나면 바로 죽겠지? 그런 거야. 그래서 이야기 못 해 주는 거야."

꽤 친절한 설명이었다. 수동은 여준석이 한 말을 이해했다. 하지만 뭔가 미심쩍은 구석이 남아 있었다.

"그 정보원의 정보가 정말 확실한 걸까?"

수동은 꼭 혼잣말을 하는 것처럼 중얼거리더니 곧 말을 이어갔다.

"생각해 봐. 그 CCTV, 그냥 닮은 사람일 수도 있잖아. 황민주는 그냥 부모님을 일찍 잃은 불쌍한 여자일 수도 있고."

수동은 말하면서도 자신이 억지를 부리고 있다는 생각을 했다.

"일리가 있어."

하지만 여준석의 답은 뜻밖에도 긍정적이었다.

"우리는 정보부야. 모든 가능성을 열어 놓고 수사하지. 나하고 판진아는 황민주를 추적하는 일을 맡았지만 전혀 다른 각도에서 사건을 파고드는 팀도 있어. 보통 이렇게까지 범위를 넓게 잡지는 않지만 이번 사건은 좀 특별해. 지하철에서 벌어진 폭탄 테러라는 특수성도 있고, 북의 직접 도발이라는 점도 있고, 거기다가 이제 곧 한미 정상회담이 열리잖아."

"그럼 황민주가 범인이 아닐 수도 있다는 거야?"

수동의 마음 깊은 곳에서 작은 희망이 일었다.

"난 그런 거 몰라."

하지만 여준석의 대답은 차가웠다.

"다시 말해서 네 말이 일리는 있지만 나하고는 관계없다는 소리야. 난 현장 요원이고 내 임무는 황민주를 잡는 거야. 다른 가능성은 다른 가능성을 추적하는 팀이 알아서 할 일이야."

수동은 여준석의 단호한 말투를 이해할 수 있었다. 여준석은 자신의 일에 충실한 것이다. 그리고 자신은 그 과정에 그저 동참하고 있을 뿐이다.

"알았어."

"그러니까 너도 혹시 갑자기 떠오르는 거 있으면 말해 줘. 아무리 사소한 거라도 좋아."

"그래, 준석아. 너 참 대단하다."

"뭐가?"

"자기 일에 열심이잖아."

생각해 보면 수동은 이렇게 열정적으로 일에 열심이었던 적이 없었다. 쇼핑몰 일은 하기 싫은 걸 억지로 했다고 볼 수 있었다. 지금 하고 있는 PC방 아르바이트는 그저 시간 때우기에 불과했다.

"샤론의 장미가 뭔지."

여준석이 중얼거렸다. 샤론의 장미. 전에도 들어 본 적이 있는 말이었다.

"그게 뭐야?"

"뭐가?"

"샤론의 장미."

수동의 말에 여준석은 입술을 굳게 다물었다. 별로 이야기하고 싶지 않다는 걸 쉽게 알 수 있는 표정이었다.

"왜? 말해 주면 날 죽여야 해?"

"아니, 아마 누가 날 죽일 거야."

말해 놓고 웃는 걸 보니 농담인 모양이었다. 하지만 그렇다고 해서 쉽게 따라 웃을 수는 없었다. 샤론의 장미가 뭔지는 몰라도 분명 민감한 문제일 것 같았다.

다시 한 번 침묵이 이어졌다. 좀 전의 침묵보다는 훨씬 견디기 쉬운 침묵이었다.

수동은 황민주와 헤어진 뒤 그녀를 찾기 위해 보낸 시간을 되돌아보았다. 얼마나 많은 시간과 노력을 들였던가. 하지만 지금 수동은 국가 정보부라는 거대한 조직의 힘을 이용해 황민주를 찾아 나서게 되었다.

만약 황민주가 범인이 아니라면 어떻게 되는 걸까?

행복한 상상이 이어졌다. 수동이 황민주의 누명을 벗겨 주고 예전의 관계를 회복하는 상상이었다. 상상 속에서 황민주는 환하게 웃으며 수동의 품에 안겼다.

그렇게 좋았던 기억과 앞으로의 상상이 뒤섞인 생각이 이어질 즈음 전화벨이 울렸다. 핸드폰에는 발신자가 '판진아'라고 떠 있었다.

"이건 또 뭐야?"

여준석은 잠시 망설이다가 스피커폰으로 전화를 받았다.

– 여준석!

판진아가 소리치는 소리가 차 안을 가득 채웠다.

판진아 요원이 전화를 걸기 전 일이다.

현장팀은 출발한 지 30분 만에 동대문에 닿았다. 현장 요원과 기술 요원, 심리 분석관, 거기에 지역 경찰까지 동원된 팀이었다. 하지만 영장이 나오지 않아서 바로 당장 젓가락닷컴 사무실로 들어갈 수는 없었다.

현장 요원 중 최고참은 백정규 요원이었다. 현장 요원들은 덩치가 큰 백정규를 두고 보통 '백곰'이라고 부르곤 했다. 백정규는 그 말을 듣는 게 그리 기분 나쁘지 않았다. 마흔이 넘은 현장 요원이 여전히 강인하게 보인다는 의미로 받아들였기 때문이다.

"현장 도착했다. 이상."

판진아와 직통으로 연결되어 있는 무선으로 백정규가 보고했다.

– 지금 즉시 들어갈 것. 이상.

"불가능하다. 영장이 아직 안 나왔다. 이상."

– 나간 지가 언젠데 아직도 영장을 못 받았어!

무전기 송신기를 입에서 떨어뜨리고 소리를 쳤는지 소리는 작았지만 분명하게 들린 소리였다. 백정규는 성질 좀 죽이라고 충고를 해 주고 싶었지만 그만두었다. 판진아 요원의 성질머리는 누가 죽이려고 해서 죽는 게 아니란 건 이미 오래전에 증명된 바 있었다.

– 지금 팩스로 보낸다고 했으니 팩스 앞에 붙어 서서 확인했다가 나오면 바로 들어가도록. 이상.

잠시 뒤 바로 무선이 왔다. 아마 그사이 전화로 영장을 받으러 간 요원을 닦달한 모양이었다.

"알겠다. 이상."

백정규는 인상을 찌푸리며 함께 간 요원에게 손짓으로 타고 온 승합차에 들어가라고 신호를 보냈다.

많은 현장 요원들이 그랬지만 백정규도 판진아를 못마땅하게 여겼다. 현장 경험은 거의 없으면서도 빠르게 진급한 것도 그랬고, 현장 요원들을 꼭 아랫사람 부리듯 하는 태도 때문에도 그랬다. 하지만 판진아를 '개 같은 년', 혹은 '씨발년'이라고 부르는 요원들 또한 별로 좋아하지 않았다. 어찌 되었건 누군가는 현장에서 몸으로 뛰어야 하고, 누군가는 본부에서 모니터를 보며 판단을 내려야 하기 마련이다. 그게 판진아 요원이라고 해서 달라질 건 별로 없다는 게 백정규의 생각이었다.

"영장 나왔습니다."

팩스에서 뽑아낸 영장을 들고 요원이 나왔다. 백정규는 고개를 한 번 끄덕이고는 건물 안으로 들어섰다.

"영장 가지고 들어간다. 이상."

백정규가 무선으로 말했다.

- 오케이, 지금 카메라 작동시키도록. 이상.

판진아의 말에 백정규는 기술 요원에게 손짓으로 자신의 넥타이핀에 장착된 카메라를 가리켰다. 승합차에서 대기하고 있던 기술 요원이 손가락으로 동그라미 사인을 보냈다.

- 화면 감도 양호. 이상.

만족스러운지 조금 전보다는 훨씬 밝은 음성이었다. 백정규는 고개를 설레설레 저었다. 함께하고 있는 현장 요원도 쓴웃음을 지었다.

- 확보해야 할 대상은 박연철. 53세. 폭력 전과가 있는 전직 조직 폭력배다. 물리력을 사용해야 할 경우를 대비하도록. 그리고 들어가면 서주환이라는 이름의 변호사가 있을 것이다. 변호사에게는 영장을 들이밀고 무조건 박연철과 접촉하지 못하도록 할 것. 이상.

변호사를 만나지 못하게 하는 건 현장 지침에는 없는 사항이었다. 하지만 지금 당장 사안은 급박했고, 급박한 사안에는 얼마든지 융통성이 있어야 한다는 게 정보부의 방침이었다.

"정식 지시 사항인가? 이상."

백정규가 물었다. 모든 무선 대화는 녹음이 되므로 혹시라도 나중에 문제가 불거지면 책임을 판진아에게 돌리기 위해서였다.

- 물론이다. 판진아 주임의 지시 사항이다. 이상.

"오케이. 이상."

백정규는 먼저 안으로 들어섰다. 동행한 현장 요원이 그 뒤를 따랐다. 이런 종류의 임무는 수도 없이 수행했다. 경험상 이런 임무는 문제가 생기는 경우가 극히 드물었다. 하지만 현장 요원의 직감이었을까, 뭔가 좋지 않은 예감이 들었다.

"문이 잠겨 있다. 두드려도 응답이 없다. 이상."

백정규가 상황을 보고했다. 문이 잠겨 있으면 대부분 확보해야 할 대상이 도망친 경우였다. 특별히 문책당할 일이야 없겠지만 그래도 임무를 완수하지 못하면 기분이 찜찜한 건 어쩔 수 없는 일.

"문이 잠겨 있다. 이상."

판진아에게서 대답이 없자 백정규가 다시 한 번 물었다.

– 부수고 진입한다. 물리력 사용을 대비하라. 이상.

판진아의 지시 사항에 백정규는 속으로 환호를 보냈다. 보통 이런 경우 나중에 문제를 만들지 않기 위해 만능열쇠 키트를 이용해 문을 따라고 지시하는 경우가 많은데, 백정규는 만능열쇠 키트를 능숙하게 사용하는 편이 아니었다. 하지만 문을 부수는 건 자신이 있었다. 백정규는 이런 자신의 성향을 두고 아무래도 섬세한 작업보다는 거친 작업을 선호하다 보니 그렇게 된 거라고 말하곤 했다.

백정규는 승합차에서 해머를 꺼내 들고 다시 돌아와 단숨에 문을 부수고 안으로 진입했다. 그리고 다음 순간, 익숙한 냄새에 반사적으로 해머를 버리고 품에서 권총을 뽑아 들었다. 별다른 지시는 없었지만 동행한 요원도 그렇게 했다.

보통 정보부 현장 요원에게는 대우정밀에서 만든 K-5가 지급된다. 베레타(Beretta)M9이나 글록(Glock)17을 지급하는 경우도 있긴 했지만 그건 특별한 경우였다. 현장 요원 중에는 자신이 선호하는 권총을 구입해서 쓰는 경우도 종종 있었지만 백정규는 그냥 지급품 사용을 선호하는 편이었다.

"이런 씨발."

백정규는 무선으로 자신의 음성이 녹음된다는 것도 잊고 욕설을 내뱉고 말았다.

사무실 안은 온통 피바다였다. 시체 두 구에서 흘러나온 피가 사무실 바닥에 흥건하게 번져 있었다. 백정규는 신호를 보내고 사무실을 수색하기 시작했다.

먼저 눈에 띈 것은 접대용 소파에 편안하게 앉아 있는 시체였다. 시체의 이마 한가운데에는 구멍이 두 개 뚫려 있었다. 두 개의 구멍은 거의 겹쳐 있다시피 해서 자세히 보지 않으면 하나로 보일 정도였다. 아주 빠르게 두 발을 연달아 사격할 경우 생기는 총상이었다. 백정규는 총상의 크기로 보아 9mm 탄일 거라고 생각했다.

"변호사 서주환의 시체로 보인다. 이상."

순식간에 당한 모양이었다. 반항한 흔적이 전혀 없었다. 빠르게 두 발을 발사하는 건 일반적인 특수부대 요원들의 방식이었다. 하지만 가슴이 아니라 굳이 머리에 쏜 것은 분명 이유가 있을 것 같았다. 하지만 그 이유를 생각해 내기는 힘이 들었다. 바로 다음 순간 끔찍한 시체를 발견했기 때문이다.

"박연철 발견. 서주환과 마찬가지로 머리에 두 발을 맞고 사망. 음……."

백정규는 잠시 망설이다가 보고를 이어갔다.

"……바닥에 박연철의 왼쪽 귀와 손가락 두 개가 떨어져 있음. 고문당한 뒤 살해된 듯. 그리고 손톱이 열 개 떨어져 있음. 이상."

손톱이 열 개라는 건 세어 보지 않아도 알 수 있었다. 박연철의 모든 손가락에는 손톱이 없었다.

판진아의 지시를 기다리고 있는데 동행한 요원이 손짓을 보내왔다. 백정규는 K-5 권총을 고쳐 쥐고 동행한 요원 쪽으로 향했다.

동행한 요원이 손가락으로 사장실 캐비닛을 가리켰다. 사람이 있는 게 분명했다. 두 사람은 신호를 교환한 뒤, 백정규가 캐비닛을 열고 동행한 요원이 권총을 캐비닛 안으로 겨냥했다.

안에는 여직원이 팔을 뒤로 묶인 상태로 갇혀 있었다. 백정규는 우선 여직원의 입을 막고 있는 재갈부터 풀어 주었다.

"놀라지 마세요. 정보부 요원입니다. 어떻게 된 거죠?"

여직원은 놀란 것 같긴 했지만 비명을 지르거나 공황 상태에 빠지거나 하지는 않았다.

"물 좀 주세요."

여직원은 이렇게 말하고는 일어서서 비틀거리며 사장 의자 쪽으로 걸어간 뒤에 털썩 주저앉았다. 동행한 요원이 정수기에서 냉수를 뽑아 가지고 왔고, 여직원은 의자에 앉아 그것을 단숨에 마셨다.

"헬멧을 쓴 여자였어요. 오토바이 헬멧 아시죠?"

공포나 분노를 느낀다기보다는 짜증이 난다는 투였다.

"들어오자마자 우리 사장님을 봐야겠다고 했어요. 서 변호사가 막아서니까 바로 쐈어요. 탕. 그리고 사장님을 총으로 위협해서 절 묶은 뒤에 여기 가두었고요. 뭔가 대화를 나누는 소리가 들리긴 했는데 잘 안 들렸어요. 사장님 비명 소리는 계속 들렸죠. 그러다가 탕. 그리고 아저씨들 올 때까지 여기 갇혀 있었어요."

여직원은 지나칠 정도로 침착했다. 원래 성격이 이런 걸까, 아니면 뭔가를 숨기고 있는 걸까?

"총소리가 탕 하고 한 번 들렸어요?"

백정규가 물었다.

"예, 탕."

권총을 두 발 연속으로 빠르게 사용하면 총성이 한 번밖에 들리지 않는 경우가 있다. 고도로 훈련받은 자의 사격일 경우가 그렇다. 백정규는 범인이 황민주일 것이라고 확신했다.

"아, 쌍! 진짜 내 깡패 새끼들 사무실에서 일하기로 마음먹었을 때부터 언제 이런 일 생기지 싶었어. 정보부 요원들이 하루에 두 번씩 찾아오질 않나, 총질을 하는 년이 들이닥치질 않나."

"정보부 요원이 하루에 두 번씩이요?"

"아저씨들 오기 전에 여기 온 정보부 요원이 있었어요. 여준석 요원이라고 했어요. 비쩍 마른 남자랑 같이 왔는데 그 사람은 요원 같진 않았고요. 몰랐어요?"

몰랐다는 사실에 분개한 건 백정규가 아니라 무선을 통해 대화를 듣고 있던 판진아였다.

─ 여준석!

백정규는 판진아 요원이 지른 날카로운 소리에 인상을 찌푸렸다.

"다음 지시 기다린다. 이상."

판진아와 여준석의 관계는 잘 알고 있었다. 백정규는 일단 침착하라는 의도를 가지고 이렇게 무선을 보냈다.

- 알겠다. 일단 현장 확보하고 있을 것. 지원을 보내겠다. 지원 도착하면 상의해서 최대한 빨리 기술 요원 시켜서 사무실 뒤지기 바란다. 지역 경찰은 사무실 다 뒤진 다음에 부를 것. 이상.

"카피. 이상."

통신을 마치자 기분이 우울해졌다. 시체를 본 것도 간만이었다. 게다가 국내에서 간첩에게 살해당한 민간인을 본 건 정말 오랜만의 일이었다.

"이거 아무래도 여준석이 위험하겠는데."

백정규가 말했다.

"왜요?"

"황민주, 이거 보통 솜씨가 아니야. 이 정도로 깔끔하게 임무 완수할 수 있는 요원, 우리한테도 그렇게 많지 않아."

"그런 말 마세요. 국가보안법 위반으로 걸릴 수 있어요. 찬양고무죄."

동행한 요원의 농담에 백정규는 피식 웃었다.

판진아는 여준석이라는 이름을 듣자마자 전화를 걸었다. 그리고 자신이 지를 수 있는 가장 큰 소리로 상대의 이름을 외쳤다.

"여준석!"

- 아, 귀청 떨어지겠네. 이보세요, 판 주임님. 침착하세요. 요원이 그렇게 흥분을 잘해서 어쩌시려고 그러십니까?

여준석은 놀리는 투로 말했다. 판진아는 다시 한 번 버럭 화가 치밀었지만 꾹 참았다. 도발에 넘어가는 거야말로 지금 할 수 있는 가장 멍청한 짓일 테니 말이다.

"여준석 주임, 지금 김수동 데리고 어딜 가고 있는 거야?"

– 단서가 나와서 추적하고 있어. 걱정 마. 과장님께 보고했어.

"과장님께 보고했다고? 나한테 해야지 왜 과장님께 보고를 해?"

– 난 지금 판진아 주임 통제를 받는 현장 요원이 아니야. 독자적으로 단서를 추적하고 있는 현장 요원이지. 지금 나한테 전화 걸어서 이렇게 소리치는 거, 이거 현장 요원 수사 방해하는 거야. 억울하면 과장님께 따져.

여준석의 목소리는 징그럽게도 부드러웠다. 판진아는 잠시 동안 이대로 전화를 끊어 버리면 여준석이 얼마나 큰 곤경에 처하게 될까를 상상했다. 하지만 그것은 상상으로만 그쳐야 할 일이었다. 비록 지금은 좀 흥분하긴 했어도 판진아는 이성보다 감성이 앞서는 요원이 아니었다.

"여준석 주임, 잘 들어. 조금 전 우리 요원들이 동대문 젓가락닷컴 사무실을 덮쳤어. 그리고 거기서 시체 두 구를 발견했어. 생존자인 여직원이 범인을 여자라고 말하는 걸로 봐서 황민주가 한 짓이 분명해. 내 말 듣고 있어?"

여준석은 잠시 아무 말이 없었다.

– 시체 두 구라면 서주환과 박연철?

"그래, 맞아."

– 서주환이 먼저 죽었겠지? 그리고 박연철은……, 설마 고문당했나?

어떻게 추리한 건지는 몰라도 여준석이 올바른 추리를 하자 판진아는 속으로 조금 놀라지 않을 수 없었다. 판진아가 현장 요원을 완전히 무시하는 건 아니었지만 적어도 여준석만큼은 머리를 쓰기보다는 몸으로 때우는 스타일이라고 생각하고 있었기 때문이다.

"왜 그렇게 생각하지?"

하지만 그렇다고 해서 바로 놀라는 티를 낼 수는 없었기 때문에 판진아는 이렇게 물었다.

- 그야 서주환은 박연철의 총알받이니까.

여준석은 이렇게 말하곤 웃었는데 판진아 입장에서는 그 웃음의 의미를 잘 알 수가 없었다.

"아무튼 중요한 건 박연철이 고문당하고 죽었다는 거야. 손톱이 다 빠졌고, 왼손 손가락 두 개가 잘렸어. 그 정도라면 아는 건 모조리 다 불었을 거야. 다시 말해서 여준석 주임, 지금 여준석 주임은 노출된 상태라고! 황민주가 널 노릴 수도 있단 말이야! 지금 당장 회사로 복귀해!"

끝에 가서 판진아는 자신의 흥분을 다스리지 못하고 소리를 질렀다.

- 음, 복귀할 수 없어.

여준석은 얄밉게도 아주 차분한 목소리였다.

- 왜 복귀할 수 없는지 설명해 줄게. 먼저 나는 김수동과 함께 단서를 추적 중이야. 이걸 중단할 수는 없지. 그런데 황민주가 박연철을 고문하고 죽였다면 내가 제대로 된 단서를 잡았다는 뜻이야. 안 그래?

"그 단서, 회사로 돌아와서 같이 추적하면 되잖아."

- 아니, 그럴 수 없어. 이봐, 판진아 주임. 애초에 한미 정상회담 경호 임무에서 날 제외시키고 여기 김수동하고 붙인 건 바로 너였어.

"그야 네가 김수동하고 중학교 동창이어서……."

- 그 핑계는 과장님한테는 통하겠지만 나한테는 안 통해. 우리 솔직해지자. 너나 나나 샤론의 장미 때문에 이러고 있는 거잖아?

샤론의 장미. 판진아는 잠시 할 말을 잃었다. 제대로 정곡을 찔렸기 때문이다.

– 그럼 이만 끊는다. 억울하면 과장님한테 따지세요, 판진아 주임님.

"야, 여준석!"

전화는 끊어졌다. 일방적으로 끊긴 전화에 판진아는 분을 참지 못하고 소리를 쳤지만 자신의 목을 아프게 하는 효과 외에는 아무 소용없는 짓이었다. 한참을 씩씩거리다 결론을 내렸다. 여준석이 말한 그대로 과장에게 따져야겠다는 거였다.

판진아는 뭘 먼저 따져야 효과적일까 생각하면서 과장실로 향했다.

아무래도 처음부터 다짜고짜 '왜 여준석에게 그런 수사를 허가했느냐?'고 묻는 건 아무래도 경우가 아닌 것 같았다. 일단 자신의 입장을 설명하는 편이 나을 것 같았다. '과장님, 제 수사 방식에 문제라도 있나요?' 이 정도가 적절할 것 같았다.

하지만 무엇보다 중요한 것은 여준석이 당장 복귀해야 한다는 걸 강조해야 한다는 점이었다. 이건 분명한 사실에 근거한 판단이기도 했다. 여준석과 김수동이 황민주에게 노출되었으니 당장 복귀 명령을 내리는 건 타당하다. 요원의 안전은 물론이고 중요 참고인이기도 한 민간인의 생명이 달린 문제이기 때문이다. 판진아는 자신이 할 말을 다시 한 번 정리한 뒤 과장실 문을 열고 안으로 들어섰다.

"올 줄 알았어."

윤태형 과장은 피곤해 보였다. 아마도 신도림역 사건이 터진 이후 집에 한 번도 들어가지 못했을 것이다.

"과장님, 제 수사 방식에……."

"지금 바쁘니까 자네 이야기는 나중에 듣기로 하고, 우선 내 판단을 전달하지."

윤 과장은 애써 준비한 판진아의 말을 바로 끊어 버렸다.

"여준석이가 노출된 거 맞고, 위험한 거 맞아. 그런데 나는 여준석하고 김수동이가 황민주를 찾을 수 있다고 봐. 처음부터 가능성이 충분했으니까 그런 수사 방식을 허용한 거고. 판진아 주임, 판 주임도 잘 알잖아? 황민주가 무리해서 사람을 둘이나 죽였다는 건 틀림없이 여준석이하고 김수동이가 제대로 짚었다는 거야."

"하지만……."

"그래, 위험하지. 그래서 성남에 있는 안전가옥 주소하고 코드를 지금 내줬어. 판 주임은 지금 즉시 성남 안전가옥으로 지원팀과 감시팀 파견한 뒤에 지휘해. 작은 거 하나도 놓치지 마."

윤 과장은 이렇게 말하고는 책상 위의 컴퓨터 모니터로 눈을 돌려 버렸다. 판진아에게 자신의 의견을 밝힐 기회는 없었다.

"과장님, 지금 여준석 요원을 미끼로 쓰자는 말씀이신가요?"

하지만 판진아는 물러서지 않고 이렇게 물었다. 지금 이 상황에서는 생트집을 잡는 것이나 마찬가지라는 걸 모르는 바 아니었지만 이대로 과장실을 나가고 싶지는 않았다.

"맞아. 여준석이가 나한테 먼저 제안했어. 나는 좋다고 했고. 지금 황민주 잡는 게 얼마나 중요한 일인지 알아? 한미 정상회담이 코앞이야! 신문에서는 서울 시내 한복판에서 테러가 일어난 걸 두고 우리 정보부를 매일같이 비난하고 있어! 지금 상황에서는 내 부하가 아니라 나라고 해도 미끼로 쓰려면 쓸 수 있어. 내 말 무슨 뜻인지 알겠어?"

윤 과장은 여전히 모니터에서 눈을 떼지 않고 단숨에 말했다. 그러고 나서야 눈을 판진아 쪽으로 돌렸다.

"샤론의 장미 때문에 여준석이하고 경쟁하고 있는 건 알아. 다 이해해. 나도 자네 나이 때 그런 경쟁심이 있었고, 덕분에 여기 과장 자리에 앉게 된 거니까. 하지만 본인이 열심히 하는 경쟁이어야지, 열심히 하고 있는 여준석이를 회사로 불러들여서 손발을 묶는 경쟁이어서야 되겠어? 지금은 그냥 경고로 넘어가지만 다시 이런 일 일어나면 그냥 넘어가진 않을 거야. 가 봐."

나가라는 직접적인 지시였다. 판진아는 목례를 하고 과장실을 나섰다. 다리에 납으로 된 추를 단 것처럼 발길이 무거웠다.

취조실 옆에 마련된 자신의 사무실에 도착한 판진아는 우선 성남의 안전가옥 위치와 비밀번호를 다운로드받았다. 그리고 정식으로 공문을 작성해 지원팀과 감시팀을 성남 안전가옥으로 파견했다.

만약 작전이 성공한다면 그 공은 누가 가져가게 될까 하는 생각이 들었다. 물론 작전을 지휘한 자신의 공이 크겠지만, 아무래도 이런 작전을 제안하고 위험을 무릅쓴 여준석의 공도 만만치 않을 것 같았다.

이대로 간다면 결국에는 여준석에게 밀릴지도 모른다. 판진아는 자신도 모르게 손톱을 씹었다. 지금으로서는 그냥 과장의 명령을 따를 수밖에 없었다. 하지만 작전은 언제나 변수가 생기기 마련이다. 그리고 그 변수를 활용한다면 상황이 어떻게 바뀔지는 아무도 모를 일이었다.

"두고 보자, 여준석."

판진아는 이렇게 중얼거렸다.

6. 가늠좌

여준석과 김수동은 성남으로 들어섰다. 모니터에 표시된 안전가옥의 위치와 찾아가는 경로가 보였다. 수동은 어쩐지 경로가 붉은 선으로 표시되어 있는 게 마음에 걸려서 눈을 차창 밖으로 돌렸다. '어서 오십시오. 전국 최고 도시 성남에 오신 걸 환영합니다.'라고 쓰여 있는 표지판이 눈에 들어왔다.

"성남시, 전국 최고 맞지. 빚이 전국에서 최고 많잖아."

운전을 하던 여준석은 혼잣말처럼 중얼거렸다.

"전국에서 제일 좋은 시청 청사, 전국에서 제일 높은 빌딩, 전국에서 제일 높은 실업률. 지난번 지방선거 때 보니까 그렇다던데?"

수동이 맞장구를 쳤다. 무료하게 있다 보니 입이 근질거렸다.

"정치판 돌아가는 게 다 그렇지, 뭐. 누가 한들 다르겠어?"

"그건 그래."

여준석의 냉소적인 말투에 수동도 공감했다.

두 사람이 이렇게 성남시를 두고 시시껄렁한 대화나 나누는 건 성남시에 무슨 애정이나 증오가 있어서가 아니다. 조금 전 과장과 통화를 할 때 그 내용을 스피커폰을 통해서 두 사람이 모두 들었기 때문이다.

"황민주는 김수동의 얼굴을 알고 있습니다. 황민주가 사람까지 죽여 가면서 정보를 얻었다면 반드시 김수동을 찾을 겁니다."

여준석은 수동이 듣고 있음에도 불구하고 거침없이 말했다.

- 위험부담이 있어. 이 부분을 김수동에게 이해시켜 줘. 국가 안보와 직결된 사안이야.

"김수동도 지금 사태가 얼마나 심각한지 충분히 이해하고 있습니다. 제가 이미 여러 차례에 걸쳐서 이해시켰습니다."

수동은 자신이 도대체 언제 사태의 심각성을 이해했는가를 곰곰이 생각해 보았지만 그런 기억은 없었다.

- 알았어. 일단 성남에 있는 안전가옥 주소하고 비밀번호 전송해 줄 테니까 거기로 가 있어. 판진아 주임이 바로 지원 보내 줄 테니까 일단 도착하면 절대 나갈 생각은 말고. 알겠지?

"알겠습니다."

통화가 끝나자 한동안 긴 침묵이 이어졌다. 운전에 몰입한 듯한 여준석을 보며 수동은 생각에 잠겼다.

과장의 이야기대로라면 황민주는 조금 전 얼굴을 본 서주환과 박연철을 살해했다. 그리고 여준석은 황민주가 수동을 추적할 것이라고 했다. 굳이 누가 자세히 설명을 해 주지 않더라도 지금 수동이 미끼가 된 거라는 걸 모를 수가 없었다.

"위험할까? 아니, 아무래도 이거, 위험하겠지?"

수동이 태연한 척하려고 애를 쓰면서 여준석에게 물었다.

"총으로 무장한 여자가 우리를 추적하고 있다면 아무래도 위험할 수밖에 없지."

수동과는 달리 여준석은 정말로 태연해 보였다.

"걱정 마, 금방 지원 올 테니까. 우리 정보부, 대한민국에서 손꼽히는 일 잘하는 조직이야. 지원이 오면 무조건 안전해진다고 할 수 있어. 그리고 지원이 올 때까지 너하고 난 안전가옥에 있을 거야. 안전가옥이라는 말 알지? 글자 그대로 안전한 집이란 소리야. 안전가옥 위치는 정보부에서도 주임급 이상만 알 수 있고, 비밀번호는 과장급 이상만 취급할 수 있어. 걱정할 거 하나도 없어."

"안전가옥으로 가는 도중에는?"

"내가 있잖아."

여준석의 자신만만한 태도를 보고 있자니 정말로 안심해도 될 것 같기는 했다. 하지만 수동의 머릿속에는 '근자감'이라는 인터넷 용어가 사라지지 않았다.

"그런 자신감은 어디서 오는 거야? 정보부에서 자신감 훈련도 받나?"

"나 말이야, 중학교 때나 지금이나 별로 달라진 거 없어. 그때도 그렇고 지금도 그렇고 하고 싶은 일이 있으면 반드시 해내는 놈이야."

"근자감이라는 말 알아?"

수동이 묻자 여준석이 호탕하게 웃었다. 아마 농담으로 받아들인 모양이었다.

"알지. 근거 없는 자신감. 그런데 수동아, 내 자신감은 근거가 있어. 나, 정보부 안에서 최고로 꼽히는 현장 요원이야. 동기 중에서 내가 제일 먼저 주임 달았거든?"

진급 빨리 했다는 게 과연 어떻게 지금 이런 상황에서 자신감으로 이어질 수 있는지는 알 수 없었지만 그래도 불안에 벌벌 떠는 것보다는 낫겠다 싶었다. 어쩌면 지금 여준석이 보이는 자신감 자체가 수동을 안심시키기 위한 방법일 수도 있었다.

전화벨이 울렸다. 수동은 핸드폰에 뜬 발신 번호를 보고 전화를 건 상대가 판진아라는 걸 알 수 있었다.

"어이, 과장님하고 이야기는 잘했나?"

전화를 받자마자 여준석이 물었다.

- 지금 지원팀 출발시켰어. 집결 장소는 안전가옥이야. 과장님한테서 위치 전송받았지?

여준석이 놀리는 투로 말했음에도 불구하고 판진아는 전혀 자극받지 않은 듯 침착한 음성이었다.

"응, 지금 가고 있어."

- 도착하면 안전가옥 들어가서 대기하고 있어. 지원팀 도착할 때까지 절대 나오면 안 된다. 황민주가 만약에 바로 출발했다면 지원팀보다 먼저 성남에 도착할 수도 있어.

"나, 무장했어. 걱정 마."

- 현장에서 직접 눈으로 본 백곰 요원 말에 따르면 황민주는 9mm 권총으로 무장했고, 솜씨가 보통이 아니라고 해.

"나도 보통 아니야."

- 자신감 가지는 건 좋은데, 총격전이 벌어지면 먼저 쏘는 쪽이 이기기 마련이야. 황민주는 공격할 시간과 장소를 선택할 수 있지만, 넌 선택할 수 없어.

판진아의 말은 수동의 견해와 비슷했다. 다만 판진아의 말에 조금 더 전문성이 있다는 게 다른 정도였다.

"아니. 나는 황민주가 공격해 온다는 걸 알고 있지만 황민주는 내가 알고 있다는 걸 몰라. 내가 더 유리해."

이번에도 여준석은 그럴듯한 대답을 했다. 그것도 수동에게 했던 것보다 조금 더 전문성이 있는 대답이었다.

- 알았어. 제발 부탁이니까 지원팀하고 안전가옥에서 만날 때까지만 살아서 도착해 줘.

판진아는 더 이상 이야기하지 않고 전화를 끊어 버렸다. 할 말은 다 했다는 의미이리라.

"하여간 현장 요원 알기를 좆으로 안다니까."

여준석은 뭐라고 말을 하려다가 전화가 끊기지자 조금 섭섭했는지 이렇게 혼잣말처럼 중얼거렸다.

"그런데 백곰이 누구야?"

수동이 호기심에 물었다.

"현역으로 뛰는 현장 요원 중 최고 요원이야. 어, 이거 어쩌지?"

"뭘?"

"이거 말해 주면 널 죽여야 하는데."

"설마. 누가 와서 널 죽이겠지."

수동이 재빨리 받아치자 여준석은 재미있다는 듯 키득거렸다. 안전가옥까지는 이제 얼마 남지 않았다.

한편 판진아는 동대문 현장에서 참고인으로 데리고 온 여직원을 신문하기 위한 준비를 끝마쳤다. 여직원은 이미 취조실 안에 도착해 대기 상태였고, 판진아의 손에는 여직원의 신상 정보가 담긴 파일과 참고 자료가 들려 있었다.

판진아가 알고자 하는 것은 '범인이 정말 황민주인가?'와 '여직원은 황민주와 관계가 있는가?' 이 두 가지였다. 문제는 시간이었다. 잠시 후 여준석과 김수동이 성남 안전가옥에 도착해 거기서 지원팀과 합류할 때까지 신문을 마쳐야 했다.

물론 다른 요원에게 신문을 맡길 수도 있겠지만 그러고 싶지는 않았다. 아무래도 석연치 않은 부분이 있었기 때문이다. 지금 당장 그 부분이 풀리지 않더라도 직접 신문을 하게 되면 신문 내용이 머릿속에 저장될 것이고, 나중에 다른 정보를 얻게 되었을 때 풀리게 될 수도 있었다.

"나는 국가정보부 3과 판진아 주임이다. 3과가 뭐 하는 곳인지는 알고 있나?"

취조실에 들어서자마자 판진아는 준비해 간 서류를 테이블 위에 내려놓으며 이렇게 말했다.

"알아야 해요?"

여직원은 상당히 심드렁한 투로 되물었다. 겁먹은 기색이라곤 조금도 보이지 않았다.

"이봐, 아가씨. 여기가 어딘지 알아? 죄 없는 사람도 죄가 만들어져서 나간다고 하는 국가정보부야. 그런 식으로 나오면 이로울 거 하나도 없어."

이 말에 여직원은 고개를 끄덕였다. 이롭거나 말거나 상관없다는 뜻인 것 같았다. 판진아는 여직원의 파일을 들고 천천히 읽어 내려갔다.

"한세리. 스물여섯. 젓가락닷컴 직원. 신기하게도 전과가 없더군."

"왜요? 전과자처럼 보여요?"

"아니, 이런 분위기에 익숙한 것 같아서. 현장 요원하고 현장에서 이야기하는 거 들었어. 살인자가 포박해서 캐비닛에 갇혀 있다가 풀려나온 사람 같지 않더군. 게다가 조금 전에 사람이 둘이나 죽었는데 말이야."

"난 안 죽일 거라고 생각했어요."

"왜지?"

"같은 여자니까?"

여직원은 이렇게 되물었다가 취소한다는 듯 손을 저었다.

"죽일 거였으면 굳이 그렇게 수고스럽게 묶고 가두지 않았겠죠."

"보통 사람은 말이야, 그런 상황이 되면 논리적으로 생각을 하질 못해. 게다가 살인자가 논리적으로 움직일 거라고 기대하지도 않고 말이지."

판진아가 추궁했지만 여직원은 표정에 전혀 변화가 없었다. 여전히 심드렁할 뿐이었다.

"아는 사람이었던 거 아냐? 그 여자 말이지. 그래서 올 거라는 것도 알고 있었고, 둘 다 죽일 거라는 것도 알고 있었고, 누가 물으면 뭐라고 대답해야 할지도 알고 있었던 거 아냐?"

"아닌데요."

거짓말을 하는 사람은 티를 내기 마련이다. 눈동자가 흔들리기도 하고, 시선을 피하기도 하고, 손을 부자연스럽게 움직이기도 하고, 다리를 떨기도 한다. 하지만 지금 이 여직원에게서는 그런 모습이 전혀 보이지 않았다.

"좋아, 그건 그렇다고 해 두지. 사무실에서 모델들 자주 봤지? 피팅 모델 말이야."

"일이니까요."

"범인, 혹시 본 적 있지 않아?"

"헬멧을 쓰고 있었어요. 오토바이 탈 때 쓰는 거 같은 거."

"우리는 그 범인이 거기서 일했던 모델 중 하나일 거라고 생각하고 있어. 잘 생각해 봐. 아무리 헬멧을 쓰고 있었다고 해도 체형이라든가 목소리라든가 그런 걸로 알 수 있지 않아?"

"우리 회사는 모델들이 자주 들락거려요. 그리고 모델들은 체형이 다 비슷비슷하고요."

"목소리는?"

"헬멧을 쓰고 있었다니까요. 사실 무슨 말을 하는 건지 알아듣기도 힘들었어요. 소리가 울려서."

여직원은 처음과 변함없는 태도를 유지하고 있었다. 이래서는 이 여직원이 황민주와 짜고 벌인 일이라고 해도 알아내기 힘들 것 같았다.

"알았어. 조금 이따가 다시 오지."

판진아는 자리에서 일어섰다. 이제 지원팀이 성남 안전가옥에 도착할 시간이 된 것 같았기 때문이다.

"잠깐만요."

여직원이 판진아를 불러 세웠다.

"뭐지?"

"제 월급이요. 이달 월급 어떻게 되는 거죠?"

참 태평한 아가씨구나 싶었다. 이 여자는 도대체 무슨 일이 벌어져야 놀랄까 궁금하기도 했다.

"박다은이 누군지 알아?"

174

"알아요. 사장님 조카인가, 뭐 그럴걸요? 가끔 사무실에 왔었어요."

"좀 이따가 박다은한테 물어봐. 박다은도 여기 와 있으니까."

판진아는 이렇게 말해 주고는 다시 자신의 자리로 돌아갔다.

자리는 요원들이 이미 세팅을 마친 상태였다. 모니터 네 대가 정상적으로 작동하고 있었고 현장 무선 연결 상태도 양호했다. 모니터에는 여준석의 현재 위치와 지원팀의 현재 위치가 실시간으로 표시되고 있었다.

지원팀의 팀장은 백곰 백정규 요원이었다. 감시팀도 함께하고 있었는데 현장에서는 백정규 요원의 지시를 따르도록 되어 있었다.

"여준석하고 지원팀하고 몇 분 거리지?"

판진아가 모니터를 보며 물었다.

"20분 정도입니다."

"안전가옥에서 20분 버티는 거라면 원숭이도 할 수 있을 겁니다. 걱정 마십시오."

"원숭이는 나무라도 탈 줄 알지. 여준석은 예측이 불가능해. 갑자기 무슨 단서를 발견했다면서 어디로 튀어 버릴지도 몰라. 그러니까 안심하지 말고 정신 똑바로 차려."

요원 중 하나가 농담조로 판진아에게 말했다가 핀잔만 들었다. 하지만 지금은 농담이라도 하지 않으면 그저 여준석이 안전가옥에 도착할 때까지 모니터만 지켜보고 있어야 하는 상황이었다. 누군가 무슨 말이라도 하면 낫겠다 싶건만, 한동안 판진아 주변에는 침묵만 감돌고 있었다.

- 판 주임님.

누군가 취조실 인터컴으로 판진아를 불렀다.

"말해."

- 한세리가 박다은을 만나 볼 수 있냐고 물어봅니다. 어떻게 할까요?

조금 전 여직원 한세리가 월급 문제를 물었을 때 한 이야기 때문인 모양이었다. 판진아는 바로 만나게 해도 좋다고 하려다가 문득 이런 생각이 들었다.

'만약에 제니퍼 박다은과 여직원 한세리가 원래부터 잘 알고 있던 사이였다면? 이번 사건이 두 사람의 관계에서 비롯된 거라면?'

충분히 의심해 볼 가치가 있는 일이었다. 그리고 확인을 하려면 두 사람이 만나기 전에 자신이 박다은을 먼저 만나 신문을 할 필요가 있었다.

"기다리라고 해."

- 알겠습니다.

목소리는 더 이상 이어지지 않았다. 이제 지루하게 화면만 계속 보고 있어야 하나 보다 생각을 하고 있는데 전화벨이 울렸다. 여준석이었다.

"무슨 일이야?"

판진아가 물었다.

- 판 주임, 성남 시내에 들어섰을 때부터 미행당하고 있는 것 같아. 차량 번호 불러 줄게 조회 부탁해.

여준석이 번호를 말하자마자 요원 하나가 바로 결과를 냈다.

"여준석, 네 짐작이 맞는 것 같다. 그 차량, 등록된 차량이 아니야. 없는 번호라고."

- 까만색 구형 에쿠스야. 선팅이 짙게 되어 있어서 안은 보이지 않아.

여준석이 침착한 목소리로 말했다.

"여 주임, 그대로 안전가옥으로 가는 건 위험해. 지원팀이 잡게 해야 할 것 같아."

– 오케이. 거기서 GPS 잡히지? 방향 지시해 줘. 지원팀이 잡을 수 있게 끌고 갈 테니까.

"알았어. 핸드폰 끄고 무선 모드로 바꿔."

전화는 바로 끊겼고 곧이어 여준석이 타고 있는 차량에 탑재된 무선이 연결됐다.

– 감도 확인, 감도 확인 바란다. 이상.

"감도 양호, 감도 양호. 이상."

– 여기도 감도 양호. 판 주임, 길 안내 잘 부탁한다. 가능하면 작전 중에 민간인하고 죽고 싶지는 않다. 이상.

"농담하는 거 보니까 아직 멀쩡하구나. 걱정 마라. 이상."

판진아는 요원에게 마이크를 넘겼다. 짧은 시간 안에 지원팀과 미행 차량이 만날 수 있도록 경로를 짠 요원은 길 안내를 시작했다.

"다음 사거리에서 좌회전 바란다. 이상."

요원이 말했다.

여준석은 지시를 충실하게 따르고 있었다. 그다지 긴장한 기색은 없었다. 하지만 수동은 숨도 제대로 쉴 수가 없었다.

처음에 여준석이 미행하는 차가 있는 것 같다고 했을 때만 해도 수동은 설마 그럴까 싶었다. 만약 황민주가 고문을 했다고 해도 자신이 타고 온 차량이나 행선지를 알 방법은 없다고 생각했기 때문이다. 하지만 미행하고 있는 차량이 실제로 존재하지 않는 번호판을 달고 있다는 말을 스피커폰으로 듣자 심장이 빠르게 뛰기 시작했다.

'정말 황민주가 지금 저 차에 타고 있을까?'

수동은 흔히 사람들이 백미러라고 부르는 후사경後寫鏡을 통해 뒤를 살펴보았다. 짙게 선팅이 되어 있는 차는 내부가 전혀 보이지 않았다.

'조금 전에 사람을 죽였다고 했지?'

여준석 앞에서 여유 있게 말하던 서주환 변호사와 박연철의 얼굴이 떠올랐다. 스피커폰으로 들은 통화 내용에 따르면 두 사람은 잔인하게 살해되었다고 했다. 황민주가 사람을 고문하고 살해하는 광경을 상상해 보았다. 황민주가 박연철의 머리에 권총을 발사하는 장면을 그려 보았다. 하지만 상상 속의 황민주에게는 얼굴이 없었다. 도저히 어떤 표정일지 떠오르질 않았다.

"정신 차려, 김수동."

여준석이 수동의 어깨를 찰싹 소리가 날 정도로 심하게 치면서 말했다.

"저기, 이 차 방탄되는 거야?"

수동은 얼굴 없는 황민주가 권총을 발사하는 모습을 그리다가 불쑥 생각나는 것을 물었다.

"응, 자동소총도 어느 정도 막아 줄 수 있어. 권총은 확실하게 막을 수 있고. 뭐, 박격포나 무반동포는 못 막겠지만 그런 거 들고 시내를 돌아다니는 놈은 없어."

여준석의 말을 들으니 조금 안심이 되기는 했다. 하지만 그렇다고 해서 황민주와 이런 자리에서 다시 만나게 된다는 사실이 변하는 건 아니었다. 수동은 여전히 쿵쾅거리며 뛰고 있는 가슴을 달래기 위해서 여준석에게 들키지 않도록 조심스럽게 심호흡을 했다.

– 이번 사거리에서 우회전, 우회전. 현재 3분 거리. 3분 거리. 이상.

"3분만 버티자."

여준석이 혼잣말인지 수동에게 하는 말인지 모를 말투로 중얼거렸다. 수동은 안전벨트를 꽉 쥐었다.

그리고 마치 하룻밤만큼이나 길게 느껴진 3분이 지나갔다. 온갖 망상이 수동의 머릿속을 스쳐 지나갔다. 무반동포를 들고 차에서 튀어나오는 황민주가 상상되기도 했고, 수류탄 안전핀을 뽑은 뒤 차 밑으로 투척하는 황민주가 그려지기도 했다. 어떤 황민주를 상상해도 얼굴은 그려지지 않았다.

'그동안 고마웠어.'

헤어질 때 황민주는 이렇게 말했다. 그리고 그때의 표정은 담담했다. 어쩌면 그런 무표정한 얼굴로 자신을 향해 방아쇠를 당길지도 모른다는 생각이 들었다. 그러자 두렵거나 무섭다기보다는 우울하고 쓸쓸한 느낌이 밀려왔다.

– 다음 신호등에서 대기. 다음 신호등에서 대기! 이상!

3분이 지난 모양이었다. 무선을 통해 지시를 내리던 목소리가 긴박해졌다. 여준석은 침착하게 교차로에 차를 정지시켰다. 그러자 뒤따라오던 차도 속도를 줄이고 멈춰 섰다.

"무슨 일이 생겨도 넌 차에서 나오지 마."

여준석은 이렇게 말하면서 품에서 권총을 뽑아 들었다. 군대에서 본

적 있는 K-5 권총이었다.

"내 건 없어?"

"세상에 초보자한테 총을 쥐어 주는 요원은 없어."

"나 초보자 아니야. 군대 멀쩡하게 전역했어."

"너, 육군 보병 출신이잖아. 보병이 권총 쏘는 부대도 있냐?"

"대대장 당번병 할 때 대대장 대신 사격장에서 쏴 본 적 있어. 이래 봬도 25m 표적에 절반 넘게 명중시켰어."

수동은 나름대로 자랑스럽게 생각하는 성적이었다. 대대장은 사격장에서 단 한 발도 명중시키지 못하곤 했다. 하지만 절반 넘게 명중시킨 게 자랑스러운 건 어디까지나 수동의 생각일 뿐인 모양이었다.

"그 실력이면 초보자 맞아. 고개 숙여."

다음 순간 교차로 측면에서 검정색 승합차가 거친 엔진 소리를 뿜어대며 튀어나와 뒤에 서 있는 짙게 선팅된 차를 들이받았다. 순식간에 일어난 일이었다.

"숙여!"

여준석은 소리치고는 차 문을 열고 밖으로 나간 뒤 문을 엄폐물 삼아 K-5 권총의 총구를 뒤로 향했다. 승합차에서 권총으로 무장한 요원 셋이 동시에 뛰어내렸다. 세 요원 모두 다 검은색 방탄조끼를 입고 있었다. 셋은 일사불란한 동작으로 차량을 포위했다.

숙이라고 했지만 수동은 고개를 들어 후사경을 통해 뒤를 보았다. 요원 중 덩치가 큰 한 사람이 차 문을 열었고, 다른 요원이 빠른 동작으로 안에 타고 있던 사람을 거칠게 잡아끌었다. 그 순간 수동은 비명을 지를 뻔했다. 동작이 너무 거칠었기 때문이다. 하지만 비명을 지르지 않은 건 다행이었다. 내린 건 남자였다. 누가 봐도 한눈에 알 수 있을 정도로 분명했다. 그리고 차에는 그 남자 외에는 아무도 없었다.

"용의자 확보, 용의자 확보. 이상."

덩치 큰 요원이 무선으로 보고하는 소리가 들렸다. 바닥에 쓰러진 남자는 손을 머리 뒤로 하고 엎드려 있었다. 수동은 상황이 어떻게 돌아가는 건지 이해하기가 힘이 들었다. 사내는 중국어로 뭐라고 큰 소리로 말하고 있었다. 내용을 알아들을 수는 없었지만 뭔가 항의하는 게 분명했다.

"용의자는 20대 남성, 용의자는 20대 남성. 중국어를 사용하고 있다."

"이 새끼, 어디서 수를 써! 한국말로 해!"

요원 하나가 쓰러진 남자를 걷어찼다. 하지만 발길질은 한국어를 끌어내는 데에는 효과가 없었고, 중국어 소리를 더욱 키우는 효과가 있을 뿐이었다. 발길질을 하던 요원도 그것을 깨닫고는 그냥 얌전히 남자의 몸수색을 시작했다.

여준석은 상황이 정리되자 바로 덩치 큰 사내에게 달려갔다.

"형님, 어떻게 하죠?"

"너, 방탄조끼 왜 안 입고 있냐?"

"아, 저 그게……."

그의 말에 여준석이 움찔했다.

"기다려 봐. 지시 내려올 거야."

그리고 그때 판진아의 무선이 내려왔다.

- 중국인은 원래 타고 있던 차량을 이용해서 회사로 데리고 온다. 요원 둘이 호송해. 차에 태우기 전에 몸수색과 차량 수색 확실히 하고.

아마 덩치 큰 사내와 여준석에게 동시에 보낸 모양으로, 수동도 차 안에서 분명히 들을 수 있었다.

"안전가옥으로 가는 임무는 어떻게 하는가? 이상."

– 정상 수행한다. 이상.

정상 수행하라는 판진아의 말이 떨어지기가 무섭게 여준석과 덩치 큰 사내는 몸수색 중인 요원을 바라보았다. 몸수색을 하던 요원은 남자의 핸드폰을 들고 두 사람에게 달려왔다. 여준석은 핸드폰을 살펴더니 버튼을 몇 번 눌렀다.

"추가 사항이다. 지금 막 마지막 통화 번호를 확보했다. 이 번호는 우리가 동대문 젓가락닷컴 사무실에서 입수한 선불폰 번호와 일치한다. 이상."

– 여준석, 또 무슨 소리야!

판진아가 소리를 질렀다. 고음 때문에 귀에서 이명이 울릴 정도로 날카로운 음성이었다.

"우리가 잡은 이 중국말 하는 놈이 황민주하고 관계가 있다는 증거를 잡았다는 소리야. 그리고 나는 현장 요원으로 지금 이 단서를 추적 중이었어. 번호 불러 줄 테니까 위치 추적 좀 해 줘."

– 야! 여준석!

여준석은 판진아가 소리를 치건 말건 그대로 번호를 불렀다.

"판진아 주임, 지금 이 사항은 공식 요청이다. 지금 즉시 위치 추적 바란다. 시간이 급하다. 이상."

"야, 준석아. 너 지금 너무 심하게 밀어붙이는 거 아니냐?"

덩치 큰 사내가 안타깝다는 듯 여준석에게 말을 붙였다.

"백곰 형님, 저 현장 요원이에요. 그리고 이 단서는 제가 추적하던 거고요. 그걸 다른 사람한테 넘겨줄 정도로 호락호락한 사람 아니에요, 저."

"그래, 네 말대로 이 번호 주인을 추적한다고 치자. 저 친구는 어떻게 할 거냐?"

백곰 형님이라고 불린 덩치 큰 사내가 수동을 가리키면서 말했다. 수동은 잠깐 움찔했다가 자리에서 일어나 여준석 쪽으로 걸어갔다. 앞으로 이어질 대화는 결국 수동의 운명을 가를 수도 있었다. 가만히 차에 앉아서 듣고만 있기는 힘이 들었다.

- 번호 위치 추적했어.

판진아였다. 무슨 일이 있었는지 목소리는 다시 차분하게 가라앉아 있었다.

- 성남 모란역 부근이야. 지역 경찰 동원해서 뒤질 수 있도록 공문 처리해 줄게.

이 말이 뜻밖이었는지 여준석과 백곰은 서로 얼굴을 멍하니 바라보았다.

"오케이. 그럼 중국인하고 요원 둘 지금 올려 보내겠다. 그러고 나서……"

- 여준석 요원은 김수동과 함께 돌아올 것. 이상.

판진아가 여준석의 말을 끊었다. 하지만 여준석은 그리 불쾌한 눈치가 아니었다.

"싫어. 세상에 자기가 추적하던 사건을 이렇게 현장에서 바로 넘겨주는 현장 요원이 어디 있냐?"

- 김수동은 사건 중요 참고인이야. 게다가 민간인이고. 더 이상 위

험에 노출시킬 수는 없어.

"판진아 요원, 내 중학교 동창 무시하지 마."

큰 소리를 내뱉는 여준석의 귓불이 벌겋게 달아올라 있었다. 흥분하고 있는 게 분명했다.

"내 친구 수동이, 군대에서 전투력 측정 우수 병사에 K-5 저격수였어. 군 복무 기록 찾아 봐."

수동은 여준석의 말에 눈이 휘둥그레졌다. 물론 군 복무 시절 전투력 측정 우수 병사에 뽑히긴 했다. 하지만 그건 전투력과는 무관한 소대 장기 자랑에서 여장을 하고 춤을 춰서 얻은 거였다. 그리고 명중률 50퍼센트의 사격 솜씨를 두고 저격수라고 말하기는 매우 민망했다.

하지만 흥분한 여준석에게 그런 사소한 건 문제가 되지 않는 모양이었다.

- 그래도 민간인이야.

판진아가 말하자 여준석은 잠시 생각을 하는 듯 보였다. 뭔가 결심이 필요한 소리를 입 밖에 내려는 모양이었다.

"국가정보부법 5조 4항에 의거, 김수동을 긴급 정보부 정보원으로 채용할 것을 요청한다."

이 말에 수동은 더 놀라지 않을 수 없었다. 정보부 정보원? 일단 그게 뭔지 알 수 없는 건 넘어가더라도, 덩치가 커다란 백곰 요원의 입이 쩍 벌어진 것만 봐도 놀라는 게 마땅한 일인 게 분명했다.

- 여준석!

"아, 귀청 떨어지겠네. 지금은 긴급 상황이야. 지금 여기서 황민주의 얼굴을 제대로 확인할 수 있는 건 현재 김수동 하나뿐이고. 현장 요원이 그렇게 판단했고, 공식 요청했어. 기록에 남는 건 알고 있지?"

여준석의 말에 판진아는 대답이 없었다. 하지만 수동은 잔뜩 화가 난 판진아의 얼굴을 쉽게 떠올릴 수 있었다.

– 만약 무슨 일 생기면 다 네 책임인 거 알지?

"알아."

– 좋아, 과장님께 그렇게 보고할게.

판진아의 말은 여기서 바로 끊어졌다. 무선이 끊어지기 직전, 수동은 두고 보자는 판진아의 중얼거리는 소리를 들은 것 같았지만 굳이 언급하지는 않기로 했다.

"백곰 형님, 이 친구 권총 한 정 줘야겠어요. 방탄조끼하고."

"차에 여분 있을 거야."

백곰이 손짓을 하자 요원 하나가 K-5 권총 한 정과 방탄조끼를 가지고 왔다.

"미안하지만 실탄은 못 주겠다. 하지만 위급한 상황에 도움은 될 거야."

"왜? 위기의 순간에 망치 대신 쓸 수 있어서?"

수동이 비아냥거렸다.

"응, 적의 포로가 될 위기에 처하게 되면 네 머리통을 쳐도 괜찮아. 내가 허락할게."

여준석은 아무렇지도 않게 수동의 농담을 받고는 백곰을 향해 말을 시작했다.

"아무튼 성남 경찰에 도움 요청한다고 했으니까 지금 당장 모란역으로 가죠. 저는 계속해서 김수동이 데리고 다닐게요. 중국인하고 요원

둘은 저 차로 올려 보내고."

백곰은 고개를 끄덕이고는 손짓으로 요원들에게 지시를 보냈다.

"준석아."

수동과 함께 차로 돌아가려는 여준석에게 백곰이 말했다.

"너 지금 무리하고 있는 거다. 무리하면 탈이 나게 되어 있어."

목소리는 가라앉아 있었지만 여준석에 대한 걱정이 느껴지는 말이었다.

"형님, 제가 언제 도 지나치는 거 보셨습니까?"

여준석은 이렇게 말하고는 수동과 함께 차로 돌아갔다. 수동은 차에 오르기 전 힐끔 뒤를 돌아보았다. 백곰은 뭔가 말을 더 하고 싶은 듯한 눈치였지만 결국 포기하고 승합차에 올랐다.

승합차와 충돌해서 찌그러진 선팅을 짙게 한 차량이 먼저 국가정보부로 출발했다. 그리고 여준석이 모란역을 향해 출발하자 그 뒤를 승합차가 따랐다.

차가 출발하자 여준석은 고개를 숙이고 키득거렸다. 운전의 첫 번째 원칙인 전방 주시를 무시한 위험한 행동이었다.

"씨발년, 내가 이렇게까지 나올 줄은 몰랐겠지? 아, 고소해. 그리고 수동아, 축하한다. 너 이제 이 사건 끝날 때까지 국가정보부 정보원이야."

"그거 좋은 거야?"

"적어도 PC방 알바보다는 좋은 거야. 시급도 아마 몇 배는 될 거다."

여준석의 밝은 표정과는 달리 수동의 마음은 불안했다. 어쩐지 좋지 않은 일이 생길 것만 같았다. 중학교 때 배운 '운수 좋은 날'이라는 소설이 떠올랐다.

판진아는 고민에 잠겨 있었다. 여준석이 전화번호를 불러 준 순간부터 시작된 고민이었다. 결론은 이미 나와 있었다. 다만 그것을 행동으로 옮길 만한 용기가 필요할 뿐이었다.

결국 과장을 만나야 해결될 문제였다. 과장에게 모든 것을 털어놓고 자신이 생각한 대안을 말해야 했다. 과장이 제시할 것으로 예상되는 해결책이 몇 가지 있었다. 판진아는 그중 자신에게 가장 유리한 해결책을 선택해야 했다. 그리고 그러기 위해서는 미리 준비를 해 두어야 했다.

판진아는 서류를 한 장 출력해서 들고 취조실로 들어갔다. 제니퍼 박다은이 있는 취조실이었다.

"너, 황민주 얼굴 알지?"

대뜸 이렇게 말하면서 준비한 서류를 내밀었다. 책상에 엎드려 졸고 있던 박다은은 무슨 말인지 몰라서 눈만 껌뻑였다.

"황민주 말이야. 얼굴 알지?"

"예."

"좋아. 너, 이제부터 국가정보부 정보원이다."

"예?"

"거기 서명해."

"하지만……."

"그냥 서명해. 이제부터 넌 우리 국가정보부를 위해서 일하는 거야. 소정의 임금도 지급될 거고, 일이 잘되면 표창도 줄 거야. 그리고 무엇보다 말이지, 네가 김수동하고 강석규를 배신하고 젓가락닷컴이랑 계약했던 걸 비밀로 해 줄 거고. 더 할 말 있어?"

할 말이 있을 리가 없었다. 박다은은 얌전하게 서류에 서명을 했다.

판진아는 강석규에게 서명을 받을까 하는 생각도 했다. 하지만 강석규는 지금 다른 팀에서 신문을 하고 있었다. 굳이 다른 팀에서 조사하고 있는 참고인을 빼 오는 번거로움을 감수하고 싶지는 않았다.

이제 준비는 다 끝났다. 하지만 아직 충분하지는 않았다. 자신은 조금도 다치지 않고, 현장에 나가 있는 여준석만 고생하면 되는 선택지가 있어야 했다.

"결국 성남에서 그 중국말 쓰는 놈을 잡아 와야 확실해지려나?"

하지만 신문을 한다 해도 별로 상황이 나아질 것 같지는 않았다. 판진아는 일단 요원을 시켜서 중국어 신문 준비를 시작했다. 통역을 요청하고 과정을 점검하는 건 판진아의 몫이었다.

그사이 여준석 일행은 이미 모란역 근처에서 수색을 시작했다.

수색은 장비와 인력이 필요한 작업이다. 그리고 여준석 일행은 이 두 가지를 다 가지고 있었다. 국가정보부에서 가장 성능이 뛰어나고 비싼 장비가 작전에 투입되었다. 성남 경찰도 수색 작업에 투입되었다. 모란역 부근의 모든 건물이 수색되었다.

핸드폰의 위치를 찾는 데에 걸린 시간은 불과 30분 남짓이었다. 너무 빠른 시간에 끝이 나 버렸기 때문에 허무하다는 생각이 들 정도였다. 수색에 동원된 지역 경찰들은 제대로 된 감사 인사도 한마디 듣지 못하고 통상 업무로 복귀했다.

핸드폰은 모란역 9번 출구 부근에 있는 한 건물 지하실에 버려져 있었다. 사람의 흔적은 전혀 찾아볼 수 없는 곳이었다. 아마 버려진 지 얼마 되지 않은 모양이었다.

수동은 여준석을 따라 지하실로 내려갔다. 백곰도 두 사람과 함께했다.

"원래 국가정보부는 이렇게 빨리 일을 처리하나 봐?"

계단을 걸어 내려가며 수동이 여준석에게 물었다.

"장비 덕분이지, 뭐."

여준석은 멋쩍은 듯 이미 잘 맞게 조절한 방탄조끼 끈을 다시 한 번 조절하면서 말했다. 본인이 생각해도 너무 쉽게 찾았다 싶은 모양이었다. 수동도 따라서 방탄조끼 끈을 조절해 보았다. 난생 처음 입어 보는 방탄조끼는 답답하기만 했다.

핸드폰에는 여준석이 동대문에서 걸었던 통화 내역이 남아 있었다. 그리고 중국어를 쓰던 남자가 통화를 시도했던 내역도 남아 있었다. 하지만 그뿐이었다. 마치 꼭 그 용도만을 위해서 쓴 핸드폰인 듯 다른 통화 내역은 전혀 없었다.

"여준석 주임님, 이거, 핸드폰하고 같이 있던 겁니다."

핸드폰을 살펴보고 있는 여준석에게 요원 하나가 비닐 팩에 담긴 물건을 내밀면서 말했다. 사진 촬영용 삼각대에 붙어 있는 수평 유지 장치처럼 생긴 물건이었다. 금속으로 된 어린아이 주먹만 한 물건에, 기포가 담긴 형광색으로 빛나는 장치가 눈에 들어왔다.

"이게 뭐지?"

여준석은 기포를 이리저리 옮겨 보면서 말했다.

"이거 야광이야."

백곰이 함께 그것을 바라보다가 말했다.

"방사선 동위원소가 들어 있는 야광이야. 어두운 곳에서도 볼 수 있게 말이야."

"이거 비슷한 거 본 적 있어."

수동도 한마디 거들었다. 세 사람 다 이 물건이 뭔지 확신은 없었지만 무엇인지 대충 짐작은 하고 있는 눈치였다.

"이거 혹시, 박격포 가늠좌 아니야?"

여준석이 말했다. 백곰과 수동은 거의 동시에 고개를 끄덕였다.

수동은 군대에서 박격포 가늠좌를 본 적이 있었다. 방사선 동위원소가 들어 있다고 해서 관리병들은 근처에도 가기 싫어했던 물건이기도 했다. 너무 오래 노출되면 불임이 된다거나, 혹은 성불구가 된다는 군대식 소문도 있었다.

"일단 사진 찍어서 회사로 전송해. 정보 분석팀에서 알아서 해주겠지."

"준석아, 이거 아무래도 큰일 같다."

백곰이 비닐 팩에 담겨 있는 물건을 이리저리 돌려 보면서 말했다.

"한미 정상회담 있는 거 알지? 그런데 이런 물건이 성남에서 나왔다는 게 알려지면, 이거 아무래도 큰 문제가 될 거야."

"정말 큰 문제가 되겠지요."

백곰과 여준석의 표정으로 미루어 짐작컨대 분명 심각한 문제인 것 같기는 했다. 하지만 수동은 '박격포'라는 물건이 돌아다니고 있다는 사실 자체가 심각하다는 건 알 수 있어도, 두 사람이 뭘 그렇게 심각하게 생각하는지는 정확하게 짐작하기가 어려웠다.

"일단 여기 조금 더 뒤져 보다가 안전가옥으로 철수하자. 거기서 대기하고 있으면 지시가 내려올 거야."

백곰이 말했다. 여준석은 고개를 끄덕였다. 그리고 수동은 두 사람이 왜 갑자기 저렇게 심각한 분위기가 되었을까를 곰곰이 생각해 보기 시작했다. 하지만 그 생각은 실탄 없는 K-5 권총처럼, 그럴싸해 보이기는 해도 별 소용은 없는 생각이었다.

여준석이 보내온 사진은 곧 해독되었다. 정보 분석팀 요원 중 하나가 정확하게 사진을 분석해 냈다.

"사진은 82mm 박격포 가늠좌예요. 동구권에서 주로 사용하는 물건이죠. 실물을 봐야 정확하게 알 수 있겠지만 1990년대에 제작된 물건 같습니다."

정보 분석팀 요원은 빠르게 결론을 내렸다. 그리고 그 결론은 판진아에게 있어서 더없이 좋은 기회가 되었다.

판진아는 자신이 할 말을 정리한 다음 서류를 준비해 과장실을 찾았다. 과장은 여전히 피곤해 보였다. 지금 정보부 내에서 뜨거운 샤워를 하고 24시간 정도 푹 잠자고 싶은 사람이 한둘은 아니겠지만 과장만큼 절실해 보이는 사람은 없었다.

"말해 봐."

과장이 피로에 절어 갈라지는 음성으로 귀찮다는 듯 말했다.

"성남에서 현장팀이 82mm 박격포 가늠좌를 발견했어요."

"그래, 그건 나도 보고받았어. 순서대로 말해 봐, 차근차근. 그래야 알아들을 수 있을 것 같아. 지금 내 머리가 내 꼬락서니만큼이나 엉망이거든."

판진아는 준비한 말을 순서대로 꺼내기 시작했다.

"사건의 시작은 차우차우였어요."

"알고 있어, 차우차우. 자네가 이중간첩으로 써먹을 수 있겠다면서 정보원 계약한 중국인 밀입국자. 그 친구가 황민주가 범인이라고 제보를 해 줬지."

"예, 그 덕분에 황민주 수사를 시작할 수 있었다는 점을 상기해 주세요, 과장님."

판진아는 목이 말랐지만 근처에 물은 없었다. 그래서 침을 한 번 삼킨 다음 다시 말을 이어갔다.

"이 번호는 제가 차우차우와 긴급 통화를 하기 위해 만들어 준 번호예요. 선불폰 형식으로 되어 있는 정보부 일회용 전화죠. 번호를 추적해 본 결과, 핸드폰은 성남 모란역 부근 건물의 지하실에 버려져 있었어요. 82mm 박격포 가늠좌와 함께 말이죠. 저는 이것을 차우차우가 우리에게 뭔가 메시지를 보내기 위해 일부러 꾸민 일이라고 보고 있어요. 아마도 지금 회사로 호송 중인 중국말을 쓰는 남자는 차우차우의 지시를 받아 일부러 여준석의 차량을 미행했고, 그 결과 일부러 잡힌 것 같아요. 차우차우의 핸드폰 정보를 주기 위해서 말이죠."

"메시지라. 어떤 메시지라고 생각하는가?"

"한미 정상회담이라고 생각해요."

이 말에 과장의 눈빛이 번득였다.

"말해 봐."

"황민주가 신도림역에서 폭탄을 터뜨린 것은 주의를 분산시키기 위한 양동작전으로 보여요. 즉, 주요 공공 기관이 목표가 아니라 민간인을 노린다는 걸 암시하기 위해서 말이에요. 하지만 이들이 정작 노리고 있는 것은 서울공항일 것이라고 판단하고 있어요."

서울공항 혹은 서울비행장이라고 불리는 이곳은 공군 15비행단이 주둔하고 있는 곳으로 대통령을 포함한 VIP들이 이용하는 장소이다.

"아시겠지만 이번 정권 들어서 건축물 규제 완화 정책과 함께 성남시에 고층 빌딩이 대거 들어서게 되었어요. 경기도 경제 발전을 위해서라고는 하지만 성남시장이 된 대통령 측근의 입지를 탄탄하게 하기 위해서였죠."

"그건 자네가 판단할 사항이 아니야."

"죄송해요. 제가 말하고자 하는 것은 성남시에 있는 고층 빌딩에서 82mm 박격포를 이용한다면 서울공항의 활주로가 사정권 안에 들어온다는 사실이에요."

"미국 대통령을 노린다고 생각하는가?"

"예, 과장님. 정확하게는 한미 정상회담을 방해하려는 목적이라고 생각해요. 성공하건 실패하건 서울공항이 박격포 공격을 받는다면 대한민국의 국제적인 위상은 바닥으로 떨어질 것이고, 미국 대통령의 이미지도 큰 타격을 받을 거예요."

"자네가 판단할 사항은 아니지만 그 부분은 나도 공감하네. 매케인 대통령은 군인 출신의 강성 이미지로 대통령에 당선되었으니까 말일세."

과장은 자리에서 일어서더니 걸치고 있던 셔츠를 벗기 시작했다. 오랜 사무실 업무에도 불구하고 여전히 탄탄한 근육과 군데군데 현장 근무 때 얻은 흉터가 드러났다. 판진아는 말없이 과장의 벗은 상의를 보고만 있었다. 과장은 물수건으로 몸을 몇 번 닦더니 새 셔츠로 갈아입었다.

"청와대 들어가시려고요?"

"그래. 일단 차장님한테 보고 드리고, 같이 청와대 들어가서 부장님께도 보고 드려야지. 알겠지만 매케인 대통령은 절대로 물러서려고 하지 않을 거야. 만약 한미 정상회담이 미뤄진다면 그걸 테러리즘의 승리라고 간주할걸?"

"만약 에어포스 원에 박격포가 명중한다면 그것이야말로 북한 테러리즘의 승리일 거예요, 과장님."

과장의 눈썹이 크게 씰룩였다.

"그걸 막는 게 자네 일이야. 지금부터 동원할 수 있는 수단은 모두 동원해서 황민주를 잡아. 박격포 가늠좌가 돌아다니고 있다면 박격포의 나머지 부품도 돌아다니고 있다고 봐야 할 거야. 그렇다면 이제 문제는 황민주 혼자가 아니라 황민주 테러단, 황민주 간첩단이라고 생각해야 해."

이제 준비해 온 말을 꺼내야 할 순간이 왔다. 판진아는 다시 한 번 침을 삼켰다.

"저는 일해부대를 투입시켜 주실 것을 정식으로 요청해요."

과장은 일해부대라는 말을 듣자마자 몸이 굳었다.

"진심인가?"

"예, 과장님. 부장님 만나러 가시잖아요. 꼭 부탁드려요."

판진아는 서류를 내밀었다.

"현재 황민주의 얼굴을 확실하게 식별할 수 있는 사람 중 우리가 확보한 사람은 셋뿐이에요. 김수동, 박다은, 강석규. 김수동은 현재 여준석

194

요원과 함께 현장에서 수사 중이고, 강석규는 이곳에 남아서 황민주 식별을 도와야 해요. 때문에 저는 박다은을 일해부대에 보내 그곳에서 황민주를 식별하는 임무를 수행하게 할 수 있도록 조치해 주셨으면 해요."

"박다은? 강석규는 어때?"

서류를 받아 들면서 과장이 물었다.

"강석규는 아직 신문 중이라서 서명 못 받았어요. 박다은 서명은 이렇게 받았고요."

과장은 서류를 검토했다. 조금 전 박다은에게 서명을 받은 서류였다.

"박다은이가 정보원이 되겠다고 자발적으로 서명을 했단 말이지?"

"예, 과장님. 국가 안보를 위한 일이니 최선을 다해서 돕겠다고 말했어요."

과장은 끄응, 신음 소리를 내었다. 기분이 좋아 보이지는 않았다.

"일해부대 친구들은 거칠어. 민간인이 그 친구들하고 일하는 건 절대 쉬운 일이 아니야. 사고가 날 가능성도 얼마든지 있어."

"그 정도는 감수해야죠. 거기다가 일해부대는 애국심으로 불타는 부대원들이 주축 아닙니까. 황민주가 되었건 황민주 간첩단이 되었건, 단숨에 깔끔하게 처리하려면 일해부대가 가장 적격이라는 건 명백한 사실이잖아요."

"알았어. 일단 부장님께 보고 드리지."

과장은 망설이는 눈치였다.

"꼭 보고 드릴 거죠?"

판진아가 다짐을 받듯 다시 한 번 물었다.

"알았어, 알았어. 가서 대기하고 있어."

과장은 귀찮다는 듯 나가 보라는 손짓을 했다. 판진아는 목례를 하고 과장실을 나섰다. 이제 남은 문제는 어떻게든 차우차우와 연락을 해서 황민주 일당이 있는 곳을 파악한 뒤 그곳으로 일해부대를 보내는 방법을 생각해 내는 것뿐이었다.

"샤론의 장미를 최후에 잡는 게 누가 될지, 한 번 두고 보자고, 여준석."

판진아는 이렇게 중얼거렸다.

같은 시각, 황민주는 짐을 챙기고 있었다.

먼저 입고 있는 옷을 점검해 보았다. 청바지, 면 티셔츠, 그리고 운동화. 누가 보아도 의심할 여지가 없는 편한 복장이었다.

다음은 등에 메는 백팩을 점검할 차례였다. 대학생들이 흔히 책가방으로 쓰는 물건이었다. 황민주는 백팩 안에 신문지를 구겨 넣어서 모양을 만든 다음, 마지막으로 황태산이 준 파이프 폭탄을 집어넣었다. 이제 곧 폭발할 운명인 폭탄을 보고 있자니 잠시 마음이 불안해졌지만 곧 그 불안은 지우기로 했다.

원래 파이프 폭탄은 급조된 물건이고, 따라서 안정성 또한 신뢰하기 어려운 수준이다. 하지만 그런 생각을 하는 것보다는 황태산의 폭탄 제조 실력을 믿는 편이 더 나았다. 불안한 마음은 임무 수행에 전혀 도움이 되지 않는다는 걸 황민주는 경험을 통해서 잘 알고 있었다.

마지막으로 챙긴 것은 시집이었다. 시를 찾아서 읽거나 하는 성격은 아니지만, 이번 임무에는 필요한 물건이었다. 구상具常 시인의 시집으로 제목은 '초토의 시'였다. 황민주는 시집은 가방에 넣지 않고 따로 들고 가기로 마음먹었다.

창밖을 내다보았다. 이제 어두워지고 있는 성남시에 빛이 오르기 시작하고 있었다. 저 건물들 사이 어디엔가 수동이 있을 거라고 생각을 하니 잠시 추억이 떠올랐다.

"미안해."

황민주는 이렇게 중얼거렸다.

7. 일해부대

1997년 6월 26일 수요일.

　검정색 고급 세단 승용차가 경기도 파주시 적성면으로 접어들고 있었다. 땅을 보러 다니는 사람들이 종종 다니는 곳인지라 고급차라고 해도 그다지 사람들의 눈길을 끌지는 않았다.

　운전기사가 모는 승용차의 뒷좌석에는 황태산과 짝귀 량태수가 앉아 있었다. 짝귀 량태수는 얼핏 보기에도 병색이 짙다는 걸 쉽게 알 수 있을 정도였다. 살은 뼈가 드러날 정도로 심하게 빠져 있었고 두 볼은 움푹 들어가서 눈동자가 퀭하게 드러났다. 한때 남파 간첩 교관이었다는 걸 믿기 어려울 지경이었다. 다만 눈빛만큼은 아직도 형형하게 빛을 발하고 있었다. 어쩌면 진통제에 취해서도 흐려지지 않은 이 눈빛이 량태수의 마지막 자존심일지도 모를 일이었다.

　량태수를 이렇게 만든 건 폐암이었다. 평생 싸움을 준비해 온 그도 자신의 몸 안에서 스스로 자라난 암과의 싸움에서는 이기지 못하고 있었다.

　1990년대는 공안 정국의 시기였다. 남북정상회담이 김일성의 죽음으로 무산된 직후 북에 조문단을 파견하느냐 마느냐 하는 문제를 놓고 시작된 공안 정국은 한 대학 총장이 '주사파 5만 명이 남조선에서 암약하고 있다.'는 발언을 하면서 절정에 이르렀다. 수백 명의 일반 시민들이 국가보안법 위반 혐의로 구속되었고, 수십 명의 대학 교수들이 북한에서 공작금을 받았다는 혐의로 안기부에 끌려가 조사를 받았다.

황태산은 간첩이 5만 명이나 있다면 우리가 이런 고생을 왜 하겠느냐고 생각했다. 공안 정국이 계속되자 평양에서는 몸조심하라는 내용의 전문을 보내왔고, 실제로 많은 공작원들이 지하로 숨어들어 숨을 죽여야 했다.

그 대학 총장의 발언은 훗날 허위로 밝혀졌고, 한국통신 노동조합을 주사파라고 했다가 명예훼손 혐의로 손해배상까지 하게 됐지만 그건 시간이 흐른 뒤의 일이다.

황태산은 당분간 모든 공작을 중단해야 했다. 파괴 공작은 말할 필요도 없고, 정보를 수집하거나 남조선 민간인을 포섭하는 일도 그만두었다. 하지만 그건 나쁜 일이 아니었다. 시간적으로 여유가 생긴 덕분에 자신의 부동산 사업에 힘을 쏟을 수 있게 되었기 때문이다. 사업은 날로 번창했다. 땅값은 하루가 다르게 뛰었고, 황태산은 재산을 불리느라 매일같이 즐거운 비명을 지르게 되었다. 짝귀가 폐암 판정을 받은 것이 그 즈음이었다.

"의사 말이 이제 석 달 정도 남았다고 하더군. 그 이상 살게 되면 진통제가 듣지 않을 거라고 했어."

말을 잇기가 힘겨운지 중간 중간 가쁘게 숨을 몰아쉬면서 량태수가 말했다.

"알고 있어요."

"죽는 건 두렵지 않은데, 이 꼴을 황민주에게 보여 줘야 한다는 게 너무 가슴 아프구만."

"알고 있어요."

황태산은 이렇게 대답하면서 차창 밖을 내다보았다. 뜨거운 햇살이 쏟아지고 있는 초여름 날이었다. 하늘은 더없이 푸른빛이었고 땅은 온통 초록이었다. 가끔 바람이 불어와 들판을 쓸고 지나갔다. 포장이 되지 않은 도로에서 흙먼지가 일었다.

말라붙어 있는 도로에서 피어나는 먼지를 보면서 황태산은 죽어 가는 짝귀 량태수를 생각했다. 이제 그가 다시 초록으로 생생하게 빛나는 일은 결코 없을 것이다. 안타깝기는 했지만 어쩔 수 없는 일이었다. 그리고 언젠가 자신도 맞이하게 될 운명이기도 했다. 황태산은 될 수 있으면 량태수의 죽음을 담담하게 받아들이려고 노력하고 있었다.

"다 동무 덕이지. 남조선 주민등록증에 의료보험까지. 내 이리 되긴 했어도 큰 수술을 세 번씩이나 받았으니 한은 없네."

량태수는 애써서 웃음까지 짓고 있었다.

"주체사상의 신봉자가 할 말은 아닌 것 같습니다."

"그래, 자본가가 할 말이지. 자네 들으라고 한 소리야. 그걸 모른단 말인가?"

량태수는 이번에는 헛웃음을 내려고 애를 썼다. 하지만 목에서 나온 건 웃음소리가 아니라 마른기침 소리뿐이었다.

한동안 기침 소리만이 차 안을 맴돌았다.

"자네는 이제 자본가야."

마침내 량태수가 말했다. 황태산은 긍정도 부정도 하지 않았다. 어차피 마지막 가는 길에 선 사람이다. 하고 싶은 말이 있다면 다 하는 편이 좋을 것 같았다.

"비난하는 게 아니야. 나는 그 자본가 덕을 많이 보았지. 공화국을 위해 싸우다가 공화국의 명을 받들어 적지에 왔고, 적지에 와서 공화국에게 배신당한 나를 거두어 준 건 자본가인 자네였으니까 말일세. 자네 덕에 좋은 구경 많이 했네. 남조선이 성장하는 것도 보았고, 황민주가 성장하는 것도 보았고. 한은 없네."

황태산은 량태수가 '한은 없네.'라는 말을 계속해서 반복하고 있다는 걸 알 수 있었다. 말을 하지 않아서 그렇지 세상에 한이 없는 사람이 어디에 있을까? 하지만 황태산은 량태수가 어떤 모습으로 죽고 싶은지 짐작 가는 바가 있었기 때문에 군이 캐묻거나 하지는 않았다.

"비둘기가 숙청당한 것, 알고 있지?"

황태산은 알고 있다고 대답했다.

"자네가 북으로 돌아가게 되면 어떻게 될 것 같은가?"

대답하고 싶지 않은 질문이었다. 황태산 자신이 남조선에서 이룬 업적은 군이 량태수가 지적하지 않아도 자본가가 이룬 업적과 다를 바 없다. 당에서는 무슨 혐의든 씌워서 자신을 숙청할 수 있을 것이다. 미제의 스파이, 자본가, 공화국의 배신자, 기타 등등.

"소환 명령이 떨어졌을 때, 만약 자네가 돌아가지 않는다면 공화국은 파괴 공작원을 파견할걸세. 나 같은 파괴 공작원."

량태수는 기침을 참으며 애써 미소 짓는 얼굴로 말했다.

"파괴 공작원이 파견된다면 자네는 죽은 목숨이나 마찬가지야. 생각을 해 보게. 도둑 하나 막는 일은 수백, 수천 명이 모여도 쉬운 일이 아니지. 96년 강릉 잠수함 사건을 생각해 보게. 그때 남조선 당국은 10만이 넘는 병력을 동원했잖은가. 단 두 명의 정예 파괴 공작원을 잡기 위해서 그랬단 말이야. 그나마 정찰조 요원 한 명은 그 병력을 다 뚫고 북으로 돌아갔어. 만약 평양에서 자네를 제거하기 위해 파괴 공작원이 내려온다면, 그걸 막는 건 혼자 힘으론 불가능해."

"그야 그렇겠지요. 그쪽에서는 시간과 장소를 정할 수 있지만 우리는 정할 수 없으니까요. 어쩌면 24시간 내내 긴장만 하다가 신경쇠약으로 죽어 버릴지도 모르죠."

가볍게 넘기긴 했지만 량태수의 말은 현실적인 위협을 미리 경고한 거였다. 북에서의 소환 명령을 받게 되거나 혹은 파괴 공작원을 만나게 되는 일. 황태산은 미리 대책을 세워야 한다고 생각했다. 그것도 아주 탄탄한 계획을.

"다 왔습니다."

차가 멈추어 섰고, 운전기사는 담담한 목소리로 말했다. 목적지에 도착한 것이다.

적성면 답곡리 북한군/중국군 묘지. 속칭 적군묘지. 량태수는 죽기 전 이곳을 마지막으로 보고 싶다고 말했다.

1996년 7월에 만들어진 이곳은 6·25전쟁 때 발견된 유해 중 북한군이나 중국군으로 판명된 유골들이 묻힌 곳이다. 하지만 량태수가 보고 싶어 한 건 지난 전쟁의 상흔이 아니었다.

통상 남파된 간첩이 체포되거나 사살되면 북조선은 이들을 보냈다는 사실을 부정한다. 실제로 지난 1996년 강릉 무장간첩 잠수함 침투 사건 때에도 간첩들이 휴대하고 있던 건 총번을 지운 미제 M-16 소총이었고, 이들은 북조선과 아무 관계도 없다고 주장했다.

이처럼 북조선에서도 남조선에서도 받아들여지지 못한 공작원의 시신은 바로 이곳 적군묘지로 향하게 된다. 량태수는 자신과 같은 운명이었으나 자신과는 달리 누구에게도 도움을 받지 못한 이들의 묘지를 보고 싶다고 했다. 황태산은 그렇게 하자고 했다.

사실 위험부담이 큰 일이었다. 이곳은 국방군 25사단 구역으로, 25사단 장병들이 관리하는 곳이기도 했다. 이런 곳을 남파 간첩이 찾는다는 건 어쩌면 자살 행위일지도 모를 일이었다. 하지만 량태수의 마지막 소원이었다. 황태산은 위험을 무릅쓸 가치가 있다고 판단했다.

"여기서부터는 차가 들어가지 못합니다."

운전기사가 말했다. 황태산이 고개를 한 번 끄덕이자 운전기사는 차 뒤의 트렁크에서 휠체어를 꺼냈다.

황태산은 량태수를 휠체어에 옮겨 태우는 데 손을 보탰다. 한때 짝귀 교관이었을 시절의 거대한 몸집을 생각해 보면 이제 량태수의 몸은 한 줌도 되지 않는다는 느낌이 들 정도로 말라 있었다. 어쩌면 지난 남조선에서 보낸 세월 동안 삶의 무게가 그만큼 줄었기 때문이 아닐까 싶기도 했다.

운전기사와 황태산은 량태수를 태운 휠체어를 밀어 적군묘지가 있는 곳으로 올라갔다.

막상 눈으로 본 적군묘지는 황량하기 그지없었다. 최근에 벌초를 했는지 깨끗하기는 했지만 아무 장식도 없는 각목으로 세워진 묘비가 줄지어 있는 모습은 전쟁 때 급조한 무덤을 보는 듯했다. 황태산은 제일 가까운 곳에 있는 묘비를 살펴보았다. 나무로 만들어진 묘비에는 '무명인'이라는 글자가 적혀 있을 뿐이었다.

황태산은 량태수를 바라보았다. 량태수는 물끄러미 줄지어 있는 묘비들을 바라보고 있었다. 형형하던 량태수의 눈동자에 물기가 어리고 있었다. 무슨 생각을 하고 있을까, 어떤 감정일까 하는 궁금증이 일었지만 차마 물을 수는 없었다. 공화국으로부터 버림받은 건 이곳에 누워 있는 죽은 공작원이나 여기 죽어 가고 있는 량태수나 마찬가지였다.

이곳을 오기 전, 황태산은 구상이라는 이름의 시인이 '적군묘지'라는 제목의 시를 쓴 것을 알게 되었다. 시의 한 구절이 황태산의 마음에 남았다.

죽음은 이렇듯 미움보다도, 사랑보다도
더 너그러운 것이로다

'줄지어 누워 있는 눈도 감지 못했을 넋' 앞에서 시인은 이렇게 노래하였다. 황태산은 시가 담겨 있는 시집을 한 권 샀다. 제목은 '초토의 시'라고 했다. 황태산은 시를 읽으며 감상에 젖었다. 하지만 자신의 감상과 지금 량태수가 느끼고 있을 감정 사이에는 영원히 닿을 수 없는 선이 있을 것이다.

량태수는 시간이 허락한다면 아마도 죽는 순간까지 그곳에서 막막한 눈앞의 광경을 바라보고만 있을 것 같았다.

황태산은 그런 량태수를 한참 동안이나 그냥 두고는 량태수가 했던 말을 떠올렸다. 북에서 언젠가 내려올지 모를 소환 명령. 그리고 북에서 자신을 죽이기 위해 내려올지 모를 파괴 공작원.

대비책이 있어야 했다. 그것도 아주 탄탄하고 근본적인 것으로. 그러지 않는다면 '무명인'이라고 적힌 묘비 아래 눕게 될 수도 있는 일이었다.

문득 한줄기 바람이 일어 황태산의 옷깃을 잡아끌었다. 황태산은 바람을 등지고 서서는 하늘을 올려다보았다. 세상이 어떻게 돌아가건 하늘은 여전히 눈부신 파랑이었다.

피곤해서 잠깐 눈을 감았나 싶었는데 깜빡 잠이 든 모양이었다. 황태산은 퍼뜩 정신이 들어서 주위를 살펴보았다. 사무실에는 아무도 없었다. 꽤 오래 잠들었는지 몸이 쑤셨다. 그런데 왜 하필 잠깐 잠든 사이 죽은 량태수를 떠올렸을까? 임무 수행을 위해 서울로 떠난 황민주를 생각해 보니 이 모든 게 불길하기만 했다.

이제 오늘 저녁이면 남조선의 모든 방송 매체들은 두 번째 폭탄 테러에 정신을 차리지 못하게 될 것이다. 사람들 사이에 혼란이 퍼져 나갈 것이고, 혼란이 가중되면 가중될수록 황태산과 황민주는 유리한 위치를 점할 것이다.

물론 모든 일이 순조롭게 풀렸을 때 그렇다.

그러나 계획은 늘 변수에 의해 변경되기 마련이고, 예상하지 못한 변수는 전혀 엉뚱한 결과를 낳기도 한다. 가능한 변수들을 따지다 보니 황태산은 갑자기 불안해졌다.

1983년 아웅산 테러의 변수는 의장대의 연습이었다. 대통령이 도착하기 전, 최종 연습으로 연주하는 소리를 듣고 공작원들은 목표가 도착했다고 판단하고 폭파 버튼을 눌렀다. 1996년 강릉 잠수함 침투 사건의 변수는 잠수함의 좌초였다. 매년 수도 없이 오간 바닷길에서 잠수함이 좌초하리라고 예상하기는 어려울 수밖에 없다.

그리고 짝귀 량태수의 변수는 폐암이었다. 본인도 그랬겠지만 황태산도 량태수가 병으로 쓰러지리라고는 전혀 상상하지 못했다.

적군묘지를 다녀온 뒤 량태수의 병세는 급속도로 악화되었다. 산소 호흡기에 의지해서 숨을 쉬면서 량태수는 고통에 몸부림쳤다. 하지만 그 와중에도 량태수는 자신의 쇠약해진 모습을 황민주에게 보이고 싶어 하지 않았다. 황태산은 량태수의 뜻을 황민주에게 전했고, 황민주는 입관하는 순간까지도 량태수의 모습을 보지 않았다.

황민주는 량태수를 '짝귀 할아버지'라고 부르며 따랐다. 실제로 량태수는 황민주에게 제대로 된 유일한 스승이기도 했다. 당연히 마지막 가는 길, 손 한 번 잡고 싶을 법도 한데 황민주는 그러지 않았다.

화장터에서 유해를 수습하고 돌아오는 길에 황태산은 혹시 량태수의 마지막을 눈으로 보지 못한 걸 후회하지 않는지 물었다.

'짝귀 할아버지 뜻이니까.'

이것이 황민주가 대답한 말의 전부였다. 장례식장에서도, 화장터에서도 황민주는 눈물 한 방울 흘리지 않았다.

"그래, 걱정하지 말자. 걱정해 봐야 과정도, 결과도 달라질 건 없어. 황민주는 그만큼 강한 아이야."

황태산은 이렇게 중얼거렸다. 아무도 듣는 이 없는 이 말은, 말의 내용만큼이나 공허하게 울리고 있었다.

같은 시각, 국가정보부 윤태형 3과장은 오인규 3차장에게 보고를 하고 있었다. 윤태형 과장은 현재까지 판진아 요원과 여준석 요원이 거둔 성과를 가감 없이 보고했고, 거기에 판진아 요원의 분석을 덧붙였다.

"황민주가 한미 정상회담을 노리고 있다는 판진아 요원의 분석, 자네도 동의하나?"

현장 요원 출신으로 이름이 높은 오인규 차장은 보고를 받고 이렇게 물었다.

"그렇습니다."

"으음."

오인규 차장은 입술을 깨물었다. 눈살을 찌푸리는 오인규 차장을 보고 있자니 윤태형 과장도 절로 따라서 인상이 찌푸려졌다.

"상황이 급박하게 돌아가고 있군. 이거, 부장님께 어떻게 설명을 드려야 할지 모르겠어. 위쪽에서 난리가 날 게 분명해. 한미 정상회담이 얼마나 중요한지 자네도 잘 알고 있지 않나?"

"보궐선거가 눈앞이니 눈에 보이는 가시적인 성과가 중요하다는 건 알고 있습니다."

"그래, 실무를 책임지는 책임자 입장에서 자네의 대안은 뭔가?"

"원하시는 답이 아니라는 건 잘 알고 있습니다만, 저는 회담을 연기하는 게 최선이라고 생각합니다."

"솔직히 말하면 나도 같은 생각이라네. 하지만 부장님이 그런 보고를 청와대에 올릴 수는 없지. 자네도 잘 알겠지만 매케인 대통령이 정상회담을 미룬다면 이건 국제적인 망신거리가 될걸세. 북한이 지하철 테러 한 방으로 한미 정상회담을 무산시킨 성과를 얻게 되는 꼴 아닌가."

"그렇습니다."

윤태형 과장은 테러리즘에 대해서는 '테러를 통해 얻을 수 있는 것은 없다.'는 원론을 가지고 있었다. 하지만 북한은 황민주를 이용해 이미 큰 성과를 거두고 있었다.

"최악의 상황을 한 번 상정해 보지. 만약 황민주 일당이 박격포를 이용해 서울공항을 공격한다면 어떻게 될 것 같은가?"

오인규 차장은 인상을 점점 더 찌푸리고 있었다. 미간에 잡힌 주름 사이에 신용카드라도 꽂을 수 있을 것 같았다.

"만약 그렇게 된다면 한반도는 불바다가 되겠지요. 매케인 대통령의 성향을 생각해 보면 미국은 당장 북에 보복 폭격을 가할 테고…….'

"그래, 북한은 서울로 장사정포를 발사할 테지. 그걸로 끝나면 오히려 다행이라고 할 수도 있어. 중국과 러시아가 개입하게 된다면 한반도에서 제3차 세계대전이 일어난다고 해도 전혀 이상한 상황이 아니야."

"도대체 이북 놈들이 뭘 생각하는지 모르겠습니다. 그렇게 된다면 자멸이나 마찬가지일 텐데 말이지요."

"아무래도 핵실험 이후 국제적으로 펼쳐진 대북 고립정책에 대한 반발이겠지. 쥐가 구석에 몰리면 고양이를 문다고 하지 않는가."

윤태형 과장은 매케인 정부 출범 이후 일관되게 추진된 강경 정책을 생각해 보았다.

강경책은 북한 문제뿐만이 아니었다. 이라크와 아프가니스탄에 주둔군을 늘리고, 이란을 침공하면서 동시에 파키스탄 군사기지에 정밀 폭격을 가한 매케인 정부는 계속해서 전 세계 테러의 표적이 되었다.

매케인 정부를 지지하고 있는 현 대한민국 정부는 이번 정상회담을 통해 한미 동맹을 더욱 굳건히 할 계획이었다. 그리고 이를 통해 국회에 올라간 이란, 이라크 동시 전투병 파병 동의안 통과도 노리고 있었다.

"좋아, 우리가 할 수 있는 건 여기까지인 것 같군. 같이 청와대에 들어가지. 부장님께 보고 드려야겠어."

"알겠습니다."

두 사람은 청와대로 가기 위해 정보부를 나섰다.

그사이 백곰 백정규 요원은 여준석과 김수동을 태우고 안전가옥으로 향했다. 창고에서는 박격포 가늠좌 외에 더 나온 게 없었다.

"일단 안전가옥으로 가서 대기하는 게 좋겠다. 다른 의견 있나?"

백정규는 이렇게 판단을 내렸고, 다들 이 의견에 동의했다.

백정규는 타고 온 승합차에 수동과 여준석을 태웠다. 나머지 요원들은 다른 승합차 편으로 따라오게 시켰다. 넓은 승합차에 셋만 타고 있으니 허전한 감이 있었다. 수동은 뒷좌석을 돌아보았다. 아침에 자신이 타고 온 승합차와는 달리 이 차의 뒷좌석에는 캐비닛과 상자가 가득 실려 있었다. 아마도 각종 장비가 들어 있으리라.

해는 이제 서쪽 하늘을 붉게 물들이고 있었다. 승합차는 내비게이션이 안내하는 대로 빠르게 이동해 갔다.

안전가옥은 성남 모란역과 수진역 사이에 있는 오피스텔 건물에 자리하고 있었다. 안전가옥의 출입 코드를 받은 여준석이 두 사람을 안내했다.

"너한테만 비밀번호 알려 준 거야?"

승합차에서 내리며 수동이 살짝 물었다. 여준석은 피식 웃었다.

"OTP라는 말 못 들어 봤어?"

"은행에서 쓰는 거?"

"그래, 딱 한 번 쓸 수 있는 비밀번호. 원타임 패스워드, OTP. 내 핸드폰으로 OTP 생성기가 전송된 거야. 비밀번호는 30초 간격으로 계속 바뀌게 되어 있어."

"그렇구나. 난 비밀번호를 몰래 훔쳐봤다가 나중에 혼자 가 볼까 했지."

"그랬다가는 우리 요원들이 널 죽일 거야."

여준석이 농담을 하자 수동은 맞장구를 치며 웃었다. 하지만 백정규는 웃지 않았다. 오히려 쓸데없는 소리를 한다고 비난이라도 하는 듯 수동을 잠시 노려보기까지 했다.

안전가옥은 오피스텔 건물 16층에 자리하고 있었다. 아파트처럼 다닥다닥 붙어 있는 방 중간에 위치한 안전가옥은 겉으로 보기에는 옆집과 전혀 다를 바가 없었다. 여준석은 핸드폰을 조작해 OTP 생성기를 통해 비밀번호를 얻은 뒤, 재빨리 잠금장치에 여덟 자리 비밀번호를 입력했다. 잠금장치가 신호음을 내면서 열렸다. 꼭 자동차 후진할 때 나오는 신호음 같은 소리였다.

문을 열고 들어서자 아무것도 없는 텅 빈 내부가 보였다. 화장실이 문 바로 옆에 있어서 방 내부가 한눈에 들어오지 않게 되어 있었다.

신을 벗고 화장실을 돌아서자 뜻밖에도 생각보다 훨씬 넓은 공간이 있었다. 벽을 터서 옆 오피스텔과 합친 모양이었다. 외부인이 이곳을 지나다가 내부를 보게 되더라도 뭘 하는 곳인지 드러나지 않도록 신경을 쓴 구조였다.

넓은 공간의 벽면에는 여섯 대의 모니터가 있었다. 그 앞으로는 컴퓨터, 책상과 의자, 그리고 침대가 놓여 있었다. 적어도 열 명은 편하게 누워 있을 수 있을 정도의 넓이였다.

"여기 관리인 있어?"

수동이 물었다. 오랫동안 방치되었다고는 생각하기 어려울 정도로 내부가 깨끗했다. 먼지가 쌓인 곳도 없었다.

"아니, 안전가옥만 돌아다니면서 청소하고 정비하는 팀이 있어."

"그만. 그 이상 말하면 둘 다 죽어야 한다."

백정규가 말했다. 틀림없이 농담이겠지만 조금도 농담처럼 느껴지지 않는 말투였다. 여준석은 헛기침을 했고, 수동은 못 들은 척하면서 안으로 들어가 의자에 앉았다.

"선배, 이제 뭘 하면 되죠?"

"기다려야지."

백정규는 이렇게 말하곤 누구의 눈치도 살피지 않고 침대에 벌렁 누웠다. 잠깐 동안의 어색한 침묵이 있었다. 말을 했다가는 눈을 감고 쉬고 있는 백정규가 당장이라도 일어나서 무슨 짓을 할 것만 같았다. 그렇게 느끼기는 여준석도 마찬가지인지 의자 하나를 골라서 거기 앉더니 팔짱을 끼고 눈을 감았다. 수동은 그런 여준석을 따라 하는 것 말고는 달리 할 수 있는 일이 없었다.

나머지 요원들이 안전가옥의 벨을 누른 것은 5분 정도가 흐른 뒤의 일이었다. 수동에게는 한없이 길게 느껴진 시간이었다. 벨이 울리자 여준석은 모니터 하나를 작동시켰다. 그러자 문 앞에 서 있는 요원들의 모습이 CCTV 화면에 나타났다. 여준석이 문을 열어 주자 요원들이 안으로 들어섰다.

미리 훈련을 받았는지 요원들은 자기 자리를 찾아 앉았다.

"좀 비켜 주시죠."

요원 하나가 수동에게 말했고, 수동은 조용히 자리에서 일어나서 구석으로 향했다. 수동이 앉아 있던 자리를 차지한 요원은 모니터를 작동시켰다. 그러자 화면에 오피스텔 주변의 CCTV 화면이 나타났다.

어떤 요원 하나가 벽면에 설치된 냉장고를 열어 물을 꺼내 마셨다. 냉장고 문이 열렸을 때 흘깃 살펴보니 안에 있는 건 물뿐이었다. 잠깐 동안 '먹을 것 좀 없나요?' 같은 소리나 해 볼까 하는 생각이 들었지만 곧 그만두었다. 분위기만 썰렁해질 게 분명했기 때문이다.

그러는 사이 요원 하나가 침대에 누워 있는 백정규에게 귓속말을 했다. 그러자 백정규가 눈을 번쩍 떴다. 잠깐이었지만 눈에서 불이라도 뿜을 것 같은 기세였다. 백정규는 자리에서 일어나 여준석을 불렀다. 수동은 그쪽으로 살짝 귀를 기울였다.

"준석아, 아무래도 판진아가 일해부대를 부른 것 같다."

"일해부대요?"

일해부대가 무슨 말인지 모르는 수동은 '일해부대'라는 단어가 어쩐지 알면 죽어야 할 단어 같아서 못 들은 척했다.

"그래, 이거 아무래도 확인해 봐야겠다."

백정규는 바로 전화기를 들고 판진아에게 전화를 했다.

판진아는 윤태형 과장의 연락을 기다리고 있었다. 정확하게 말하자면 일해부대 호출 코드를 기다리고 있다고 해야 할 것이다.

호출 코드를 기다리며 판진아는 일해부대 관련 문건을 읽어 보았다.

일해부대는 별명이다. 공식 명칭은 무궁화1호부대. 일해부대라는 별명은 군인 출신 전직 대통령이 가지고 있던 재단 이름에서 따왔다고 한다. 소문은 무성했다. 하지만 확인된 건 없었다. 다만 분명한 건 일해부대가 정보부에서 움직일 수 있는 부대 중 최강의 정예부대라는 사실뿐이다. 판진아가 일해부대를 요청한 것도 그것 때문이었다. 다른 이유는 없었다.

계속해서 일해부대 관련 문건을 보고 있는데 전화벨이 울렸다.

– 야, 판진아! 너 일해부대 불렀냐?

백정규가 다짜고짜 소리쳤다. 판진아는 자기도 모르게 전화기를 귀에서 뗐다.

"정규 선배, 그게 무슨 소리예요?"

– 나도 듣는 귀가 있어. 너, 일해부대 요청했다며? 내가 여기 있는데 그게 무슨 소리야? 날 못 믿겠다는 소리야, 뭐야?

"그냥 요청한 것뿐이에요. 아직 코드가 떨어진 것도 아니라고요."

– 너 날 바보로 아냐? 중요한 건 네가 현장 지휘관인 날 무시하고 곧바로 과장한테 일해부대를 요청했다는 사실 아냐! 맞아, 안 맞아?

"선배, 좀 진정해요."

판진아는 짜증난다는 투로 말했다. 그런데 이 말이 백정규를 더욱 자극한 모양이었다.

– 진정? 너 같으면 진정하게 생겼어? 지금 목숨 걸고 현장에서 팀을 이끌고 있는 게 난데, 날 무시하고 일해부대를 불러? 이유가 뭐야, 이유가?

"그야 일해부대가 최강의 전투력을 가진 부대니까 그렇죠."

– 아무리 그래도 그렇지!

판진아는 상대가 도무지 진정할 마음이 없다는 사실을 깨달았다. 이제는 그냥 해야 할 말만 하는 편이 나을 것 같았다.

"선배, 우리가 지금 상대하는 건 박격포를 가지고 있는 북한 특수부대라고 봐야 해요. 내가 정규 선배 실력을 못 믿을 것 같아요? 하지만 아무리 정규 선배라고 해도 혼자서 특수부대 일개 소대를 상대할 수는 없잖아요? 거기서 당장 동원할 수 있는 게 기껏해야 여준석이 하나뿐인데, 상대가 분대 단위 이상이라면 어차피 지원 요청할 거잖아요. 그럼 그때를 대비해서 최강의 부대를 준비해 두는 게 상식 아닌가요? 전 그렇게 한 거예요."

판진아도 목소리를 높여서 항변했다.

잠시 아무 소리도 없었다.

– 아무리 그래도 나하고 상의는 했어야지.

백정규의 목소리가 가라앉았다. 이제야 좀 진정이 된 모양이었다.

"일해부대 안 되면 다른 타격대 준비해 놓을게요. 일단 대기하고 계세요. 언제 명령 떨어질지 모르니까."

판진아는 이렇게 말하고는 대답을 기다리지 않고 바로 전화를 끊었다. 더 길게 이야기할 필요가 없다는 판단에서였다. 거기에 백정규와 상대하기 싫다는 마음도 컸다. 현장 요원 선배는 대하기 늘 껄끄러웠다.

"판 주임님, 박다은이가 찾습니다."

다시 일해부대 관련 문건을 읽어 보려는데 요원 하나가 말했다.

"뭐야?"

"저, 이제 어떻게 하면 되냐고……."

조금 신경질적으로 반응을 보여서 그런지 요원은 약간 당황하는 기색이었다.

"쉬고 있으라고 해. 배고프다고 하면 먹을 거 가져다주고, 이불 필요하다고 하면 가져다주고."

문건을 보면 이전에도 일해부대가 민간인과 함께 움직인 기록이 있었다. 하지만 그 결과는 대부분 좋지 못했다. 일해부대의 강행군을 이기지 못해 탈진한 경우도 있었고, 이동 중 적에게 당한 경우도 있었다.

판진아는 박다은이 일해부대와 함께 움직이면 어떤 결과가 벌어질지 예상할 수가 없었다. 기존에 좋지 않은 결과가 있었다고 해도 이번에도 그러리란 법은 없으니까. 하지만 어떤 결과가 나오든 박다은에게는 꽤나 기억에 오래 남을 일이 될 거라는 건 분명했다. 물론 그것도 작전이 끝났을 때 살아남아야 할 수 있는 이야기이긴 했다.

판진아는 시계를 보았다. 이미 저녁 시간이 지나 있었다. 지금쯤이면 과장과 차장이 부장을 만나고 있을 것이다. 하지만 그 만남의 결과가 어떻게 나오건 판진아의 임무가 달라질 건 없었다.

"성남에서 잡은 중국인, 아직 안 왔나?"

판진아가 요원들을 보면서 물었다.

"차가 많이 막힌답니다. 좀 늦을 것 같다는데요."

요원 하나가 대답했다. 판진아는 아무래도 오늘 밤은 무척 길겠다는 생각을 했다.

국가정보부 오인규 3차장과 윤태형 3과장은 청와대로 들어갔다. 국가안보회의 중인 국가정보부장을 만나기 위해서였다.

"부장님이 빠른 답변을 주실 수 있을까요?"

윤태형 과장이 오인규 차장에게 물었다.

"글쎄, 그러길 바라는 수밖에는 없지 않겠나."

오인규 차장도 윤태형 과장과 마찬가지로 답답한 모양이었다.

현 국가정보부장은 정치인 출신이었다. 때문에 정보부 업무에 대해서는 아는 바가 그다지 많지 않았다. 게다가 최근 테러방지법이 통과되면서 정보부에 대한 여론이 나빠지고 있어서 언제 자리에서 물러나도 이상하지 않은 상황으로 몰리고 있기도 했다.

윤태형 과장이 생각하기에 부장은 책임질 만한 일은 하려고 들지 않을 거였다. 아마 보고를 받으면 대통령에게 모든 판단을 떠맡길 공산이 컸다. 그렇게 되면 명령을 기다리느라 시간이 지체될 것이고, 그만큼 황민주가 테러를 준비할 수 있는 시간은 더 늘어나게 될 수도 있었다.

두 사람은 청와대 회의실 옆에 마련된 대기실에서 부장을 기다렸다. 일단 두 사람이 긴급하게 보고할 일이 있다는 말은 부장 비서를 통해 전달했지만 얼마나 기다려야 하는지는 알 수 없었다.

오인규 차장과 윤태형 과장은 서로 마주 보고 앉았다. 청와대 비서 하나가 차를 가져다줘서 그나마 멀뚱멀뚱 서로 얼굴만 보고 있는 것보다는 나았다.

차는 시중에서 쉽게 구할 수 있는 커피믹스였다. 서민적인 이미지를 강조하는 대통령이 점심 식사는 구내식당에서 백반을 먹고, 식후 차 한 잔을 마실 때에는 커피믹스를 마시는 모습이 보도된 이후 청와대의 모든 차는 커피믹스로 바뀌었다. 윤태형 과장은 고급 도자기 찻잔에 담긴 커피믹스가 어쩐지 정치인 출신 정보부장만큼이나 어울리지 않는다고 생각했다.

커피를 한 모금이나 마셨을까 싶었을 때 문이 열리며 정보부장이 들어왔다. 의외로 빠른 반응이었다. 오인규와 윤태형은 반사적으로 자리에서 벌떡 일어섰다.

"앉아요, 앉아. 나도 앉을 테니까. 여기 차 한 잔 더 가져다주고."

부장은 정치인 출신다운 부드러운 미소를 지으면서 말했다. 단정하게 정리된 머리는 가발이었는데 최고급품이라 자세히 봐도 눈치 채기 어려울 정도였다. 피부도 따로 관리를 받는지 나이에 비해 아주 깨끗한 편이었다.

"긴급하게 보고 드릴 것이 있어서 왔습니다, 부장님. 이쪽은 현재 3과를 맡고 있는 윤태형 과장입니다. 세부 사항이 궁금하시면 바로 답변 드릴 겁니다."

"알고 있어요, 윤태형 과장. 아주 성실하고 일 잘한다고 칭찬 많이 들었어요. 이번 작전에서도 기대하는 바가 커요. 허허허."

부장이 친근하게 웃으면서 말했지만 윤태형 과장은 그 웃음이 어쩐지 유권자를 대하는 웃음 같아서 불편하기만 했다.

"그럼 보고 드리겠습니다. 현장 요원들에 따르면 황민주는 고성능 박격포를 손에 넣은 것 같습니다. 박격포 부품이 발견된 위치와 상황을 종합해서 분석해 보면, 황민주는 매케인 대통령이 서울공항에 도착하는 순간 박격포를 이용해 매케인 대통령을 암살하려는 것으로 보입니다."

부장의 얼굴에서 웃음기가 사라졌다.

"그거 큰일이군요. 조금 전에도 대통령님과 함께 정상회담 관련된 이야기를 나누었는데, 이거 참."

부장은 도자기로 된 찻잔을 들어 커피믹스를 한 모금 마셨다.

"저희는 사태가 매우 심각해졌다고 판단하고 있습니다. 만약 암살이 성공한다면 한반도는 불바다가 될 것입니다. 설혹 실패한다고 해도 그렇게 될 수 있습니다. 거기에 설상가상으로 중국과 러시아가 끼어들게 된다면 3차 세계대전이 일어난다고 봐도 무방한 상황입니다."

"그렇겠지요. 미국이 바로 북에 폭격을 가할 테니까요. 한반도가 이라크나 아프가니스탄 꼴이 난다고 봐도 좋겠군요. 좋아요, 그럼 내가 뭘 결정해야 하죠?"

부장은 생각보다 침착한 목소리로 물었다. 정보 계통에 근무한 경험도 없고, 군대도 면제받은 정치인치고는 의연한 반응이라는 생각이 들었다.

"저희는 한미 정상회담을 미뤄야 한다고 생각하고 있습니다. 현장에서 실무를 담당한 팀의 판단입니다."

오인규 차장이 말했을 때 윤태형 과장은 속으로 차장이 참 대단한 사람이라고 생각했다. 한미 정상회담을 눈앞에 두고 있는 바로 이곳 청와대에서 감히 회담을 연기해야 한다고 말할 수 있는 차장급 공무원은 얼마 되지 않을 것이다.

"잠깐 생각 좀 해 봅시다."

부장은 잠시 눈을 감더니 관자놀이를 엄지손가락으로 누르며 의미를 알 수 없는 소리를 중얼거렸다. 윤태형과 오인규는 가만히 앉아 부장이 하고 있는 행동을 지켜볼 수밖에 없었다.

"이렇게 하죠."

마침내 부장이 눈을 떴다.

"대통령님의 의지는 국가안보회의를 통해 여러 차례 보여 주신 바 있어요. 그것은 바로 어떤 어려움이 있더라도 한미 정상회담을 무사히 끝내야 한다는 거죠. 테러의 위협? 대통령님께서도 잘 알고 있어요. 하지만 테러의 위협 때문에 회담을 연기한다면 그것은 바로 테러리즘에 굴복하는 거나 마찬가지죠. 나는 정보부장이에요. 그리고 나는 대통령님의 의지를 무조건 관철시켜야 하는 의무가 있고. 그런 내가 회담을 미루라는 건의를 대통령님께 드리는 일은 절대로 있어선 안 돼요."

윤태형 과장은 부장의 말에서 그 어떤 것보다 자신이 속해 있는 계파의 의지를 우선시하는 정치인의 굳은 신념을 읽을 수 있었다.

"알겠습니다. 하지만 저는 부장님을 보필하는 차장 입장에서 다시 한 번 조언을 드리고 싶습니다. 지금 우리가 접하고 있는 실제적인 위험은 단순히 테러뿐만이 아닙니다. 한반도, 아니, 동아시아 전체를 뒤흔들 수도 있는 3차 세계대전까지도 염두에 두어야 하는 위험입니다."

오인규 차장이 조심스럽게 말했다. 아무래도 부장의 의견이 너무 지나치다고 여기는 모양이었다.

"오인규 차장, 전쟁을 두려워해서 쓰나. 일국의 정보부 차장이 말이야. 나는 전쟁이 두렵지 않아요. 대통령님도 마찬가지이고. 우리가 테러리스트에게 맞서서 이기기 위해 필요한 건 죽음도 두려워하지 않는 불굴의 정신이에요."

부장의 말에 윤태형은 '무식하면 용감하다.'는 말이 떠올랐다. 부장의 말은 군대 경험이 없는 자의 무지이고, 정보부 경험이 없는 자의 무지이고, 전쟁 경험이 없는 자의 무지였다.

짐승들이나 반드시 경험을 통해서 뭔가를 배운다. 인간은 학습을 통해 얼마든지 경험을 대체할 수 있다. 하지만 윤태형이 보기에 부장은 전쟁이 뭔지 전혀 상상조차 하고 있지 않은 것 같았다.

"대통령님과 부장님의 뜻은 잘 알겠습니다."

오인규 차장은 이제 할 건 다 했다는 의미로 준비해 온 서류를 내밀었다. 대부분 정보부 요원들의 권한을 대폭 향상시키는 문서였다. 부장은 서류를 읽어 본 다음 몇 가지 질문을 했다. 질문은 과연 꼭 필요한 조치인지 묻는 것이었고 부장은 황민주를 잡기 위해서는 어쩔 수 없다고 답했다.

부장은 문서에 서명을 했다.

이제 이 문서를 통해 교전에 관한 수칙이 먼저 조치하고 나중에 보고하는 형태로 바뀌고, 민간인을 참고인으로 소환해 강제로 구금할 수 있는 시간이 무제한으로 늘어나게 된다. 언론 보도는 정보부가 법원에서 영장을 받는 형식으로 통제할 수 있게 되고, 국방부에 연락 요원을 파견해 군 병력을 직접 동원할 수도 있게 된다.

인권 단체가 안다면 당장 정부를 상대로 소송을 걸고도 남을 수준으로 정보부 방침이 바뀐 것이다.

"나는 돌아가서 대통령님께 상황을 보고 드리겠어요. 변동 사항 있으면 반드시 보고하시고, 필요한 거 있으면 꼭 요청하세요. 그리고 반드시 황민주를 잡아야 해요. 반드시."

부장은 다시 출마한 국회의원의 얼굴로 돌아가 악수를 나눈 다음 다시 국가안보회의로 돌아갔다.

　정보부로 돌아오는 길에 오인규 차장이 문서 하나를 보여 주었다. 조금 전 서명 받은 문서 중 한 장이었다.

　"일해부대 동원에 대한 문서군요."

　윤태형 과장은 오인규 차장이 사소한 부분까지 신경 써 준 게 고마웠다.

　"돌아가면 코드 내줄 테니 알아서 활용하게."

　"알겠습니다."

　"자네 혹시 르메이 장군에 대해서 아는가?"

　"2차 세계대전 때의 그 커티스 르메이 장군 말씀이십니까?"

　"그렇지."

　커티스 르메이(Curtis LeMay)는 미국의 공군 장성이다. 2차 세계대전 때 일본 폭격 작전을 지휘한 용장으로 유명하다.

　"쿠바 미사일 위기 때 르메이 장군이 지금 부장처럼 말했지. 전쟁을 두려워하지 말라고. 자네도 잘 알겠지만 만약 그때 케네디 대통령이 르메이 장군의 조언을 따랐다면 인류는 핵전쟁으로 멸망했을 거라네."

　"예, 저도 알고 있습니다. 르메이 장군의 부관이 이런 말을 했다고도 하더군요. '르메이 장군은 은유나 상징으로 하는 소리가 아니라, 글자 그대로 미친놈이다.'"

　윤태형 과장의 농담에 오인규 차장이 웃었다. 냉소적인 웃음이었다.

　"아이러니는 말일세, 전쟁을 두려워하지 말고 죽음을 두려워하지 말라고 말하는 사람들이 대부분 막상 전쟁이 일어나면 자기 자신은 결코 죽지 않는 안전한 위치에 있다는 점일세."

두 사람 다 아무 말이 없었다. 지금 나온 말의 무게가 무거운 까닭이었다.

"잊어버리게. 실언이었네."

차장이 덧붙였다. 하지만 그런다고 해서 두 사람 머릿속을 채우고 있는 무거운 생각이 가벼워지거나 날아갈 수는 없는 일이었다.

"기운 내자고, 윤 과장. 한반도에 전쟁 위기가 어디 한두 번 있었나? 하지만 그때마다 우리는 위기를 잘 이겨 냈네. 이번에도 우리가 열심히 하면 되는 일이야. 막을 수 있어. 늘 그랬듯."

"예, 알겠습니다."

"황민주를 잡자고."

"예, 차장님."

두 사람은 다시 정보부로 향했다. 황민주를 잡을 때까지 두 사람은 집으로 가지 못할 것이다.

황민주는 벤치에 앉아 있었다. 무겁게 지고 온 짐을 내려놓고 나니 마음이 홀가분했다. 해는 이제 완전히 기울어 머지않아 밤이 찾아올 거였다.

학생들이 삼삼오오 모여 다니는 게 눈에 들어왔다. 다들 뭐가 그리 즐거운지 환한 얼굴을 하고서 뭔가 재미있어 보이는 대화를 나누고 있었다. 황민주에게는 저런 대화를 나눈 기억이 없었다.

문득 짝귀 할아버지가 생각났다. 많은 것을 가르쳐 준 짝귀 할아버지는 이제 세상에 없다. 짝귀 할아버지가 죽은 날은 황민주에게 있어서는 세상에 존재하는 유일한 친구를 잃은 날이기도 했다.

연인 사이로 보이는 남녀가 손을 잡고 황민주의 앞을 지나갔다. 황민주는 두 사람을 보면서 김수동과 손을 잡고 걸었던 호숫가를 떠올렸다. 그때도 해가 지고 있었다. 김수동은 재미없는 농담을 땀을 뻘뻘 흘리면서 늘어놓았고, 황민주는 그게 귀여워서 웃어 주었다. 그러면 김수동은 세상을 다 가지기라도 한 것처럼 해맑게 웃으며 기뻐했다.

"수동아."

자기도 모르게 황민주는 김수동의 이름을 부르고는 화들짝 놀라 주위를 살펴보았다. 천만다행으로 들은 사람은 아무도 없는 것 같았다.

그런데 이름을 부르고 나니 가슴 한구석이 싸하게 아려 왔다. 도무지 이유를 알 수가 없었다. 왈칵 눈물이 쏟아질 것 같았다. 목구멍이 좁아져서 침을 삼키기가 힘들 지경이었다.

조금 더 감상에 젖고 싶었다. 조금 더 추억을 되새겨 보고 싶었다. 황민주는 시계를 보았다. 이제 이런 식으로 허비할 수 있는 시간은 얼마 남지 않았다. 하지만 황민주는 몇 분 남지 않은 짧은 시간 동안만이라도 수동을 기억하고 싶었다.

아쉬운 시간은 늘 쉬이 흘러 버리고 만다. 황민주는 자리에서 일어섰다. 벤치를 떠나는 게 꼭 예전에 수동을 떠났던 그 순간처럼 아쉽고 서글프기만 했다. 이제는 떠나야 할 때였다. 걷는 걸음이 무겁기만 했다.

이제 시간이 되었다. 황민주는 소리를 기다리며 천천히 걸음을 옮겼다.

가방을 열람실 의자 위에 둔 다음 의자를 테이블 밑으로 밀어 넣었다. 두꺼운 테이블이 충격을 흡수해 사상자를 최소화해 줄 것이다. 그리고 테이블 위에는 챙겨 온 시집을 올려놓았다. '초토의 시'라니 어쩐지 폭탄과 잘 어울리는 시집 제목 같았다.

황민주는 행정동 건물을 지나 잔디밭을 가로질렀다. 아무도 그녀를 눈여겨보지 않았다. 혹시 누군가 그녀를 지켜보고 있었다고 해도 이제 곧 시선은 돌아갈 수밖에 없을 것이다.

잠시 후 마침내 기다렸던 거대한 폭음이 들려왔다. 폭음과 함께 유리창이 산산이 부서지는 소리, 그리고 비명 소리가 들렸다.

황민주는 전혀 몰랐던 것처럼 연기하며 폭발음이 들려온 쪽으로 몸을 돌렸다. 서울대 중앙도서관 3층 일반 열람실에서 시커먼 연기가 피어오르고 있었다. 길을 가던 학생들은 모두 걸음을 멈추고 황민주와 같은 곳을 바라보았다. 학생 몇이 황급히 도서관 쪽으로 달려가는 게 보였다. 몇몇 학생은 자리에 주저앉기도 했다.

학생들 사이를 지나는 발걸음이 가벼워졌다. 또 한 번의 임무를 성공적으로 완수한 것이다. 굳이 성공했다는 메시지를 보낼 필요도 없었다. 이제 곧 남조선의 모든 방송 매체에서 황민주가 공작에 성공했다는 정보를 온 세상으로 퍼뜨려 줄 것이다.

집으로 돌아가면 편하게 누울 수 있을 것 같았다. 황민주는 한참 동안 김수동을 추억하는 것으로 임무를 성공적으로 수행한 자신에게 상을 줄 생각이었다. 아마도 꽤 달콤한 밤이 될 것 같았다.

버스에 오르자 빈자리가 보였다. 황민주는 앉아서 갈 수 있게 된 것이 행운이 찾아왔음을 의미하는 것 같아서 기분이 좋아졌다. 돌아가는 길 내내 황민주는 이 행운이 다음 임무를 수행할 때까지 이어지기를 바라는 마음이었다.

사이렌 소리가 요란하게 울려 퍼지기 시작했다.

8. 미끼와
        미끼

안전가옥에서의 식사는 형편없었다.

배달 음식이라도 시켜 먹었으면 좀 나았겠지만, 백정규는 팀을 몇 개로 나누어 근처 편의점으로 보냈다. 그리고 팀당 각각 먹을거리를 3인분씩 사 오라고 시켰다.

"갑자기 모르는 집에서 한꺼번에 10인분 넘게 시키면 누가 봐도 수상해."

낯선 장정들이 몰려와 근처 편의점에서 샌드위치, 김밥, 햄버거 따위를 사 오는 것도 수상하기는 하겠지만, 적어도 한 번에 10인분을 배달시키는 것보다는 덜 의심스러울 것이다. 그러니 뭐라고 반박은 할 수 없었지만 차가운 편의점 김밥으로 저녁 식사를 대신하는 건 그다지 즐거운 경험은 아니었다.

비록 마음에 들지 않는 식사라고 해도 식사 시간은 식사 시간이었다. 요원들은 잡담을 나누며 각자 사 온 샌드위치와 김밥을 들었고, 수동도 여준석과 이야기를 나누었다.

"일단 각오는 해 둬야 할 거야."

여준석이 김밥 하나를 우물거리면서 말했다.

"각오?"

"명령 떨어지면 너는 나하고 같이 성남 시내를 돌아다니게 될 거야.

우리가 잡은 그 중국인이 통화를 한 기록이 있는 걸로 봐서, 놈들은 우리 차량 번호를 알고 있다고 봐야겠지. 우리를 찾고 있을 거야. 너하고 나 말이야."

"음, 그러니까 우리가 미끼가 된다는 거네?"

수동은 무시무시한 소리를 김밥을 씹으면서 아무렇지도 않게 말하는 여준석의 태도에 감탄하면서 이렇게 물었다.

"아냐, 네가 미끼가 되는 거지. 황민주가 내가 누군지 알겠어?"

점입가경이라더니 여준석의 태도가 딱 그랬다. 수동은 더 이상 할 말을 잃었다.

"그런데 황민주가 도대체 왜 널 찾는 걸까? 너, 분명히 뭔가 말 안 한 게 있어. 설마 네가 의도적으로 뭔가를 숨기고 있는 건 아닐 테고. 흐음, 한 번 생각해 봐. 황민주가 널 찾는 이유 말이야."

"글쎄⋯⋯."

수동이 뭔가 이야기를 해 보려고 하는데 여기저기서 이어지던 잡담 소리가 딱 끊어졌다. TV를 보고 있던 백정규가 소리를 쳤기 때문이었다.

"조용히!"

백정규는 드라마를 보고 있었는데, 뉴스 속보 자막이 뜨자마자 채널을 24시간 뉴스 채널로 옮겼다.

화면에는 시커먼 연기가 피어오르는 서울대학교 중앙도서관이 나오고 있었다.

각 언론사에서 몰려온 기자들이 도서관 주변에 진을 치고 있었다. 경찰들이 폴리스 라인을 설치하고 도서관 출입을 통제하고 있었다. 119 구급 대원들이 분주하게 뛰어다니고 있었고, 들것에 실려 나오는 사람들의 모습도 보이고 있었다. 여기저기서 방송용 조명이 켜졌고, 그 조명 밑에서는 기자들이 다급한 목소리로 현장 소식을 전하고 있었다.

전경을 잡기 위해 먼 곳에서 찍은 영상에서는 기자들이 현장 목격자들의 인터뷰를 따기 위해 동분서주하고 있는 모습이 보였다. 언뜻 보아서는 학생들과 기자들을 구분하기 어려울 정도로 너 나 할 것 없이 당황한 모습이었다.

24시간 뉴스 채널에서 부상당한 목격자의 증언이 나왔다. 학생으로 보이는 20대 청년이었는데 이마에서 피가 흘러내리고 있었다.

- 공부하고 있는데 쾅 하는 폭음이 들렸어요. 사람들이 막 뛰어다녔고, 누군가 '불이야!' 하고 외쳤고, 저도 사람들 따라서 내려오다가 넘어졌어요. 아, 머리를 다쳐서, 누가 밟고 지나간 것 같기도 하고, 아무튼 제가 본 건 그래요.

청년은 살짝 횡설수설하고 있었다. 머리를 다쳐서 그렇다고 하기보다 경황이 없어서 그런 것 같았다. 구급 대원 하나가 청년을 부축해서 일으켜 세우는 바람에 인터뷰는 중단되었지만 더 길게 한다고 해도 더 나올 이야기는 없었으리라.

"야, 저기 한창남 요원 아니냐? 한창남."

백정규가 화면 뒤쪽으로 살짝 보이는 검은 양복을 입은 사내를 손가락으로 가리키면서 말했다. 같이 TV를 보고 있던 요원 하나가 그렇다고 하자 백정규는 바로 전화를 걸었다. 신기하게도 TV에 나오고 있던 검은 양복을 입은 사내가 전화를 받았다.

"야, 한창남이! 너 지금 TV 화면에 나오고 있어! 당장 거기서 비켜!"

통화가 연결되자마자 백정규가 소리쳤고, 검은 양복을 입은 사내는 당황하면서 폴리스 라인 안쪽을 통해 도서관으로 들어갔다.

"폭탄 테러냐? 테러 맞지? 응응, 그래. 그럼 맞네. CCTV 확보했어? 관할 경찰? 야, 우리가 무조건 먼저잖아, 먼저. 어, 그래. 알았다. 그래, 수고!"

백정규는 전화를 끊었다.

"아무래도 황민주 짓 같다. 이거 좀 심한데. 낮에 사람 쏴 죽이고, 저녁에는 폭탄 테러. 이러다가 밤에는……."

백정규가 뭐라고 말을 덧붙이려는데 전화벨이 울렸다. 백정규는 바로 전화를 받았다.

"어, 판 주임. 그래, 나도 지금 뉴스 봤어. 황민주 맞지? 그렇지?"

판진아가 그렇다고 대답한 모양이었다. 백정규는 손가락으로 요원들에게 사인을 보냈다. 요원들이 신호에 맞추어 일사불란하게 자리로 돌아갔다.

"그럴 줄 알았어. 현장에서 CCTV 바로 전송할 거야. 아, 거참. 벌써 현장 나가 있는 한창남이하고 통화했지. 그래, 금방 들어갈 거야. 확인이 되거나 말거나 일단 우리는 우리대로 작전 진행할게. 내가 여기 현장 지휘 들어갈 테니까 걱정하지 마."

백정규는 통화를 하면서 여준석에게 손짓으로 신호를 보냈다. 수동은 그 손짓이 뭘 의미하는지 정확하게 알 수는 없었지만 여준석이 한숨을 내쉬며 자리에서 일어서는 걸 보니 좋은 의미는 아닐 거라는 것 정도는 눈치 챌 수 있었다.

여준석은 말없이 수동에게 방탄조끼와 K-5 권총, 그리고 가죽으로 된 권총집을 내밀었다.

"입어."

수동이 그것들을 받아 들고는 멍하니 눈만 껌뻑이고 있자 여준석이 덧붙였다.

"우리 나갈 거야. 입어."

수동이 '나간다.'는 말이 무슨 의미인지 이해해 보려고 노력하는 사이 여준석은 통화를 마쳤다.

"여준석이 차 CCTV 연결해. 판 주임이 성남시 교통 CCTV 코드 보내 줬으니까 그것도 띄우고, GPS 좌표도 지금 미리 맞춰. 여준석이, 임무는 이해하고 있지?"

"예."

여준석은 방탄조끼 끈을 조절하면서 대답했다.

"간단하게 설명할게."

방탄조끼를 갖춰 입은 여준석과 수동을 향해서 백정규가 말했다.

"지금 당장 밖으로 나가서 성남 시내를 돌아다녀. 너희가 먼저 황민주를 찾든지, 아니면 황민주 패거리가 너희들을 찾든지 둘 중 하나야. 황민주 보면 바로 잡아. 황민주 동료가 따라붙어도 바로 잡아. 잡아서 여기서 족쳐서 본거지 알아낸 다음에 일해부대하고 같이 친다. 이게 작전이다. 알겠지?"

정말 간단한 설명이었다. 수동도 무슨 말인지 쉽게 이해할 수 있었다. 다만 작전의 모든 부분이 우연히 일어나는 사건을 미리 가정하고 있다는 점만 빼면 이해할 수 없는 부분은 없었다.

"저, 그런 식으로 정말 황민주, 찾을 수 있을까요?"

수동이 조심스럽게 물었고, 곧 여준석 뒤로 몸을 피했다. 질문을 받은 백정규가 한 대 칠 기세로 수동을 노려보았기 때문이다.

"당장 나가! 일단 나가서 확인해. 어서!"

여준석은 거수경례를 붙이고 먼저 안전가옥 밖으로 나섰다. 수동은 자신도 거수경례를 해야 하나 아니면 목례를 해야 하나 망설이다가 인사할 타이밍을 놓치고 어정쩡하게 여준석을 따라나섰다.

"정말 그렇게 하는 거야?"

수동이 여준석에게 물었다.

"못 들었어? 그렇게 하는 거야."

"아니 너무 주먹구구식인 것 같아서……."

"넌 그런 거 신경 쓸 거 없어. 지금 황민주 잡으려고 움직이는 팀이 우리 하나인 줄 알아? 수십 개 팀이 수백 가지 방법을 동원해서 황민주를 추적하고 있어. 아직도 황민주 중학교 동창 인터뷰하는 팀도 있단 말이야. 그러니까 넌 그냥 잠자코 날 따라오기만 하면 되는 거야. 알겠지?"

여준석은 씩씩하게 차가 주차되어 있는 지하 주차장으로 향했다. 수동은 여준석의 말 그대로 따르는 것 말고는 달리 선택할 수 있는 게 없었다.

판진아는 사건이 발생하자마자 과장실로 급히 달려갔다. 일해부대 투입 승인에 대한 이야기를 하기 위해서였다.

"과장님, 일해부대를 박다은과 함께 성남으로 급파하려고 해요. 명령 코드를 실행시켜 주셨으면 합니다. 부장님께 보고 드리셨죠?"

"그래, 보고 드렸다."

과장은 살짝 짜증이 난다는 투였지만 판진아는 신경 쓰지 않았다.

"그리고 강석규는 여기 남아서 황민주 얼굴 식별을 도와야 해요."

"그래, 강석규는 지휘 통제실로 보내지. 현장 요원들에게 수상한 20 대 여자를 발견하면 바로 사진 찍어서 지휘 통제실로 전송하라고 할 테니, 거기서 얼굴 식별하게."

"그런데 시민을 검문해서 사진을 전송하는 건 기본 수칙이 아닌데, 괜찮을까요? 나중에 야당하고 인권 단체에서 난리 칠 수도 있을 텐데요."

"괜찮아."

과장이 서류 뭉치를 보여 주면서 말했다. 청와대에 들어가 정보부장에게 직접 서명을 받은 기본 수칙 변경 서류였다.

"박다은이 문제도 그렇고 이것도 그렇고, 아마 나중에 문제가 되기야 하겠지. 하지만 그 책임은 전적으로 우리 부장님이 질 거야."

판진아는 과장의 말을 충분히 이해했다. 어차피 임기도 끝나 가는 정치인 출신 부장이었다. 부장이 이런 중요한 일에 자신을 희생하겠다고 한다면 현장 요원 입장에서야 당연히 기쁘게 받아들일 수밖에 없었다.

과장실을 나와 강석규를 이동시키라는 명령을 실행하기 위해 절차를 밟고 있는데 분석팀에서 영상이 도착했다. 서울대학교 도서관 CCTV 화면이었다.

서울대학교 도서관 CCTV를 확보한 현장팀은 그 자리에서 즉시 국가정보부로 영상을 전송했다. 전송된 영상은 정보부 분석실에서 분석을 마치고 각 파트로 전송되었다. 영상이 최종 분석 결과와 함께 판진아의 손에 들어온 것은 사건 발생 직후 불과 30분 이내였다. 빠른 결과를 얻기 위해 얼마나 많은 요원들이 고생했을지는 굳이 말할 필요도 없을 거였다.

"지난번 지하철 테러 사건의 CCTV 화면과 동일 인물로 판단된다는 분석 결과로군."

판진아는 영상을 가지고 온 요원에게 말했다.

"다른 파트 어떻게 움직이고 있는지 좀 들은 거 있어?"

판진아가 영상을 훑어보면서 물었다. 흐릿한 흑백 화면이긴 했지만 선글라스를 낀 거나 마스크를 쓴 거나 지하철 CCTV 영상과 같은 여자인 건 분명해 보였다.

"판 주임님 파트 빼고는 대부분 현장 검문에 투입된 것 같습니다. 황민주가 성남으로 돌아갈 거라는 판단을 근거로 성남으로 통하는 도로, 외곽선, 지하철이 모두 검문 대상이 되었습니다."

"교통 대란이겠군."

"국가 비상사태인데 별수 없지 않습니까."

판진아는 건성으로 고개를 한 번 끄덕인 다음 요원에게 가 보라는 손짓을 보냈다. 지금 당장 생각해야 할 것들이 몇 가지 있었다.

우선 정치적인 부분을 먼저 생각해 보지 않을 수 없었다. 정보부장이 무리하게 기본 수칙을 바꾼 건 당장은 환영할 일이었다. 당장은 한미 정상회담을 눈앞에 둔 시점이니 어떻게든 사태가 해결될 때까지는 큰 문제가 되지 않을 것이다. 하지만 사태가 장기화되거나 한다면 이 부분은 언제고 더 큰 부담으로 다가올 공산이 컸다. 야당과 시민 단체가 두고두고 물어뜯을 먹잇감이 될 수도 있을 것이고, 반대로 지금 상황이 계속 악화된다면 최악의 사태, 즉 계엄령이 선포될 수도 있었다.

여기까지 생각을 진전시키고 나니 만약 계엄령까지 사태가 진전된다면 일개 정보부 주임인 판진아가 할 수 있는 건 없을 것 같았다. 그렇다면 정치 문제를 고민하는 건 일단 접어 두어야 했다. 현 시점에서 아무것도 할 수 없는 상황까지 고민할 이유는 없었다.

다음으로 생각해야 할 건 황민주에 대해서였다.

정보 분석팀에서는 별다른 언급이 없었지만 판진아는 두 개의 CCTV 영상을 본 후 의문이 떠올랐다.

판진아가 보기에 황민주는 일부러 CCTV에 자신을 노출시키는 것 같았다. 그것도 정확한 얼굴 식별은 어렵지만 누구인지 확인이 가능할 정도로만. 만약 그렇다면 이건 황민주가 직접 정보부에 메시지를 보낸 것이나 마찬가지이다.

'두 번의 테러 모두 다 내가 저지른 건 맞지만 정확한 식별은 불가능하니 이 CCTV 영상으로는 날 찾을 수 없을 거야.'

판진아는 흐릿한 흑백사진 속 황민주가 자신을 향해 이렇게 말하고 있는 것만 같았다. 여기서 중요한 건 '왜?'라는 것이다. 왜 황민주는 자신이 범행을 저질렀다는 걸 확인시켜 주려고 했을까? 정말 황민주의 목표는 한미 정상회담인 것일까? 혹시 다른 의도가 숨어 있는 건 아닐까?

이 부분은 더 생각해 보고 싶었지만 당장은 시간이 없었다.

"판진아 주임님, 성남에서 잡아 온 중국인 도착했습니다."

요원이 중국인을 데리고 취조실로 들어갔다. 미리 준비하고 있던 중국어 신문 전문 요원이 자리에서 일어섰다.

"같이 들어가지."

판진아가 말했다. 아무래도 오늘 밤은 철야를 하지 않을 수 없을 것이다. 요원 아무나 시켜서 영양제라도 좀 사 놓아야겠구나 싶었다.

정보부에서 열심히 황민주를 찾아내기 위해 애를 쓰고 있는 사이, 정작 황민주는 성남의 사무실에 도착했다. 사무실에서는 황태산이 TV를 시청하면서 황민주를 기다리고 있었다.

"고생했다."

돌아온 황민주에게 황태산이 말했다.

황민주는 대답 대신 가발을 벗고 입에 물고 있던 솜을 뱉었다. 가발과 솜 약간을 무는 것만으로 황민주는 CCTV를 인화한 사진 속 여자와는 완전히 다른 인상을 연출할 수 있었다. 하지만 황민주의 변장을 도운 가장 결정적인 물건은 임신복과 임신복 안에 넣어 둔 가짜 배였다. 황민주는 임신복을 들어 올리고 테이프로 고정시킨 가짜 배를 벗어던졌다.

"뉴스 나오나 봐요."

황민주는 곁눈질로 힐끗 뉴스 화면을 보고는 자리에 앉으면서 이렇게 말했다.

TV에서는 서울대 도서관 폭탄 테러에 대한 뉴스가 계속해서 흘러나오고 있었다. 이어서 무장한 경찰 특공대와 경찰견이 순찰을 도는 모습과 검문검색을 강화한 도심의 공공건물 화면이 이어졌다.

"내 예상대로야."

"아직까지는 그렇겠죠."

"그래, 아직까지는."

황태산은 황민주를 보면서 중얼거리듯 혼잣말처럼 말했다.

계획은 오래전에 세워 두었다. 실행을 위한 준비도 철저했다. 하지만 그런 노력이 계획을 성공시킨다는 보장은 없다. 모든 계획에는 변수가 생기기 마련이다. 물론 계획 단계에서 변수를 미리 예상하는 건 기본이다. 그러나 언제나 예상 밖의 변수가 생긴다. 그리고 그 변수가 계획의 성공과 실패를 가른다.

"수동이는 지금 어디에 있나요?"

황민주가 물었다. 물론 김수동은 계획에 포함되어 있는 변수였다. 또한 가장 예측하기 어려운 변수이기도 했다.

"지금 여기 성남에 있어."

"정보부에서 데리고 왔죠? 절 찾으려고."

"그랬지."

"지금쯤 절 찾아서 성남 시내를 돌아다니고 있을지도 모르겠네요. 정보부 요원 차를 타고서 말이죠."

"아마 그럴 거야."

황태산은 핸드폰을 만지작거리면서 말했다. 만약 차우차우와 그의 동료들이 김수동을 발견하게 된다면 전화로 연락을 주기로 되어 있었다. 이미 오래전에 부탁한 일이었다.

"수동이는 자기가 미끼라는 걸 알고 있을까요?"

"글쎄."

정보부에서 김수동에게 사실대로 말해 줬을지, 아니면 전혀 엉뚱한 핑계를 대고 미끼로 써먹기만 하고 있을지는 알 수 없는 일이었다.

"자기가 미끼로 쓰인다는 걸 안다면 기분이 어떨까요?"

"글쎄다. 상황에 따라서 다르지 않을까?"

황태산은 솔직히 말했다.

"그렇겠죠. 신세진 걸 갚기 위해서 기꺼이 미끼가 되어 주는 사람도 있으니까."

황민주의 말을 끝으로 두 사람 사이에 잠시 침묵이 흘렀다. 덕분에 TV에서 흘러나오는 뉴스 소리가 더 크게 들렸다. 황민주는 자리에서 일어나 창가로 향했다. 황태산은 황민주가 무엇을 보는지 짐작할 수 있을 것 같았다.

"사망자는 없는 것 같구나."

황태산이 말했다.

"심하게 다친 사람은 꽤 있을 거예요."

"뉴스에 나온 걸 보면 죽지는 않을 것 같다."

"신도림에서도 그랬죠. 사람이 죽을 줄은 몰랐어요."

황민주는 시선을 창가에서 떼지 않고 있었다.

"밟혀 죽는 사람까지 우리가 예상할 수는 없지. 아니, 예상했어도 어쩔 수 없는 일이고."

"사람을 미끼로 쓰는 일도 그렇겠죠."

역시나 황민주는 김수동을 생각하고 있는 게 분명했다.

"정보부가 작전 중에 민간인을 미끼로 쓰는 건, 이런 상황이라면 전세계 어느 나라 정보부나 마찬가지일 거야. 사실 지금처럼 급박한 상황이라면 더한 짓도 얼마든지 할 수 있지."

"그래요, 이건 전쟁이니까요. 전쟁에 반칙 같은 게 어디 있냐고 짝귀할아버지가 그랬죠."

"그래, 전쟁이니까."

"성남의 밤거리는 위험한데."

황민주는 이렇게 말하고는 뭐가 재미있는지 혼자 웃었다.

"오늘 밤은 특히 위험한 밤이 될 거야."

아마 차우차우에게 가장 위험한 밤이 되겠지. 황태산은 이 생각을 입 밖으로 내지는 않았다. 황민주는 여전히 창밖을 바라보고 있었다.

김수동은 여준석과 함께 차를 타고 이동하고 있었다. 처음 얼마간은 CCTV와 GPS가 안전가옥에 있는 장비들과 연결이 잘되었는지를 파악하는 데 시간을 썼지만 잠깐뿐이었다. 곧 침묵이 이어졌고, 차는 해가 진 성남의 밤거리를 글자 그대로 목적지 없이 달리기 시작했다.

"이런 식으로 정말 황민주를 찾을 수 있을 것 같아?"

지루한 시간을 견디지 못하고 수동이 물었다.

"너, 현장 요원에 대해서 정말 모르는구나?"

여준석은 이렇게 반문했다.

"당연히 모르지. 내가 어떻게 국가정보부 현장 요원이 하는 일을 알겠어? 난 PC방 알바거든. 그 전에는 모델도 했지만."

수동이 비꼬는 투로 말했지만 그러거나 말거나 여준석은 그냥 자신이 하고 싶은 말을 이어갔다.

"현장 요원은 자기가 맡은 일을 하는 거야. 딱 그것뿐이야. 우리가 하는 일 대부분은 기다리는 일이야. 실제 상황은 늘 금방 끝나 버리지. 대부분의 경우 실제 상황은 일어나지 않아. 그런 일이 반복되는데 '내가 이 일을 해서 성공할 수 있을까?' 같은 생각을 하게 되면 어떻게 될까? 대가리가 터져 버리겠지. 아니면 속이 터지거나."

"간단하게 말해서 잔말 말고 따라오라는 거지?"

"그렇다고 할 수 있지."

수동은 차창 밖을 내다보았다. 어두워진 성남의 밤거리를 밝히는 간판들이 빛을 발하고 있었다. 불빛들을 보고 있자니 '잔말 말고' 따라가고 싶지 않다는 생각이 들었다. 문득 조금 전 안전가옥에서 들었던 일해부대 생각이 났다.

"준석아, 일해부대가 뭐야?"

사실 수동은 여준석이 예의 그 '죽어야 한다.' 어쩌고 하는 농담을 할 거라고 생각했다. 하지만 여준석은 뜻밖에도 반문을 했다.

"너 일해가 뭔지 알아?"

"어디서 들어 본 말 같긴 한데. 전직 대통령 호 아닌가? 그런 이름의 재단도 있었던 것 같은데……."

수동은 언뜻 생각나는 것을 두서없이 말했다.

"일반인들이 일해부대 명칭을 들으면 종종 그렇게 오해를 해."

여준석은 여기서 잠시 사이를 두었다가 차분하게 설명을 이어갔다.

"일해부대는 정보부 내에서도 이러쿵저러쿵 소문이 많은 부대야. 소문은 대충 이래. 전직 대통령이 재단을 운영할 때 고아들을 모아서 밥 주고 돈 주면서 키운 부대라는 둥, 죄수 중에 연고 없는 사형수들을 모아 놓은 부대라는 둥, 북파 공작원 중에서 북한 놈을 직접 죽여 본 사람만 모아 놓은 부대라는 둥. 다 근거 없는 소리야. 군사 정권 때 만들어진 부대인 건 맞지만 그저 애국심이 투철한 사람들로 모인 전투력이 아주 뛰어난 부대일 뿐이야. 그러다 보니 복무 기간이 길어졌고, 전공을 세울 기회가 다른 부대보다 많았을 뿐이고."

수동은 여준석이 사실이 아닌 소문까지 설명을 해 주다니 참으로 친절하구나 싶었다. 물론 혼자만 생각한 농담으로.

"그런데 아까 그 백곰이라는 선배, 판진아가 일해부대를 부른 것 같다는 거에 왜 그렇게 화를 낸 거야?"

김수동이 물었다.

"그야 당연히 지금 현장팀 지휘관이 백정규 선배인데 선배한테 말도 안 하고 다른 부대를 불렀으니까 그렇지. 너 군대 다녀왔잖아. 지휘체계 몰라?"

여준석이 여기까지 말했을 때 스피커폰으로 갑자기 백정규의 목소리가 들려왔다.

- 야, 쓸데없는 잡담은 거기까지만 해! 좀만 더 말하면 내가 직접 가서 아주 둘 다 죽여 버릴 테니까.

"오해하고 있을까 봐 설명해 준 겁니다, 백곰 선배."

수동은 불쑥 튀어나온 백정규의 목소리에 소름이 돋을 정도로 놀랐지만 여준석은 조금도 흔들리지 않고 태연하게 말했다.

- 알았어. 앞으론 입 조심해.

"예."

여준석은 운전을 하면서 다시 수동을 향해서 말을 이어갔다.

"내가 일해부대 설명을 한 건 우리 임무를 정확하게 이해시키기 위해서야. 우리는 지금 황민주, 혹은 황민주 일당을 유인하고 있어. 우리가 할 일은 황민주의 위치를 찾는 거야. 그 방법은 지금 우리를 지휘하고 있는 백곰 선배가 찾을 거야."

"위치를 찾고 나면?"

수동은 자신의 목소리가 살짝 떨리고 있는 것을 느꼈다. 어떤 대답이 나올지 짐작이 갔기 때문이다.

"일해부대가 나설 거야. 설명한 그대로야. 일해부대는 타격 부대야. 절대 놓치는 법이 없어. 인질 구출 같은 건 못 할지 몰라도 없애는 거 하나는 최고지. 물론 황민주 같은 스파이를 사로잡는다면 정말 큰 소득이 될 거야. 하지만 지금까지 북한 스파이 중에 황민주급 스파이가 사로잡힌 예는 별로 없어."

"그럼?"

"자살하거나, 우리한테 죽거나."

수동은 잠시 황민주가 총에 맞아 죽는 장면을 상상해 보았다. 처음에는 총성과 피가 떠올랐다. 하지만 구체적인 영상은 떠오르지 않았다. 고작해야 언젠가 케이블 TV에서 보았던 영화 '우리에게 내일은 없다'에서 보니 역할을 맡은 페이 더너웨이가 죽는 장면 정도가 연상될 뿐이었다.

황민주가 죽는다.

수동은 생각을 이어갈 수가 없었다. 그저 의문만 계속해서 떠올랐다.

왜? 황민주가 테러리스트라서? 그래서 죽어야 한다고? 아니, 황민주가 정말 테러리스트가 맞기는 한 걸까? 그 흐릿한 사진 한 장만으로 확실하게 알 수 있는 걸까?

하지만 이런 의문들도 그저 마구잡이로 떠오르기만 할 뿐, 어떤 일관된 생각으로 이어지지는 않았다. 오히려 수동은 황민주와 함께했던 시간들이 더 많이 떠올랐다. 함께 걸었던 길, 함께 앉아 있었던 공원의 벤치, 커피를 마시며 손을 잡고 이야기를 나누던 카페, 그리고 침대.

그랬다. 황민주와는 첫 데이트를 한 날 한 침대에서 같이 잤다.

호숫가를 걷던 중이었다. 황민주가 문득 물었다.

"오늘 집에 들어갈 거야?"

짧지만 많은 의미를 담고 있는 질문이었다. 수동은 뭐라고 대답을 해야 할까 한참을 심각하게 고민했다. 들어간다고 해야 하나? 기회를 놓치는 거 아닐까? 안 들어간다고 할까? 너무 속 보이는 대답 아닐까? 잘 모르겠다고 할까? 우유부단하다고 생각하지 않을까? 그렇다면 뭐라고 해야 하지? 농담처럼 가볍게 같이 있고 싶다고 할까?

"너, 귀엽다."

침묵이 길어지자 황민주가 웃으면서 말했다. 그러고는 자신이 먼저 손을 내밀어 수동을 근처 모텔로 끌고 갔다. 여자한테 손목을 잡혀서 모텔로 들어가는 기분은 좋기도 했지만 어디 가서 자랑스럽게 떠들고 다닐 만한 것도 아니었다. 서슴없이 옷을 벗고 상황을 주도하는 황민주와는 달리 수동은 부끄러움을 탔다. 귀엽다는 말을 듣는 걸 좋아하는 남자는 별로 없을 것이다. 하지만 그날 밤 이후, 수동은 귀엽다는 말을 칭찬으로 이해하기로 마음먹게 되었다.

연애가 시작되자 수동은 불안했다. 처음 봤을 때부터 수동은 황민주가 어느 날 불쑥 떠나 버릴 것 같다는 예감을 가지고 있었다. 그건 황민주가 자신에 대해서 드러내는 법이 없기 때문이기도 했고, 연락이 닿지 않는 일이 흔했기 때문이기도 했다.

처음에는 핸드폰만 연결이 안 되어도 불안했다. 이대로 영영 연락이 닿지 않을 것만 같았다. 하지만 시간이 지나자 연락이 닿지 않으면 그냥 바쁜가 보다 하고 하루나 이틀 정도는 믿음을 가지고 참을 수 있게 되었다.

조금 지나자 사흘 이상 연락이 닿지 않으면 불안해졌다. 하지만 그 불안도 시간이 해결해 줬다. 일주일은 충분히 참을 수 있을 정도가 된 것이다. 헤어지기 직전에는 거의 한 달은 연락 없이 살아도 걱정을 하지 않을 수 있게 되었다. 그리고 그 정도의 믿음이 쌓였을 때 황민주는 말했다.

"그동안 고마웠어."

그렇게 황민주는 떠났다. 그리고 오늘에 이른 것이다.

뭔가 창문을 두드리는가 싶었다. 수동은 그것이 빗방울이라는 것을 곧 깨달았다. 가느다란 빗줄기는 한 방울, 또 한 방울 창문에 달라붙고 있었다.

"오늘 비 온다고 했던가?"

수동이 창밖을 보면서 혼잣말처럼 중얼거렸다.

"잠깐만 있어 봐."

여준석이 컴퓨터를 조작했지만 수동은 시선을 차창에서 떼지 않았다. 어차피 일기예보를 검색할 거라고 생각했기 때문이다.

빗방울은 계속해서 달리는 차창에 자신을 던지고 있었다. 힘없는 빗줄기는 제대로 된 소리조차 내지 못하고 그대로 창문을 타고 흘러가 버렸다. 바람을 따라 흘러가는 빗방울은 얼마나 나약한가. 수동은 자신의 처지갸 빗방울보다 그다지 나은 것 같지 않았다.

"비 올 확률 50퍼센트라네. 젠장, 이런 예보는 나도 하겠다. 비가 올 지도 모르고 안 올지도 모른다는 소리를 하고도 돈은 받겠지? 쳇."

여준석이 농담 투로 말했다. 수동은 얼마 전 PC방에서 일하다가 본

가십거리가 떠올랐다.

"전에 출산 예정일을 입력하면 나올 아이가 아들인지 딸인지 구별해 주는 사이트가 있었어. 아마 한 건당 5천 원인가 받았을걸. 음양오행과 사주, 거기에 바이오리듬을 추가해서 분석한 자료하고 함께 결과가 나왔지. 나중에 그 사이트, 누가 고발해서 경찰서에 잡혀가게 됐는데, 조사해 보니까 예측한 결과가 적중할 확률이 50퍼센트였다고 하더라고."

수동은 여전히 빗방울에서 눈을 떼지 못하고 있었다.

"틀리면 돈은 돌려줬을까?"

여준석이 여전히 컴퓨터를 조작하면서 말했다.

"안 돌려줬나 봐. 그러니까 경찰이 수사에 나섰지."

"하긴."

수동은 얼굴을 차창 쪽으로 붙이고 밤하늘을 올려다보았다. 도시의 밝은 불빛 때문에 원래도 밤하늘에 별이 잘 보이지는 않았지만, 오늘 밤은 유달리 별이 없는 것 같았다. 구름에 가린 달이 온 힘을 다해 빛을 발하고 있었다. 하지만 그래 봐야 고작 먹구름 사이로 빗방울보다 가느다란 빛줄기를 내뿜을 뿐이었다.

"수동아, 이거 봐 봐."

여준석이 말했다.

"일기예보 같은 거 봐서 뭐 해? 내가 지금 하늘을 보니까 말이야, 비 올 확률이 50퍼센트네."

수동이 비아냥거리자 여준석은 수동의 어깨를 손가락 끝으로 쿡쿡 눌렀다. 수동은 귀찮다는 듯 과장되게 인상을 쓰면서 모니터 쪽으로 고개를 돌렸다. 그리고 잠깐 동안 아무 말도 하지 않다가 모니터 속으로 들어가기라도 할 것처럼 고개를 쑥 내밀었다.

"어? 이거, 연미……, 김연미 아냐?"

화면에는 여준석과 김수동의 중학교 동창 김연미의 얼굴이 떠 있었다. 증명사진인지 사무적으로 보이는 미소를 짓고 있는 얼굴이었다.

"그래, 우리 학교 다닐 때 인기 많았던 연미복 김연미."

여준석이 모니터에 있는 버튼을 몇 번 누르자 화면에 김연미의 최근 근황이 출력되었다.

"어라? 연미 캐나다로 유학 갔네?"

"한국은 좁았나 보지."

여준석이 다시 몇 번의 버튼을 누르자 김연미의 최근 사진이 화면에 출력됐다. 일본인 아니면 중국인으로 보이는 남성들과 어깨동무를 하고 찍은 사진이 먼저 눈에 들어왔다. 아마 어디선가 벌어진 파티에서 찍은 듯 뒤에는 백인들이 술병을 들고 서성이고 있었다. 수영장에서 비키니를 입고 백인 친구와 볼을 맞대고 찍은 사진도 있었다.

"와! 중학교 때 얼굴 그대로다. 신기하네. 어떻게 찾은 거야?"

수동이 김연미의 비키니 사진을 뚫어질 듯 바라보면서 물었다.

"네티즌 수사대가 찾는 걸 대한민국 국가정보부 검색 엔진이 못 찾을 것 같아?"

여준석이 의기양양하게 말했다.

"하긴 황민주는 네티즌 수사대가 못 잡겠지."

살짝 비꼬는 투였다. 여준석이 너무 잘난 척하는 것 같아서 꼴 보기 싫었기 때문이었다.

"벌써 찾아 봤지. 황민주는 자기 주민등록번호로 가입한 사이트가

단 하나도 없더라고. 도대체 어떻게 하면 그렇게 살 수 있는지 모를 정도로 말이야. 그 흔한 포털사이트 메일 주소 하나 없었어. 그러니까 동창들을 인터뷰하는 팀이 돌아다니지."

수동이 비꼬거나 말거나 여준석은 침착하게 자기 할 말을 했다.

"그런데 말이야, 이거 국가 안보하고 관계된 장비라며? 사적인 용도로 썼다가는 기록도 남고, 또 보고서도 제출해야 한다고 하지 않았어?"

수동은 이렇게 묻고는 아차 싶었다. 지금 대화 내용을 안전가옥에 있는 백곰 백정규 요원이 다 듣고 있을 거라는 데에 생각이 미쳤기 때문이다.

"시말서 쓰지, 뭐."

여준석은 키득거리면서 말했다. 수동은 자신도 모르게 스피커 쪽으로 고개를 돌렸다. 백정규 요원이 당장이라도 뭐라고 할 것만 같았기 때문이다. 하지만 스피커에서는 아무 소리도 들리지 않았다.

"너, 황민주도 보고 싶은 거지?"

멍하니 스피커만 쳐다보고 있는 수동에게 여준석이 말했다.

"응?"

수동은 못 들은 척했다.

"솔직히 황민주 다시 만나고 싶은 거잖아. 그렇지?"

"무, 무슨 소리야?"

"애초에 그래서 시작한 거잖아. 그렇지?"

말끝마다 '그렇지?' 하고 묻는 게 귀에 거슬리기는 했지만 딱히 반박할 말이 없는 물음이기도 했다.

분명 처음에는 그랬다. 황민주를 다시 만날 수 있을 거라는 희망이 있었다. 하지만 황민주가 사람을 죽였고, 서울대학교 도서관을 폭탄으로 날려 버린 지금, 황민주를 만나게 된다면 결코 그 결과가 좋지 않을 거였다.

"돈 준다 그래서 한 거야. PC방 아르바이트보다 낫다며?"

수동은 대충 농담으로 얼버무리려고 했다.

"수동아, 마음 단단히 먹어. 황민주를 잡는 거하고 그 결과를 감당하는 건 좀 다른 문제거든."

진지한 음성이었다. 수동은 다시 한 번 총에 맞고 쓰러지는 황민주를 상상해 보게 됐다. 하지만 여전히 구체적으로 떠오르지는 않았다.

"황민주, 잡으면 죽일 거야?"

수동이 조심스럽게 물었다. 어깨에 건 권총집에 들어 있는 실탄 없는 K-5 권총이 갑자기 무겁게 느껴졌다.

"일해부대가 투입된다면 틀림없이 죽을 거야. 일해부대는 신속하고 정확하니까. 무기를 버리고 투항한다면 다행이지만……."

여준석은 말끝을 흐렸다. 투항하는 황민주의 모습은 총에 맞는 황민주의 모습보다 몇 배는 더 상상하기가 어려웠다. 문득 귀엽다고 말하면서 자신의 턱을 쓰다듬던 황민주가 떠올랐다.

- 후방 모니터 봐라.

스피커에서 백정규 요원의 굵직한 목소리가 들렸다. 여준석은 대답 없이 재빨리 모니터를 조작했다.

- 저 차인 것 같다.

화면에는 후방에 장착된 카메라가 찍고 있는 영상이 뜨고 있었다. 안전가옥에서 조종이 가능한지, 화면은 왼쪽으로 조금 움직여서 하얀색 승용차 한 대를 잡고 있었다.

－ 본부에 있는 판진아 요원 연결할 테니까 집중해라.

"예, 알겠습니다."

여준석이 말했고, 곧 세 사람의 회의가 시작됐다.

－ 여준석, 중국 놈이 불었어. 처음부터 네 차량 번호를 노리고 있었다고 했어. 번호는 동대문에 주차해 뒀을 때 확보했다나 봐.

판진아가 흥분된 목소리로 말했다.

"황민주 일당이 몇 명이나 된다고 해?"

여준석이 물었다.

－ 중국인 노동자들을 고용했다고 했어. 한 20명은 되나 봐.

－ 20명 신원은?

이번에는 백정규였다.

－ 자기도 고용된 처지라 그것까지는 모른다고 했어요, 선배. 순순히 부는 걸로 봐서 거짓말하는 것 같지는 않아요. 거짓말할 이유도 없는 것 같고.

여준석은 좌회전 신호를 받기 위해 차선을 옮겼다. 그러자 후방 모니터에 잡힌 자동차도 차선을 옮겼다. 미행하고 있는 게 분명해졌다. 수동은 자신의 심장 소리를 똑똑히 들을 수 있었다.

"어떻게 할까요?"

여준석이 물었다.

－ 잡을 수 있겠냐?

백정규 요원의 말에 여준석은 수동을 한 번 흘낏 봤다. 수동은 헛기침을 하면서 여준석의 눈을 피했다.

"혼자서는 무리입니다. 놓칠 수도 있는데 그렇게 되면 일이 틀어집니다, 백곰 형님."

- 일해부대가 지금 성남에 거의 도착했어.

판진아가 설명했다.

- 아냐, 일해부대를 투입하기에는 좀 일러. 저 자식은 반드시 사로잡아야 해. 그래서 여기 안가로 끌고 와서 불게 해야지.

백정규 요원이 말했다. 조금 전 안전가옥에서 들은 말과 같은 내용이었다.

- 선배, 잡아 왔는데 만약 안 불면?

판진아가 묻자 스피커가 잠잠해졌다. 수동은 난처해하는 백정규 요원의 얼굴이 보인 것만 같았다.

- 그것보다 우리가 녀석을 미행하면 어떨까요?

아무도 대답이 없자 판진아가 이렇게 의견을 제시했다.

- 김수동이를 미끼로 쓰자고?

백정규의 말에 수동은 가슴이 철렁 내려앉았다. 자신도 듣고 있으니 좀 조심해서 말해 달라고 얘기하고 싶었지만 굳은 표정의 여준석을 보고 있자니 도저히 입이 떨어지지 않았다.

- 일단 적당한 곳으로 가서 우리 위치를 알려 주는 거죠. 그러면 녀석들이 지원군을 불러 올 거예요. 어쩌면 황민주도요.

아무도 대답이 없자 판진아가 말했다.

- 역으로 놈들을 미끼로 쓰자는 거로군!

- 예, 선배. 안가로 유인하는 편이 나을 것 같아요. 거기라면 CCTV가 잘되어 있으니까 감시하기도 편하죠. 안가 위치가 노출된다는 점이 걸리지만 과장님께는 제가 말씀드릴게요.

– 어차피 한 번 쓰면 버리는 게 안가야. 좋아, 그렇게 하자고. 준석아, 어떠냐?

"놈들이 지원군 부르면 어떻게 할 건데요?"

– 지원군 차량을 성남시 교통 카메라를 이용하면 역추적해서 출발 지점을 찾아낼 수 있어. 기본이야, 여준석 요원.

판진아가 비난하는 투로 말했다.

"확인해 본 거야. 알았어."

여준석은 차를 돌리면서 말했다. 모니터에 내비게이션 인터페이스가 떴다. 안전가옥까지의 경로가 눈에 들어왔다.

"이제부터 맘 단단히 먹어라, 수동아."

여준석이 후방 모니터를 주시하면서 말했다. 뒤따르던 하얀 승용차가 마치 눈을 껌뻑이는 것처럼 와이퍼를 움직이고 있었다.

여준석 일행이 탄 차를 미행하고 있는 하얀 승용차의 조수석에는 차우차우가 앉아 있었다. 여준석의 차를 발견한 동료가 차우차우를 전화로 호출했고, 차우차우는 즉시 달려왔다.

미행은 어렵지 않았다. 다만 이쪽에서 미행하고 있다는 걸 확실히 알리는 게 까다로웠다. 만약 비가 더 내린다면 상대방이 미행을 눈치 챘는지 확인하기 어려울 수도 있었다.

"차우차우 형님, 이제 어떻게 될까요?"

"글쎄."

차우차우는 등받이에 몸을 깊숙하게 기대고 말했다. 예상한 경우의 수는 몇 개가 있었다. 갑자기 특수부대가 탄 차량이 차를 막아선 다음 머리에 총부리를 들이댈 가능성이 가장 높았다. 하지만 이 경우는 이야기하지 않기로 했다. 차를 몰고 있는 친구가 불안해할 게 분명하기 때문이었다. 경험도 없는 친구에게 굳이 그런 시련을 줄 이유는 없었다.

하지만 저들의 목적이 자신을 잡는 게 아니라 황민주를 잡는 거라는 걸 생각해 보면 그렇게 일이 간단하게 끝나지는 않을 거였다. 좀 더 복잡한 경우도 있을 수 있었다. 여준석이 탄 차가 어딘가에 멈추어 선 다음 특정 건물 안으로 들어가는 경우였다.

"이 일이 황 회장님께 진 신세를 갚기 위한 거라는 건 알고 있습니다만, 좀 떨립니다."

긴장이 되는지 연방 입술에 침을 축이며 운전하는 친구가 말했다.

"나도 떨리긴 마찬가지야."

말과는 달리 차우차우는 조금 긴장이 되긴 했지만 떨지는 않았다. 처음 여준석의 차량을 눈으로 확인했을 때 조금 가슴이 뛰었을 뿐 시간이 지날수록 오히려 진정이 되었다.

"빗줄기가 점점 굵어지는군."

차우차우가 차창을 내리면서 말했다. 서늘해진 밤바람 사이로 옅은 먼지 냄새가 풍겼다.

"큰비가 올까요?"

와이퍼를 작동시키며 운전하는 친구가 말했다.

"아마 그럴 거야. 냄새가 좋지 않아."

차우차우는 차창을 다시 올렸다.

"만약 비가 많이 오게 되면 유리한가요, 불리한가요?"

불안한 목소리였다.

"별 차이 없어. 남조선 정보부가 고작 비 때문에 능력이 감소하지는 않을 테니까 말이야."

차우차우는 계속해서 안심을 시키려고 애를 쓰고 있었다. 하지만 역시 마음을 편하게 하려면 앞으로 일어날 일을 말해 주는 편이 나을 것 같았다.

"잘 들어. 아마 저 차는 어딘가에 서게 될 거야. 그리고 차에 탄 사람이 내리겠지. 그러면 넌 차에서 내려서 황 회장님 쪽으로 가."

"전 돌아가는 건가요?"

"그래, 위험한 일은 내가 맡아야지. 내가 황 회장님에게 가장 큰 신세를 졌으니까."

운전하는 친구는 안도하는 기색을 보이지 않기 위해 고개를 돌렸지만 차우차우는 한눈에 알아볼 수 있었다. 이 정도면 충분했다.

"차우차우 형님, 괜찮으시겠어요?"

"괜찮아. 각오했으니까."

"만약 놈들이 형님을 노리면……."

"괜찮다니까. 난 미끼일 뿐이야. 내 걱정은 마."

"예."

시원찮은 대답이었다. 자신이 안전해졌다고 생각을 하니까 차우차우가 걱정되는 모양이었다. 하지만 상관은 없었다. 걱정을 하거나 말거나 일은 계획대로 진행될 거였다.

"미끼[魚餌]."

차우차우는 자신도 모르게 다시 한 번 이렇게 말했다. 빗줄기는 점점 더 굵어지고 있었다.

황태산은 굵어지는 빗줄기를 바라보고 있었다. 조금 전까지 창밖을 보고 있던 황민주는 이제 사무실 소파에 누워 잠을 청하고 있었다. 황태산이 짬이 났을 때 조금이라도 자 두라고 했었기 때문이다.

"이제 곧 끝이로구나."

오랫동안 준비한 일이었다. 10년이면 강산이 변한다고들 한다. 10년 사이에 소녀는 성인이 되었다. 그리고 황태산 자신은 더 늙었다.

정권은 두 번 바뀌었고 월드컵도 두 번 열렸다. 북남의 상황도 바뀌었다. 10년 전에는 역사적인 1차 북남정상회담이 있었지만 지금 북남은 일촉즉발의 대치 상태였다.

"비가 더 오려나 봐요."

잠이 오는지 조금은 피곤한 목소리로 황민주가 말했다.

"그런가 보구나."

창을 타고 흘러내리는 빗물이 성남의 야경을 흐려 놓고 있었다. 황태산은 그 너머로 과거의 환영을 보았다. 북으로 돌아갔다가 숙청당한 비둘기, 비둘기를 마지막으로 보았던 워커힐호텔, 남조선 요원 김철수, 짝귀 량태수, 그리고 차우차우와 다른 사람들.

빗물을 따라 황태산은 10년 전 북남정상회담을 앞두고 있었던 때를 떠올렸다.

9. 폭우
  _남북정상회담

2000년 가을.

황민주는 서울의 한 아파트 단지 앞에서 승합차가 도착하는 걸 기다리고 있었다. 어느덧 여름은 가고 이제는 서늘한 바람이 불고 있었다. 얼마 전까지 무더위가 이어졌다는 게 믿기 어려울 정도로 시원한 바람이었다.

'우리에게 시간은 계절이 바뀌는 것과 같다. 일희일비해서는 안 된다.'

언젠가 짝귀 할아버지가 해 주었던 말이 떠올랐다. 기뻐할 일도 아니고 슬퍼할 일도 아니다. 그저 늘 일어나는 일일 뿐이다. 황민주는 그 말을 가슴속에 새겼다. 무뚝뚝한 성격으로 자라난 것도 어쩌면 짝귀의 이런 가르침 때문인지도 모를 일이었다.

바람을 느끼며 멍하니 도로를 바라보고 있는데 마침내 기다리고 있던 승합차가 나타났다. 황민주는 등에 메고 있는 가방끈을 고쳐 메면서 사람이 내리기를 기다렸다.

승합차에서 내린 건 마흔이 다 되어 보이는 여자였다. 짧은 치마를 입고 짙은 화장을 하기는 했지만 그래도 나이를 숨길 수는 없었다.

이 여자가 바로 황민주가 기다리고 있던 여자였다.

"끝나면 전화해라."

승합차 운전을 하고 있던 사내가 여자에게 말했다. 여자는 대답 대신 가볍게 손을 흔들고는 아파트 단지 안으로 걸음을 옮겼다. 황민주는 여자 쪽으로 걸음을 옮겼다. 여자는 황민주를 이상하다는 듯 고개를 갸웃하며 바라보았다.

"1204호 가시죠?"

승합차가 떠나는 것을 확인한 뒤 황민주가 여자에게 물었다.

"고등학생인 것 같은데, 학생은 누구지?"

여자가 경계의 눈초리를 하고서 물었다. 황민주는 가볍게 한숨을 내쉬고는 몇 번이고 연습했던 말을 이었다.

"그분, 저희 아버지세요."

그러자 여자의 얼굴이 굳었다. 생각대로였다. 황민주는 품에서 미리 준비해 온 봉투를 내밀었다.

"그냥 돌아가 주세요. 어머니께서 슬퍼하실 거예요."

여자는 황민주가 내민 봉투를 보면서 당황하고 있었다. 받아야 할지 말아야 할지 쉽게 판단이 서지 않는 모양이었다.

"뭐, 나야 돈만 받으면 되긴 하지만……."

여자는 결국 황민주가 내민 봉투를 받았다.

"고마워요."

황민주는 이렇게 말하고는 돌아서서 다음 예정된 순서를 밟으려 했다. 그런데 뜻밖에도 여자가 황민주를 불렀다.

"저기, 보아하니 학생 같은데……, 이거 너무 많아. 반은 줄게."

예상하지 못한 행동이었다. 황민주는 어떻게 할까 잠깐 고민하다가 여자가 내민 돈을 받았다.

"고마워요."

"아냐, 고맙긴. 내가 고맙지."

여자는 억지로 미소를 한 번 짓더니 돌아서서 걷기 시작했다. 끝나면 전화하라는 말을 들었음에도 불구하고 바로 전화를 하지 않는 것으로 봐서 어디 가서 혼자 시간을 보낼 모양인 것 같았다.

황민주는 여자의 뒷모습을 보자 웃음이 나왔다. 만약 예상과 다른 행동을 했다면 이 자리에서 죽을 수도 있었다는 걸 저 여자는 아마도 죽을 때까지 모르리라 생각했더니 절로 그리 되었다. 잠시 동안이었지만 황민주는 자신이 사람의 생명을 좌우하는 신이라도 된 것 같은 느낌이 들었다. 아마 어느 정도는 사실이리라. 어느 정도는……..

일단 옷을 갈아입어야 했다. 황민주는 근처 상가 화장실로 들어가 교복을 벗고, 가방에 넣어 온 정장으로 갈아입었다. 그리고 시간을 들여서 화장도 했다. 거울을 보았다. 화장이 좀 서툴긴 했지만 이만하면 충분할 것 같았다.

다음 차례는 이제는 시야에서 사라진 그 여자가 갔어야 할 길을 대신 가는 거였다. 황민주는 원래 여자가 가기로 되어 있던 1204호로 향했다. 아파트 경비의 눈이나 엘리베이터에 설치된 CCTV는 신경 쓰지 않았다. 차우차우가 미리 처리를 해 둔 것도 있었지만, 이번 작전에서 신분이 노출되는 건 그다지 중요한 부분이 아니었다.

황민주는 1204호 앞에서 잠시 서 있다가 호흡을 가다듬고 벨을 눌렀다. 안에서 잠금장치를 푸는 소리가 들렸고 곧이어 문이 열렸다.

상대는 50대 남자였다. 이미 사진을 통해 확인해 둔 얼굴이었다. 다만 사진 속 무표정한 얼굴과는 달리 남자의 표정은 조금 놀란 것처럼 보였다.

"너, 너냐?"

남자가 살짝 당황하면서 물었다. 황민주는 고개를 끄덕였다.

"너, 너무 어린 거 아니냐?"

"어려 보인다고 해 주셔서 고마워요."

황민주는 무신경하게 보이려고 애쓰면서 안으로 들어갔다. 남자는 황민주가 안으로 들어설 수 있도록 얼른 몸을 비켜 주었다.

"어디서 할까요? 마루? 아니면 침실?"

"아, 그, 저, 저기."

남자가 침실을 가리키면서 말했다. 황민주는 알겠다는 듯 고개를 한 번 끄덕였다.

"옷 벗고 누워서 기다리고 계세요. 화장실이 어디죠?"

"아, 저, 저쪽."

남자는 여전히 당황하고 있었다. 기대하고 있던 것보다 훨씬 어린데다가 미인이기 때문일 터였다. 황민주는 화장실로 들어가 샤워기를 틀고 화장실 문에 귀를 댔다. 남자가 옷을 벗고 침대에 눕는 소리가 들렸다.

황민주는 가방을 열었다. 그리고 가방 바닥을 뜯어냈다. 그러자 숨겨진 공간이 드러났다. 안에는 9mm 스콜피온 기관권총이 들어 있었다. 황민주는 스콜피온 기관권총에 소음기를 장착한 후 탄창을 결합하고 장전을 했다. 이제 준비는 끝났다.

화장실 문을 열고 천천히 침실 쪽으로 향했다. 남자는 옷을 벗고 이불로 엉덩이를 가린 상태로 엎드려 있었다.

"내가 출장 안마 자주 부르긴 했지만 너처럼 젊고 예쁜 애는 처음이다. 너, 무슨 사연이 있구나? 그렇지? 무슨 사연이 있는 거야?"

남자는 엎드린 상태로 황민주를 보지도 않고 말했다. 황민주는 쓸데 없는 대화는 나누고 싶지 않았다.

마른 나뭇가지를 부러뜨리는 것 같은 소리의 총성이 두 번 울렸다. 두 개의 탄두가 발사되었다. 남자는 무방비 상태로 등에 탄두를 받아들여야 했다. 탄두는 각각 남자의 폐와 심장을 뚫고 지나갔다. 컥, 하는 신음이 들렸지만 그리 크지는 않았다.

황민주는 다시 한 번 방아쇠를 당겼다. 이번에는 뒤통수였다. 탄두는 남자의 두개골을 부수고 안으로 들어가 뇌를 헤집어 놓았다. 깔끔한 마무리였다.

"세상에 사연 없는 사람이 어디 있겠어, 왕개미."

황민주는 이미 죽어 버린 남자에게 대답을 해 준 다음 마무리 작업을 했다.

먼저 바닥에 떨어진 탄피 세 개를 회수했다. 그리고 스콜피온 기관권총을 분해해 가방의 숨겨진 공간에 다시 넣었다.

자신이 남긴 지문도 지우기로 했다. 1204호에 도착한 이후 손을 댄 것은 화장실 문손잡이와 샤워기 외에는 없었다. 발자국이 남는 건 신경 쓰지 않기로 했다. 그 정도 흔적은 없는 게 오히려 더 이상할 거였다. 죽은 남자의 시신은 조금도 건드리지 않고 그대로 두었다.

밖으로 나가기 전, 황민주는 마지막으로 엎드린 상태로 죽어 있는 남자의 시신을 살펴보았다. 잠깐 사이에 피가 흘러나와 침대를 붉게 물들이고 있었다. 일은 끝났다.

아파트 단지 앞에서는 차우차우가 기다리고 있었다. 황민주 또래의 소년이었다.

"일은 끝났습니까?"

연변 사투리가 많이 남아 있는 말투였다. 황민주는 고개를 끄덕였다.

"황 회장님께 보고 드리겠습니다."

황민주는 대답 없이 먼저 앞장서서 걷기 시작했다. 일을 마치고 나니 기운이 빠지고 있었다. 짝귀 할아버지는 그럴 때가 가장 조심해야 할 때라고 말하곤 했다. 차 사고는 목적지에 거의 다 도착했을 때 나기 마련이고, 사고는 일에 익숙해졌을 때 난다고 했다. 요컨대 긴장이 풀렸기 때문이라는 거였다. 하지만 알고 있는 건 알고 있는 거고 몸이 피곤한 건 다른 문제였다. 차우차우가 황태산에게 문자를 보내는 사이, 황민주는 계속해서 걸음을 옮겼다.

차우차우가 문자로 보낸 메시지는 간단했다. 하지만 중요한 건 지금부터 해야 할 통화였다. 차우차우는 미리 저장해 둔 번호를 눌렀다. 황민주는 차우차우의 이번 통화가 중요하다는 걸 잘 알고 있었다. 하지만 자신이 해야 할 일이 없다는 것 또한 알고 있었으므로 통화 내용에는 신경을 쓰지 않았다. 그저 걸음을 바쁘게 움직일 뿐이었다.

황태산의 핸드폰에 차우차우가 보낸 문자가 찍혔다.

배달 확인

성공을 뜻하는 암호였다. 계획대로였다. 어쩐지 일이 순조롭게 풀릴 것 같아서 기분이 좋아졌다.

문자가 도착한 순간, 황태산은 워커힐호텔로 향하고 있었다. 오랫동안 준비한 일을 처리하기 위해서였다. 장소를 워커힐호텔로 잡은 것은 그곳이 전설적인 남파 간첩 비둘기를 마지막으로 본 곳이기 때문이었다.

세월은 쉽게 흐른다고들 한다. 비둘기를 마지막으로 본 날 황태산은 택시를 타고 한강변을 지났다. 지금 황태산은 기사가 모는 차의 뒷좌석에 앉아 한강을 바라보고 있었다.

한때 숲과 논밭으로 가득했던 한강변에는 이제 아파트 단지가 들어서 있었다. 서울은 눈부신 발전을 거듭했다. 그러나 그사이 평양은 정체되었다.

북에서 들려오는 소식은 모두가 암울한 것뿐이었다. 서방의 적들은 경제 제재를 통해 공화국을 압박했다. 배급량은 줄어들었고, 북조선 정부의 담화문도 정신력을 강조하는 빈도수가 늘고 있었다. 그만큼 사정이 좋지 않다는 뜻이었다.

발전된 서울의 한복판을 차로 지나며 바라보는 황태산의 심경은 침울했다. 며칠 밤을 꼬박 새우면서 고민한 일이었다. 그리고 이미 결정한 이상 되돌릴 방법도 없었다. 하지만 그렇다고 해서 마음이 편해지는 것은 아니었다.

워커힐호텔에 차가 닿았다. 황태산은 기사와 차를 돌려보냈다. 돌아갈 때는 대중교통을 이용하기로 했기 때문이다. 그편이 미행을 따돌리는 데에는 더 편하다.

워커힐호텔은 많이 달라져 있었다. 몇 차례의 리모델링이 있었는지는 알 수 없었지만 외벽과 내부가 많이 바뀌어 있었다. 다만 오래전 보았던 워커 장군을 기리는 문구는 그대로였다. 아마도 역사적인 의미 때문에 그대로 두었으리라.

황태산은 시계를 보았다. 벌써 저녁 6시를 지나고 있었다. 약속 시각까지는 아직 한 시간이나 남아 있었다. 황태산은 로비를 지나 커피숍으로 향했다. 그곳에서 차라도 한 잔 마시며 시간을 보낼 작정이었다.

종업원이 황태산을 중앙 자리로 안내해 주었다. 하지만 황태산은 로비가 보이는 구석 자리에 앉겠다고 했다. 사람이 많지 않았으므로 종업원은 그렇게 하라고 했다. 황태산은 커피를 한 잔 시켰다.

그리고 황태산은 기다렸다.

기다리는 일은 스파이가 해야 하는 가장 기본적인 일이다. 참고 기다린다는 건 해 본 사람이면 누구나 할 수 있는 일이지만, 견디기 힘든 일이기도 하다. 일반인이 멍하니 시간을 보내는 데에는 한계가 있다. 조금만 시간이 지나도 기다림에 지치고 지루함에 지쳐 버리기 마련이다. 하지만 모든 스파이들은 지루한 시간을 견딜 수 있도록 훈련을 받을 뿐만 아니라 나름의 노하우도 가지고 있다. 이를테면 현재 상황을 정리하는 생각을 하는 것이다.

황태산은 차우차우가 정확하게 전화를 했을까를 생각했다. 아마 그럴 것이다. 차우차우는 사소한 일이라도 실수하는 법이 없다. 만약 작은 실수라도 저질렀다면 바로 자신에게 알릴 것이다. 그렇게 해야 실수를 저질렀을 때의 피해를 최소화할 수 있다는 걸 잘 알고 있기 때문이다.

다른 생각도 해 보았다. 황민주는 과연 어떻게 일을 처리했을까 하는 부분이다. 짝귀는 황민주에게 '가슴에 두 발, 머리에 한 발'을 쏘라고 가르쳤다. 오래된 방식이지만 오래된 방식이 오랫동안 살아남는 건 나름대로 이유가 있기 마련이다. 차우차우가 일이 성공했다고 알려 왔으니 스콜피온 9mm의 탄두는 틀림없이 왕개미 놈의 가슴에 두 발, 머리에 한 발이 박혔으리라.

황민주가 임무를 실패했을 가능성은 애초부터 생각하지도 않았다. 왕개미는 파괴 공작원이 아니었다. 그저 황태산에게 평양으로 복귀하라는 지령을 전해 주기 위해 찾아온 밀사일 뿐이다. 원래 일본인 신분으로 일본 쪽 한인들의 동향을 파악하거나 민단 계열 사람을 포섭하는 게 왕개미의 임무였다. 파괴 공작원이 아니었기에 황태산은 왕개미의 움직임을 쉽게 파악할 수 있었다.

짝귀 량태수가 죽기 전에 했던 말이 떠올랐다.

'만약 평양에서 자네를 제거하기 위해 파괴 공작원이 내려온다면, 그걸 막는 건 혼자 힘으론 불가능해.'

량태수의 말이 옳을 것이다. 왕개미는 미리 해치울 수 있었지만 자신을 제거하라는 지령을 받은 파괴 공작원이 온다면 이런 방법으로는 막을 수 없으리라. 파괴 공작원은 흔적을 남기지도 않을 뿐만 아니라 설혹 먼저 위치를 파악한다고 해도 왕개미를 제거한 것과 같은 방법으로 제거할 수 없다. 제아무리 황민주라 해도 이렇게 쉽게 제거할 수는 없으리라.

'뭔가 좋은 방법이 있을 텐데…….'

아마 짝귀 량태수가 살아 있다면 파괴 공작원을 막기 위한 조언을 해 줬을지 모른다. 하지만 량태수는 죽었다. 그리고 황태산은 살아남았으며 앞으로 살아가야만 한다. 언제나 그렇지만 시간은 오직 살아 있는 자들에게만 흘러간다.

다른 생각들을 계속해서 이어가고 있는데 마침내 기다리고 있던 상대가 로비에 나타났다. 황태산은 커피를 한 모금 마시면서 상대방에게 일행이 있는지 살폈다. 남아 있는 커피는 식은 지 오래였다.

차우차우는 틀림없이 '혼자 와야 한다.'고 황태산의 말을 전했을 것이다. 하지만 상대가 혼자 왔을 가능성은 낮았다. 설령 혼자 온 것처럼 보인다 해도 주변에 감시팀이 있을 거라고 생각하고 움직여야 했다. 하지만 감시팀이 아니라 체포조가 같이 왔다고 해도 기왕 여기까지 온 이상 물러설 길은 없었다. 황태산은 자리에서 일어나 계산을 하고 로비로 나섰다.

"혼자 오셨습니까?"

황태산이 상대방에게 물었다. 상대는 아주 잠깐 사이에 황태산을 위아래로 훑어보았다. 그러더니 망설이는 기색도 없이 대답을 했다.

"그렇습니다."

표정 없는 얼굴의 상대방은 감정 없는 목소리로 말했다. 마치 프로 도박사들의 포커페이스 같은 감정을 전혀 읽을 수 없는 무표정이었다.

"진짜로 혼자 온 건 아닐 테죠? 내가 그쪽 입장이라면 몸에는 도청장치를 달고 감시팀 정도는 데리고 왔을 텐데."

"혼자 왔습니다."

이번에도 전혀 표정에는 변화가 없었다. 황태산은 더 이상 확인하는 건 의미가 없다고 판단했다.

"반갑습니다, 김철수 씨."

과감하게 이름을 부르며 악수를 청했다. 상대는 선뜻 손을 내밀지는 않았지만 곧 악수를 했다.

황태산이 알고 있는 건 가명일 수도 있는 김철수라는 이름뿐이었다.

이제는 이 세상에 없는 비둘기가 마지막으로 만난 남조선 요원. 1972
년도에 단 한 번 본 것뿐인 김철수를 찾기 위해 황태산은 꽤 많은 공을
들여야 했다. 많은 돈을 썼고 많은 인력을 들였다.

다행스럽게도 김철수는 꽤 유명한 존재였다. 남조선에서 활동하는
많은 북조선 스파이들이 김철수의 손에 잡혔다. 애써서 꾸린 남조선 내
지하조직 몇 개가 김철수에 의해 와해되거나 전원 체포된 일도 있었다.
비록 많은 시간이 걸리긴 했지만 결국 황태산은 김철수의 전화번호를
알게 되었고, 차우차우를 시켜 김철수에게 이곳 워커힐호텔 로비로 혼
자 나오라는 메시지를 전하게 된 것이다.

"그런데 제가 그쪽을 뭐라고 불러야 합니까? 김철수 과장? 김철수
차장? 아니면 대리? 직함이 있을 텐데."

"그냥 김철수 요원이라고 합시다. 그쪽은 뭐라 부르면 좋겠습니까?"

황태산은 잠깐 대답을 망설였다.

"거북이. 예전에 비둘기와 함께 일했습니다."

자신의 암호명을 알려 주기는 했지만 이미 사용한 지 오래된 암호명
이었다. 게다가 자신과 함께 일했던 비둘기의 운명을 생각해 보면 어쩐
지 그때 사용했던 암호명을 알려 주는 게 불길할 것 같기도 했다. 하지
만 굳이 이름을 말할 필요는 없는 상황이었다.

"거북이, 제가 통화한 전화 목소리와 다른 걸 보면 그쪽이야말로 혼
자 오지는 않은 모양입니다."

황태산은 대답하지 않고 미소만 지어 보여 주었다. 이제는 돌이킬
수 없는 지점을 지났다. 아니, 황민주가 9mm 탄두를 놈의 몸에 박아
넣은 그 순간 이미 그렇게 되었다고 보아야 했다. 이제 남은 건 김철수

의 의지에 달려 있다고 해도 과언이 아니었다.

"차나 한 잔 마시면서 이야기합시다."

"좋습니다."

김철수는 황태산의 제의를 받아들였다. 두 사람은 커피숍으로 들어갔다. 종업원이 자리를 안내해 줬다. 이번에는 구석을 등진 자리였다. 두 사람은 잠시 자리에 앉지 않고 서로 눈치를 살폈다. 서로 벽을 등지고 앉으려고 했기 때문이었다. 결국 두 사람 모두 벽을 등지고 앉지 않는 것으로 타협했다. 황태산은 벽을 오른쪽으로 했고, 김철수는 벽을 왼쪽으로 했다. 두 사람은 커피를 주문했다.

"비둘기를 기억하십니까?"

황태산이 물었다.

"물론입니다. 전화로도 그 이야기를 했고요. 바로 여기서 만났지요. 7·4남북공동성명 때니까 벌써 30년이 다 되어 가는군요."

"30년이라. 세월 참 빠르군요."

황태산은 1972년도에 보았던 김철수의 얼굴을 떠올렸다. 단정한 머리 모양에 차가운 인상을 하고 있던 젊은이는 이제 머리숱이 줄고 이마에는 주름살이 생겼다. 그리고 김철수가 늙은 만큼 자신도 나이를 먹었다.

"부탁 하나 하겠습니다. 오늘은 나를 적이라고 생각하지 않아 줬으면 합니다. 오늘 나는 분명 당신을 돕기 위해서 이 자리에 나온 겁니다, 김철수 요원."

"전화로 들었습니다. 날 도울 수 있을 거라고. 좋습니다. 오늘은 당신을 적이라고 생각하지 않도록 하겠습니다. 대신 당신도 같잖은 걸로 날 떠보려고 하지 말아 줬으면 합니다."

김철수의 말에 황태산은 고개를 끄덕였다.

"좋습니다, 김철수 요원. 우리 둘 다 30년도 넘게 이 짓을 한 사람이 잖습니까."

"그렇지요. 30년."

두 사람은 잠시 말이 없었다. 황태산은 새삼 김철수가 자신과 같은 일을 하고 있다는 걸 실감했다.

주문한 차가 나왔다. 커피는 이미 한 잔 마셨기 때문에 황태산은 녹차를 주문했다. 김철수는 커피였다.

"사실 당신이 이렇게 직접 나와 줄 줄은 몰랐습니다. 30년이나 있었으면 조직에서 꽤나 높은 자리에 있을 텐데. 아랫사람을 내보내거나 함정을 팔 거라고 생각했습니다."

녹차를 마시며 황태산이 말했다. 김철수는 고개를 저었다.

"이제 퇴직이 눈앞입니다. 관리직은 영 적성에 맞질 않아서 이 나이까지 현장에서 굴렀지요. 공이야 많이 세웠지만 진급하고는 큰 인연이 없었죠. 동기들 중에는 차장까지 노리는 친구도 있는데 말입니다."

김철수가 신세 한탄을 했다.

"고향 떠나서 타지에서 30년을 보낸 나만 하겠습니까?"

"하긴."

황태산이 받아치자 김철수는 이해한다는 듯 고개를 주억거렸다.

"그럼 김철수 요원, 이렇게 생각하시면 어떨까 싶은데. 내가 김철수 요원 퇴직 전에 큰 공 하나 세울 수 있는 기회를 드리는 거라고. 어떻습니까?"

"큰 공이라."

김철수는 흥미 있다는 듯 추임새를 넣었다.

"아시겠습니다만 지금은 북남정상회담을 눈앞에 둔 시점 아닙니까. 72년 7·4북남공동성명 때도 비둘기가 귀 한쪽을 보냈었는데, 기억하시겠지요?"

황태산은 김철수가 부탁한 그대로 심리전을 펼치지 않고 바로 본론으로 들어갔다. 김철수는 충분히 알아들은 모양이었다.

"무슨 말인지 알겠습니다."

황태산은 주머니에서 메모지를 한 장 꺼낸 다음 거기에 아파트 주소를 적었다.

"1204호. 뒤져 보면 재미있는 게 이것저것 나올 겁니다."

"재미있는 거라면?"

"암호명 왕개미. 북에서 온 공작원입니다. 거길 뒤져 보면 각종 무기와 암호용 난수표 같은 게 나올 겁니다. 그리고 그걸 가공하는 건 순전히 당신 몫이고. 우리 정부는 당연히 모르는 일이라고 할 테니, 그걸 뉴스에 터뜨리는 것보다는 거기 있는 정보를 가지고 더 큰 다른 일을 꾸미는 편이 나을 겁니다."

황태산은 이제 용건을 마쳤다. 남은 것은 김철수의 처분뿐이었다.

황태산이 기억하는 김철수는 냉정하고 유능한 요원이라는 인상뿐이었다. 그 외에는 아무것도 알 수 없었다. 거기에 황태산은 모든 것을 걸었다.

"당신 말이 사실이라면 정말이지 꽤 큰 사건이 되겠군."

메모지를 만지작거리며 김철수가 중얼거리는 투로 말했다.

"속임수나 함정 같은 건 없습니다. 다만 뒤처리만 잘해 주면 좋겠습니다. 우리가 봉사하는 조국에 도움이 되도록."

황태산이 말하자 김철수는 어깨를 한 번 으쓱했다.

"정상회담을 앞두고 이런 사건을 대서특필할 수야 없지. 아마 우리
쪽에서는 이 친구의 행적과 자료를 모을 겁니다. 그리고 그걸 이용해서
당신과, 당신 조직과 싸우게 될 겁니다. 아시겠지만 그게 이 바닥 생리
아닙니까?"

황태산은 미소를 지으며 고개를 끄덕였다. 김철수가 말을 이어갔다.

"7·4남북공동성명 때가 떠오르는군요. 벌써 지난 세기의 일이지
만 말입니다. 그런데 아무리 남북정상회담을 눈앞에 둔 시점이라고
해도 당신네가 요원을 이렇게 순순히 넘겨주다니, 솔직히 이해할 수
가 없습니다."

"이해하고 말고는 당신 마음입니다. 난 내 할 일을 다 했습니다. 그
럼 이만."

황태산은 자리에서 일어섰다. 김철수도 따라 일어섰다.

당장이라도 김철수가 권총을 뽑아 들고 자신을 체포하는 게 아닐까
하는 생각이 들었다. 그렇게 된다면 모든 일은 허사가 되고 만다. 김철
수가 양복 품에 손을 넣었다. 황태산은 긴장하지 않으려고 했지만 가슴
이 두근거리는 것까지는 어떻게 할 수가 없었다.

김철수가 꺼낸 것은 지갑이었다.

"커피 값은 내가 내겠습니다."

김철수는 이렇게 말하곤 계산서를 들고 카운터로 향했다. 그사이에
황태산은 잰걸음으로 로비를 지나 호텔 앞으로 가서 택시를 잡았다. 그
리고 뒤도 돌아보지 않고 7호선 장암역으로 향했다.

장암역에 내려서는 건대입구역까지 지하철로 이동했다. 몇 번이고 뒤를 점검했지만 미행당하는 것 같지는 않았다.

건대입구역에서 2호선으로 갈아타는 통로를 향했다. 그곳이 목적지였다. 긴 에스컬레이터를 타고 환승 통로로 향하던 황태산은 다시 에스컬레이터를 타고 2호선 구역으로 올라갔다. 그리고 에스컬레이터 중간에 열려 있는 창문을 이용해 지하철역 밖으로 뛰어내렸다. 나이에 어울리지 않게 재빠른 동작이었다. 족발집과 부대찌개집 간판이 눈에 들어왔다.

뒤를 돌아보았다. 환승을 하고 있던 사람들이 이상하다는 눈초리로 황태산을 내려다보고 있었다. 하지만 미행당한 흔적은 보이지 않았다. 목적은 미행을 따돌리는 것이었고 그 목적은 성취된 듯했다. 황태산은 빠른 걸음으로 자리에서 벗어난 뒤, 택시를 타고 성남으로 향했다.

이제 할 수 있는 일은 다 했다. 황태산은 커피숍에서 계산을 하던 김철수를 떠올리며 택시 안에서 눈을 감았다. 피로가 밀려오고 있었다.

그날 일을 생각하면 10년이 지난 지금도 절로 웃음이 나온다. 건대입구역 2호선과 7호선 환승 통로에서 창문을 통해 뛰어내리는 자신의 모습은 어찌 보면 우스꽝스럽기까지 했다. 자신을 내려다보던 사람들의 어이없다는 표정을 떠올리면 손이라도 한 번 흔들어 줬어야 하는 게 아닐까 싶을 정도였다.

조금 전까지 어린아이가 잠투정을 부리듯 계속 말을 하던 황민주는 이제 깊게 잠이 들었는지 아무 말도 없었다. 과연 얼마나 잘 수 있을지는 알 수 없다. 하지만 어쩌면 지금 이 순간이 마지막 휴식이 될 수 있다는 것을 황태산은 알고 있었다. 지금 황태산이 황민주를 위해 할 수 있는 일이라고는 그저 황민주가 조금이라도 더 쉴 수 있기를 기원하는 것뿐이었다.

창밖에는 빗줄기가 점점 더 굵어지고 있었다. 하늘을 보니 구름이 가득했다. 비 올 확률 50퍼센트라는 일기예보와는 상관없이 폭우가 쏟아질 모양이었다.

황태산은 핸드폰을 살펴보았다. 아직 차우차우에게서는 연락이 없었다. 아직 놈들을 유인하는 데 확실한 성공을 거두지는 못하고 있다는 뜻이다. 마음 한구석에서 초조함이 일어난다. 하지만 오래된 스파이의 감각으로 황태산은 그것을 억누른다. 이럴 때 불안해지면 결과에 영향을 끼친다. 평정심. 황태산은 평정심을 찾기 위해 심호흡을 하고 계획을 다시 한 번 천천히 곱씹었다.

번쩍하고 하늘이 순간 환해졌다. 번개가 친 모양이다. 잠시 뒤 천둥소리가 들려온다. 길고 강한 음파가 사무실 공기를 흔든다. 황태산은 자고 있는 황민주를 보았다. 미동도 없는 걸 보면 꽤 깊게 잠이 든 모양이다.

천둥소리가 신호가 된 듯 내리던 비는 폭우로 바뀌고 있었다. 쏟아지는 빗줄기가 대지를 두드리는 진동을 사무실에서 느낄 수 있을 정도의 폭우다. 황태산은 창밖의 내리는 비를 보며 기다리고 또 기다린다.

결국 황태산이 기다림을 이겨 냈다. 손에 쥐고 있던 핸드폰이 빛을 발했다. 황태산은 황민주가 깨지 않도록 핸드폰을 무음으로 해 놓았던 것이다.

– 도착했습니다. 잠시 대기하다가 미끼를 보냅니다.

차우차우가 보고했다.

"수고했다."

황태산은 작은 목소리로 이렇게 말하곤 자고 있는 황민주를 내버려두고 사무실을 나섰다. 이제 해야 할 일들을 점검하는 시간은 끝났다. 실제로 실행해야 할 시간이다. 황태산은 복도를 걸어가면서 전화를 걸었다.

여준석은 자신을 미행하고 있는 차를 안전가옥으로 데리고 오는 데 성공했다.

"멋지게 성공했어. 따라와."

결국 미행을 제대로 당했다는 건데, 그걸 과연 '멋지게 성공했다.'고 표현할 수 있는 건지 수동으로서는 의문이었다. 하지만 어쨌거나 성공은 성공이었다.

여준석은 지하 주차장에 차를 주차시킨 뒤 의기양양해서는 어깨를 죽 펴고 앞장서서 걸었다. 수동은 그저 그 뒤를 따를 수밖에 없었다. 어쩐지 좀 어린아이 같아 보인다는 생각이 들기는 했지만 비난하고 싶은 생각은 들지 않았다.

"잡았어요?"

안전가옥에 들어서자마자 여준석이 큰 소리로 물었다.

"잡았어, 잡았어."

백곰 백정규 요원은 손짓으로 얼른 오라고 신호를 보냈다.

안전가옥에 있는 정보부 요원들은 바쁘게 감시 시스템을 가동하고 있었다.

이 부분은 수동도 쉽게 이해할 수 있었다. 안전가옥이 있는 오피스텔 앞에 주차된 미행 차량의 영상을 확보하는 게 시작이었다. 비 때문에 깨끗한 영상을 얻을 수는 없었지만 적어도 움직임을 포착하는 데에는 문제가 없어 보였다.

다음은 이 차량의 행로를 추적하는 일이었다. 이 일은 국가정보부 본사에 있는 판진아 요원이 이끄는 팀이 진행했다. CCTV에 기록된 영상을 역으로 돌려 차량의 출발지를 찾는 일은 기술적으로 해결하기에 까다로운 부분이 있었기 때문에 정보부 본사에서만 진행할 수 있었다.

"이제 게임 끝났어. 판진아가 이 차량 출발한 곳만 잡아내면 되는 거야."

백정규가 환하게 웃으면서 여준석의 어깨를 세게 두드렸다. 덩치가 큰 여준석의 몸통이 흔들릴 정도로 강한 힘이었다. 수동은 혹시 자신의 어깨도 치는 게 아닌가 싶어서 슬쩍 뒤로 한 걸음 물러섰다.

"거기로 일해부대를 보낼 건가요?"

여준석이 물었다.

"그래야지. 그쪽 일해부대에 황민주 얼굴 알아볼 수 있는 애가 같이 있다고 하니까 그때부터는 일해부대가 알아서 해결할 거야."

"우리 할 일은 끝났다는 거군요."

"그래, 고생했어."

여준석의 표정은 전혀 밝지 않았다. 오히려 어두워 보였다. 조금 전 의기양양하게 걸을 때의 얼굴이 아니었다.

"너, 왜 그러냐?"

백정규가 인상을 찌푸리며 물었다. 여준석은 고개를 갸우뚱거리더니 침대에 털썩 주저앉았다. 수동은 그런 여준석 옆으로 슬쩍 다가갔다. 잠깐 사이에 무슨 일이 벌어진 건지 이해하기가 어려웠다.

"뭐야?"

수동이 낮은 소리로 귓속말처럼 물었다.

"끝났잖아."

여준석의 목소리는 가라앉아 있었다. 수동은 뭐가 끝났다는 건지 몰라서 눈만 끔뻑였다.

"내 일이 끝났다고. 어차피 이제부터는 일해부대가 맡아서 할 거야."

"여기서 지원하는 거 아니야? CCTV 영상 분석하고, 뭐 그런 거."

"난 현장 요원이야. 여기선 할 일 없어."

여준석은 백정규 요원 쪽으로 고개를 돌렸다. 백정규 요원은 CCTV를 지켜보면서 방 안의 다른 요원들에게 지시를 내리고 있었다. 그러고 보니 정말 현장에서 몸으로 뛰는 요원은 할 일이 없을 상황이었다.

"야, 여준석. 기운 내. 넌 네 할 일 다 했어. 그거면 됐지 뭘 그래?"

백정규가 잠깐 짬을 내서 몸을 돌리더니 여준석에게 이렇게 말했다. 여준석은 알겠다고 대답을 하긴 했지만 말이 입 속에서 맴돌다가 사라진 듯 거의 소리는 나지 않았다.

수동은 침대에 걸터앉아 자기 발끝만 내려다보고 있는 여준석을 보면서 어쩌면 조금 전 미행하는 차를 끌고 여기까지 온 것이 가장 위험한 순간이었을지도 모르겠구나 싶었다.

만약 그때 누군가 차를 세우고 총을 들이밀었다면 여준석은 할 일이 생겼을지도 모른다. 그리고 그때 제대로 된 현장 요원의 공을 세울 수 있었을지도 모른다. 수동은 여준석이 이제 할 일이 없어서 쓸쓸해하는 것을 이해해 보려고 했지만 역시나 이해가 가질 않았다.

일반인이라면 도저히 상상하기 힘들 것이다. 도대체 누가 차를 타고 길을 가다가 총질을 하는 것에서 보람을 찾을까 싶었다.

창밖에서 벼락이 한 번 크게 번쩍이더니 잠시 후 거대한 천둥소리가 밀려들어 왔다. 유리창이 흔들릴 정도로 큰 소리였다. 그게 신호라도 된 듯 갑자기 비가 쏟아져 내리기 시작했다. 폭우였다.

수동은 여준석과 아무런 신호도 교환하지 않았지만 동시에 창가로 향했다. 쏟아져 내리는 빗줄기가 도시의 야경을 흔들고 있었다.

"장비 이상 없지?"

백정규 요원은 그 와중에도 장비를 챙겼다. 요원들이 저마다 장비를 점검한 다음 이상 없다는 보고를 보내왔다.

"야, 판진아가 분석하는 데 얼마나 걸린다고 하냐?"

"최선을 다하고 있다고 합니다."

요원 하나가 대답을 했다. 백정규는 초조한지 잠시 입술에 침을 묻히다가 무선으로 판진아 요원을 불렀다.

"뭐 이렇게 오래 걸려?"

– 백 선배, CCTV 역추적은 다 수동으로 하는 작업이에요.

판진아 요원의 목소리가 안전가옥 스피커로 연결됐다.

"수동으로 하면 되잖아?"

– 우리 요원이 해당 차량 찾아서 시간 맞추고, 또 찾아서 시간 맞추고, 이걸 반복해야 한다고요. 지금 한 시간 반 정도 거슬러 올라갔어요.

백정규 요원은 시계를 보았다.

"젠장. 만약 아침에 차가 출발했다면 오늘 밤 꼬박 새워야 결과가 나오겠네. 일해부대 친구들, 분석 결과 기다리다가 늙어 죽겠다."

– 어쩔 수 없어요, 선배. 이상.

무선은 끊어졌다. 결과만 기다려야 하는 상황이 답답한 건 여준석뿐만 아니라 백정규도 마찬가지인 모양이었다. 어쩌면 모든 현장 요원들은 이런 상황에서 초조해지는지도 모를 일이었다.

"어? 저, 저거 뭐야?"

요원 하나가 CCTV를 가리키면서 말했다. 그 소리에 수동은 물론이고 방 안에 있던 모든 요원이 CCTV 영상을 주목했다.

빗줄기 속에서 차 문이 열리고 누군가 내리는 게 확실히 보였다. 내린 사람은 우산을 펴더니 천천히 걷기 시작했다.

"무슨 일이야?"

백정규가 호통을 쳤다.

"모르겠습니다. 운전하는 사람은 남아 있는 것 같은데 말입니다."

CCTV를 감시하고 있던 요원이 불안한 목소리로 말했다.

"이건 또 무슨 일이야? 이 비에 도대체 어딜 가는 거지? 야! 아무나 대답 좀 해 봐."

"혹시 지원 요청하는 거 아닐까요?"

"야, 핸드폰이 있는데 뭐 하러 이 비에 차에서 내리겠냐? 또."

"잠복하는 동안 뭐 먹을 거라도 사러 가는 거 아닐까요?"

"너 같으면 이렇게 비 올 때 사러 나가겠냐? 또."

"화장실은……."

"미행하는 놈이 차에 페트병 하나 안 뒀을 것 같아? 이거 원. 다른 대

282

답 없어?"

"똥 누러 가는 거 아닐까요?"

한 요원이 말했다가 백정규 요원의 따가운 눈초리를 받아야 했다.

안전가옥의 요원 중 누구도 딱 부러지는 답을 내놓지 못하고 있는 걸 보니 누군가 차에서 내리는 건 전혀 예상 밖의 일인 모양이었다.

"제가 알아보겠습니다."

여준석이 자리에서 일어서면서 말했다.

"뭘 알아봐?"

"저놈 어디 가는지 제가 알아보겠다고요."

"야, 네가 저놈들 여기까지 끌고 왔는데 네가 어떻게 또 알아보겠다는 거야?"

"저놈들이 아는 건 제 차량 번호뿐입니다. 승합차로 미행하면 모를 겁니다."

"음, 그야 그렇지만……."

백정규는 잠시 생각하다가 눈을 번득였다. 뭔가 떠오른 모양이었다.

"샤론의 장미. 너, 샤론의 장미 때문이지?"

여준석은 대답하지 않았다. 대답할 필요가 없다고 생각한 모양이었다. 표정이 잔뜩 굳어 있었다.

"너, 무리하는 거야. 어차피 기다리면 결과 나와. 저놈 따라가 봐야 별거 나올 것도 없어. 어차피 여기서 CCTV로 추적 되거든?"

"만약 저놈이 무슨 짓을 저지르면 어떻게 합니까?"

여준석의 질문에 이번에는 백정규가 답을 하지 않았다. 대답할 필요가 없는 질문이어서 그런 게 아니라 답을 할 수 없어서 그런 모양이었다. 당혹스러운 표정이었다.

"CCTV 사각지대로 도망치면요? 뭔가 변수가 생길 수도 있는 거 아닙니까."

"준석아."

백정규가 뭔가 이야기하려고 했지만 여준석은 아랑곳하지 않고 자기 할 말을 이어갔다.

"저 여준석, 여기서 제대로 움직일 수 있는 유일한 현장 요원입니다. 여기 김수동이는 황민주 얼굴도 식별이 가능하고요. 판진아 요원의 CCTV 영상 분석은 언제 끝날지 모르는 상황입니다. 만약 저놈이 황민주가 있는 곳으로 가고 있다면 우리는 황민주에게 시간을 주는 꼴이 됩니다. 그렇게 주어진 시간에 만약 황민주 일당이 뭔가 다른 일을 저지른다면 어떻게 합니까?"

백정규는 고민하는 눈치였다. 하지만 고민은 길지 않았다.

"알았다. 무리하진 말고. 야, 여준석이한테 차 키 줘라."

요원 하나가 여준석에게 자동차 열쇠를 던져 주었다. 여준석은 그것을 한 손으로 받았다.

"후회 안 하게 해 드릴게요, 백곰 형님."

여준석은 씩 웃더니 수동의 팔을 잡아끌고는 밖으로 뛰쳐나갔다. 수동은 그 뒤를 따르느라 하마터면 중심을 잃고 앞으로 쓰러질 뻔했다.

"기회다, 판진아."

지하 주차장으로 향하면서 여준석은 이렇게 중얼거렸다. 수동은 조금 전 들었던 단어 하나가 귓가를 맴돌았다.

'샤론의 장미.'

뭔지는 여전히 알 수 없었지만 여준석을 이렇게까지 움직이게 하는 건 바로 '샤론의 장미' 때문이라는 게 분명해졌다.

"준석아, 그 샤론의 장미란 게 도대체 뭐야?"

승합차에 오르자마자 수동은 안전벨트도 착용하기 전에 이렇게 물었다.

"말해 줘도 넌 이해 못 해."

여준석은 이렇게 말했다.

이 말로 여준석이 '샤론의 장미'가 뭔지 대답하지 않을 거라는 건 분명해졌다. 하지만 수동은 '모른다.' 혹은 '알려 줄 수 없다.'가 아니라 '이해할 수 없다.'는 말을 했다는 점을 주목했다. 뭔지는 알 수 없지만 판진아와의 자존심 싸움 같은 게 아닐까 짐작하게 하는 대목이었다. 하지만 그뿐이었다. 더 이상은 물어볼 수가 없었다. 일단 여준석의 눈빛이 무서울 정도로 빛나고 있었기 때문이다.

차에 시동이 걸렸다.

"미행 시작합니다. 회선 점검 부탁합니다."

여준석은 헤드셋을 착용하고는 이렇게 말했다.

– 수신 감도 양호. 영상 감도 양호.

승합차 안에 있는 스피커에서 요원의 목소리가 울렸다.

– 야, 여준석이. 너 지금 하는 일은 어디까지나 미행이다, 미행. 괜히 그놈 건드려서 일 그르치지 마라. 내 말 무슨 말인지 알겠지?

"물론입니다."

여준석은 승합차를 몰고 지하 주차장을 빠져나갔다. 그러자 큰 빗줄기가 승합차 지붕을 무서운 기세로 두드리기 시작했다. 정말이지 오랜만에 보는 폭우였다. 여준석은 조금 전 CCTV 영상에서 본 남자가 간 반대 방향으로 차를 몰았다.

"무슨 변화 있습니까?"

여준석이 차를 몰면서 물었다. 와이퍼가 열심히 앞 유리창을 닦아 내고는 있었지만 계속해서 시야를 밝히기에는 역부족이었다.

– 아무 이상 없다. 눈치 챈 것 같진 않아. 준석아, 지금 그놈 택시 잡 았다. 어딜 갈 모양이야.

"위치 계속 GPS로 전송해 주세요."

– 알았다. 다시 한 번 말하지만 무리하지 마라. 그놈이 눈치 채면 일 다 망치는 수가 있다.

백정규는 정말로 걱정이 되는지 몇 번이고 강조를 했다.

"알겠습니다."

여준석의 눈동자는 묘한 광기로 이글거리고 있었다. 수동은 이런 여 준석의 눈을 본 기억이 났다. 중학교 때, 친하지 않은 친구에게 냉정하 게 말할 때에도 이런 눈이었던 것 같았다.

"씨발, 내가 한다고. 내가 한다니까."

여준석은 중얼거리면서 운전대를 잡고 있었다. 수동은 보기 드문 심 한 폭우보다도, 멀리서 치는 벼락보다도, 바로 옆자리의 여준석이 더 무서웠다.

일해부대는 비가 폭우로 바뀌기 전 성남 시내에 도착했다. 일해부대 원은 총 열한 명이었다. 한 명은 차를 몰고 있었고, 지휘관은 조수석에 타고 있었다. 나머지 아홉 명은 승합차 뒷자리에 정렬하고 앉아 있었다. 그리고 그 자리의 끝에는 박다은이 있었다.

박다은은 일해부대를 만난 이후로 거의 말을 하지 않았다. 정확하게는 말을 할 수가 없었다. 일반인이고 군대 경험이 전혀 없는 박다은이 보기에도 일해부대원들은 평범한 군인이 아니었다. 가만히 서 있기만 해도 말로 표현하기 힘든 위압감이 느껴질 정도였다.

"무궁화1호부대 성남시 진입. 다음 좌표 전송 바란다. 이상."

조수석에 앉아 있는 지휘관이 무선을 보냈다. 꼭 득음하기 직전의 명창이 낼 법한 거칠게 갈라지는 음성이었다.

- 1호부대, 좌표 전송했다. 모란역 부근 지하 주차장이다. 이상.

판진아의 목소리였다.

"정리는 했는가? 이상."

- 지역 경찰이 정리했다. 현재 경찰은 모두 철수한 상태다. 이상.

"카피. 이상."

다시금 승합차 안에 침묵이 감돌았다. 박다은이 차에 오른 이후, 이들은 아무 말도 하지 않았다. 가끔 움직일 때마다 깜짝깜짝 놀랐을 정도로 이들에게는 거의 움직임이 없었다.

일해부대원들은 하나같이 짙은 국방색 군복에 같은 색깔의 스키 마스크를 착용하고 있었다. 보이는 것은 오직 눈뿐이었다. 커다란 덩치의 사내들이 군복을 입고 얼굴을 가리고 있는 것만으로도 무서웠지만, 가장 무서운 것은 지휘관이었다. 지휘관은 한쪽 눈에 안대를 하고 있었기 때문에 다른 사람들과 쉽게 구별할 수 있었는데, 다른 부대원을 바라보는 눈빛만 보아도 이 사람이 지휘관이라는 걸 느낄 수 있을 정도로 위압감이 강한 사내였다.

"박다은."

지휘관이 불렀을 때, 박다은은 오줌을 지릴 정도로 겁이 났다. 저 사람이라면 아무 감정도 없이 '죽여.' 따위의 말을 쉽게 내뱉을 수 있을 것 같았다.

"예."

박다은은 크게 용기를 내서 대답했다. 하지만 목소리가 떨리는 것까지는 어쩔 수 없었다.

"황민주 얼굴, 확실히 알아볼 수 있지?"

"예? 예."

박다은의 대답과 동시에 승합차가 건물 지하 주차장으로 들어섰다. 주차장에는 차가 단 한 대도 없었다. 승합차의 타이어가 주차장 바닥에 미끄러지는 소리가 요란하게 울렸다.

"무궁화1호부대 좌표 도착. 다음 지시를 기다린다. 이상."

– 1호부대, 대기하면서 다음 지시를 기다릴 것. 이상.

"카피. 이상."

통신이 끝났다. 지휘관은 몸을 돌려서 손짓을 보냈다. 그러자 박다은 옆에 있던 부대원이 박다은을 일으켜 세웠다. 박다은은 자신의 의지와는 상관없이 몸이 절로 알아서 발을 움직여 지휘관 쪽으로 향하는 신기한 경험을 했다.

"박다은, 네 말 한마디로 사람이 죽고 산다. 엉뚱한 사람 가리키면 엉뚱한 사람 죽고, 황민주 나타났을 때 머뭇거리면 우리 부대원이 죽는다. 다른 건 몰라도 난 내 부대원을 잃는 건 절대 용납할 수 없다."

지휘관이 박다은에게 가까이 오라는 손짓을 보냈다. 박다은은 지휘관 쪽으로 몸을 기울였다. 손이 눈에 띌 정도로 심하게 떨리고 있었다.

"절대 용납할 수 없다는 말은 절대로 그런 일이 일어나서는 안 된다는 소리다. 내 말 알겠나?"

아주 낮고 작은 음성이었다. 하지만 지휘관의 말은 단어 하나하나가 박다은의 귀를 통해 심장 깊숙한 곳까지 들어와 각인되었다.

지휘관이 다시 손짓을 했고, 박다은은 고개를 숙이고 재빨리 자신이 앉아 있던 자리로 돌아가 앉았다. 손의 떨림이 멈추질 않았다.

"다시 한 번 말하지만 우리 임무는 황민주의 제거다. 황민주는 지하철역과 도서관을 폭파했고, 이미 민간인 둘을 총으로 쏴 죽였다. 사격술이 뛰어난 건 물론이고 아마 무술 솜씨도 상당할 것이다. 잠깐이라도 머뭇거리면 죽는다. 96년 강릉에서 우리 특전사 요원이 적에게 당했던 사건을 잊지 마라. 그 요원은 머리에 총을 맞고도 적에게 응사했을 정도로 용맹했지만 적을 발견한 즉시 사격하지 않고 머뭇거렸기 때문에 당하고 말았다."

지휘관이 잠시 말을 끊자 다시 한 번 침묵이 찾아왔다. 박다은은 이제 이 침묵이 익숙해지고 있었다.

"나는 그런 일이 다시 일어나서는 안 된다고 생각한다. 특히 내 부대원에게 일어나서는 절대로 안 된다. 절대로! 내 말 알겠나?"

"예!"

아무 말도 하지 않고 마치 밀랍 인형처럼 무겁게 앉아만 있던 부대원들이 일제히 대답을 했다. 까딱했으면 분위기에 휩쓸려 박다은도 대답을 할 뻔했다.

"그럼 대기한다."

지휘관은 의자에 목을 대고 눈을 감았다. 다른 부대원들도 조금은 풀어진 자세로 승합차 좌석에 등을 기댔다.

다시 침묵이 찾아왔다. 박다은은 도대체 이 사람들은 어떻게 이런 지루함을 견디는 걸까 궁금했다. 하지만 훈련을 받지 않았을 뿐만 아니라 기다림의 노하우도 없는 박다은은 결코 이해할 수 없을 일이었다. 오직 공포만이 박다은을 숨죽이게 하고 있었다.

10. 여자 대 여자

일해부대가 지하 주차장에서 출동 대기하고 여

준석과 수동이 택시를 미행하는 바로 그 순간, 황태산의 핸드폰으로 전화가 왔다. 기다리고 있던 전화였다.

－ 황 회장님, 저 곽산호입니다.

"곽 사장."

－ 비서한테 이야기 들었습니다. 아무리 늦어도 좋으니 오늘 중으로 만나자고 하셨다면서요?

"그랬지요."

－ 무슨 일이십니까? 지금 그쪽으로 가는 길입니다.

"기다리고 있습니다. 만나서 이야기합시다."

황태산은 의자에 앉았다.

곽산호를 만나는 건 남조선에서 마지막으로 해야 할 일 중 하나였다. 지금까지 남조선에서 자신이 이룬 것들을 안전하게 남기기 위해서는 꼭 해야 할 일이었다.

실질적인 작업은 이미 끝난 지 오래였다. 황태산은 10년 전부터 이미 자신의 사업체를 타인의 명의로 넘기는 일을 시작했다.

황태산이 가지고 있는 사업체는 대부분 탈북자와 외국인 노동자들을 고용하기 위한 시설이었다. 가지고 있는 건물들 또한 탈북자들을 위해서 싸게 세를 내어 주었고, 나온 수익금들 또한 탈북자들을 위해 썼다.

황태산은 지난 10년을 돌아보았다. 아름다운 시절이었다. 북남의 정상이 두 번이나 만나 악수와 포옹을 나누었다. 따뜻한 시절이었다. 남조선 정부는 북조선 원조를 공식화했고 대화는 끊이지 않았다. 행복한 시절이었다. 북조선은 국제 정치의 역학 관계에 따라 남조선에 도발을 하기도 했고 군사행동을 가하기도 했다. 하지만 그럼에도 불구하고 북남 간의 대화는 끊어지지 않았다.

만약 그런 시절이 계속되었다면, 그래서 북조선에서 자신을 제거하기 위한 암살자를 파견하지 않았다면 황태산은 이 상태로 계속 남조선에 머물렀을지도 모른다.

하지만 공화국은 황태산을 그냥 내버려두지 않았다. 제대로 훈련받은 파괴 공작원을 막는 건 한 개인의 힘으로는 불가능하다. 그냥 도망치는 것도 생각을 해 보았다. 하지만 그냥 도망치는 경로는 공화국도 이미 생각하고 있을 터였다. 어쩌면 황태산을 도망치게 해 놓고 그 뒤를 추적해 제거하는 작전을 세웠을 수도 있는 일이었다.

자신을 노리고 있는 암살자가 존재한다는 사실을 안 이상, 황태산은 암살자를 제거하지 않고는 움직일 수 없었다. 그리고 10년 전부터 준비한 이 모든 일들은 결국 공화국을 등지고 흔적 없이 사라지기 위함이었다.

이제 몇 시간 안에 모든 일은 끝이 난다. 오랜 시간 공들여 준비했던 그 모든 과정이 이제 곧 결실을 맺게 된다. 정보부에서는 도대체 무슨 일이 벌어진 건지 모를 것이다.

국가정보부에서 실제로 일어난 일을 파악하기 위해서는 엄청난 시간을 들여야 할 게 분명했다. 몇 개월? 몇 년? 언론에 알릴 대외용 문서가 아니라 제대로 된 평가 보고서가 완성되려면 꽤 오랜 시간이 흘러야 할 것이다. 그리고 마침내 실제로 일어난 일이 무엇이었는지 알게 되더라도 황태산의 안전을 위협할 수는 없을 거였다. 오히려 실제로 일어난 일을 감추기에 급급할 것이다.

곽산호가 도착한 것은 자정이 다 되었을 무렵이었다. 황태산은 곽산호에게 자신의 방에서 이야기를 하자고 했다. 곽산호는 그렇게 하자고 하고 황태산의 방으로 들어섰다.

"무슨 일이십니까?"

곽산호는 키가 크고 마른 체형의 40대 남자였다. 오랜 현장 경험 때문에 얼굴은 나이보다 훨씬 더 들어 보였지만 현장에서 활동하는 활동가들이 보통 그렇듯, 신념이 만들어 준 자신감 넘치는 밝은 표정을 하고 있었다.

"이렇게 늦은 시간에 보자고 하셔서 놀라셨습니까?"

황태산이 웃는 얼굴로 물었다. 곽산호는 고개를 갸우뚱했다.

"아무래도 좀 그렇지요. 제가 아는 황 회장님은 항상 여유를 두고 일을 하시는 분이신데, 이렇게 늦은 시간에 보자고 하시니 아무래도 좀……."

"하긴 곽 사장은 제가 일하는 방식을 좀 아시지요."

황태산은 여유 있게 웃으면서 곽산호에게 차를 권했다. 도자기 잔에 담긴 커피믹스였다.

"저는 오늘 여기를 뜹니다."

"아, 그게 오늘인가요?"

곽산호는 조금 놀랐다는 듯 눈을 크게 뜨며 말했다. 황태산은 고개를 끄덕였다.

"제가 떠나고 나면 곽 사장은 조금 곤란해지실 겁니다."

"음, 역시 세금 문제인가요?"

곽산호가 조심스럽게 물었다.

"아닙니다. 그건 정리가 끝났어요. 곽 사장도 확인하셨잖습니까?"

"그건 그렇지만 세금 문제 말고는 제가 곤란해질 이유가 없는 것 같아서 말이지요."

"그렇게 생각하시는 것도 무리는 아니지요. 아마 내일이면 정보부 사람들이 곽 사장을 찾을 겁니다."

"정보부요? 성남경찰서 정보과?"

"아닙니다. 대한민국 국가정보부 말입니다."

"정보부⋯⋯에서요?"

곽산호는 전혀 이해가 가지 않는다는 듯 얼빠진 표정으로 물었다.

"일단 어깨동무 공장부터 시작할 겁니다, 곽 사장. 그리고 광범위한 사찰이 이어지겠지요. 너무 걱정하진 마세요. 결국에는 다 정상으로 돌아올 테니까요."

"도대체 무슨 말씀이신지⋯⋯."

"다 아실 필요는 없습니다. 나중에 정보부에서 오면 보고 들은 그대로를 말해 주면 됩니다. 나한테 인질로 잡혔다고 말하면 된다는 거지요."

이제는 황민주를 깨울 시간이었다.

"민주야."

황태산은 소파에 누워 머리까지 이불을 뒤집어쓰고 있는 황민주를 작고 다정한 소리로 불렀다. 하지만 아무런 반응이 없었다.

"이제 가야 할 시간이다."

다시 한 번 불렀다. 하지만 역시나 조용했다. 아무리 깊게 잠들었어도 황태산의 목소리에는 날이 선 칼날처럼 예민하게 반응하는 황민주였다. 황태산은 불쑥 불길한 생각이 들었다.

"잠시만."

황태산은 황민주가 덮고 있던 이불을 걷었다.

이불을 덮고 있는 건 황민주가 아니라 황민주가 임신부로 위장하기 위해 사용했던 가짜 배였다. 황태산은 황민주의 가방도 뒤져 보았다. VZOR-61 스콜피온 기관권총도 없었다. 황태산은 얼른 금고를 열었다. 안에 들어 있는 각종 무기류를 본 곽산호는 깜짝 놀랐지만 황태산의 관심은 다른 곳에 있었다. 급조 폭탄의 기폭 장치를 넣어 둔 상자 안이 텅 비어 있었던 것이다.

"변수가 생길 거라고는 생각했지만 이건 정말 예상 밖의 변수로군."

혼잣말이 절로 나왔다.

하지만 이대로 주저앉아 있을 수는 없었다. 황민주가 뭘 하고 있건 이미 상황은 급박하게 돌아가고 있었다.

"저……."

황태산은 잡히는 대로 9mm 우지 기관단총을 들어서 곽산호 쪽을 겨냥했다.

"이제부터 곽 사장은 인질입니다. 그러니 좀 조용히 계세요."

손을 들고 있어야 할지 아니면 말아야 할지 몰라 갈팡질팡하는 곽산호는 내버려두고, 황태산은 지금 황민주가 무엇을 하려고 하는지를 곰곰이 생각해 보았다. 몇 가지 가능성이 떠올랐지만 답은 하나밖에 나오지 않았다.

"김수동. 역시 김수동이 가장 큰 변수였던 게야."

황태산은 오래전에 준비해 둔 상자를 집어 들었다. 계획대로 될 수 있을까 하는 걱정이 일었다. 창밖의 비는 도무지 그칠 기색을 보이지 않고 있었다. 아마도 밤새 퍼부을 모양이었다.

여준석은 내비게이션 화면에 집중하고 있었다. 안전가옥에 설치된 지휘 본부에서는 계속해서 미행해야 할 택시의 좌표와 경로를 전송해 주고 있었다. 중간에 다른 차가 하나 끼어들게도 하고, 때로는 살짝 앞질러 가기도 하면서 여준석은 미행을 계속 이어갔다.

수동은 그런 여준석을 조수석에 앉아 지켜보았다. 눈에서 당장 뭐라도 튀어나올 것 같은 기세로 차를 몰고 있는 건 그렇다 치더라도, 가끔씩 그 의미조차 짐작하기 어려운 말을 중얼거리는 걸 보고 있자니 살짝 겁까지 났다.

그런 여준석의 심리를 이해하는 건 어려운 일이 아니었다.

수동과 함께 차량 번호가 노출된 차를 타고 성남 시내를 무작정 돌아다녀 적을 유인한다는 매우 성공 확률이 낮은 일을 성공한 직후 분명 여준석은 흥분 상태였다. 하지만 그 흥분 상태는 곧 '이제는 더 이상 공을 세울 수 있는 기회가 없다.'는 사실을 깨닫게 되자 가라앉아 버렸다. 그런데 다음 순간 다시 한 번 공을 세울 수 있는 기회가 온 것이고, 그러자 억제되었던 흥분이 반작용을 일으켜 과도하게 일어나고 있는 것이다.

"저 새끼 중간에서 내릴 거야. 눈치 챘을 거라고."

비록 상당히 흥분된 투이긴 했지만 여준석의 입에서 나온 말 중 간만에 제대로 된 의미를 짐작할 수 있는 말이었다.

"비가 이렇게 쏟아지는데?"

수동이 농담조로 받았지만 여준석은 이 말을 무시했다.

"저 새끼 뭔가 꾸미고 있어. 거기서 그냥 차 타고 있어도 되는데 이 비를 뚫고 굳이 차에서 나온 데에는 이유가 있을 거야, 이유가."

"지원을 요청하는 걸 수도 있잖아."

"넌 까먹었는지도 모르겠지만 21세기 대한민국에는 핸드폰이라는 문명의 이기가 있어."

비록 비아냥거림이기는 했지만 여준석이 수동의 말에 반응을 보인 건 꽤 오랜만이었다.

"그래? 핸드폰은 고장이 나기도 하고, 배터리가 다 되기도 해."

수동은 지지 않겠다는 듯 얼른 이렇게 쏘아붙였다.

"차에 타고 있는 두 사람이 동시에 그렇게 될 가능성이 얼마나 있을 것 같은데?"

"대한민국에서 테러가 연속으로 일어날 가능성보다야 높겠지."

이 말에 여준석은 수동을 노려보았다. 미행을 시작한 이후 처음으로 택시에서 시선을 뗀 순간이었다. 수동은 그 눈을 피해 얼른 창밖으로 시선을 돌렸다. 하지만 와이퍼가 장착되어 있지 않은 차창을 통해 보이는 것은 도시의 불빛이 창에 달라붙은 빗물을 따라 번지는 광경뿐이었다.

"병신 새끼."

수동이 창밖을 보면서 감상에나 젖어 볼까 하고 있는데 여준석이 싸늘한 목소리로 말했다. 수동은 여준석을 놀란 눈으로 바라보았다.

"너 말이야, 김수동."

여준석이 굳이 수동을 딱 지목해서 말했다.

"뭐, 뭐야?"

"황민주. 황민주라고, 이 병신아."

"병신이라는 말은 장애인을 비하하는 단어야. 공직자가 그런 단어를 쓰면……."

"헛소리 집어치우고 정신 똑바로 차려, 김수동."

여준석이 수동의 농담을 자르곤 자신의 말을 이어갔다. 수동은 여준석의 흥분이 너무 지나친 게 분명하다고 생각했다. 지금은 이렇게까지 심하게 말해야 할 상황은 아니었다.

"멀쩡하던 사람이 멍청해지는 순간이 있어. 욕심이 눈앞을 가리면 정말 멍청해지지. 이를테면 돈 좀 잃었다고 도박장에서 집문서, 땅문서를 판돈으로 거는 사람. 너도 마찬가지야, 김수동. 욕심이 눈앞을 가려서 멍청해진 거야."

갑작스럽게 쏟아지는 여준석의 독설에 수동은 놀라지 않을 수 없었다.

"욕심? 나, 욕심 같은 거 없는데."

수동은 이게 다 여준석이 너무 흥분했기 때문에 하는 소리라고 생각했다. 이럴 때는 그냥 웃는 얼굴로 재치 있게 받아 주는 편이 좋을 거 같았다.

"있어."

"시간당 채 5천 원도 못 받는 일하는 돈 욕심?"

"헛소리하지 말라니까. 황민주, 황민주 말이야."

수동은 황민주라는 이름을 듣자 뭐라고 재치 있게 받아칠 생각이 사라졌다.

"욕심이야, 욕심. 황민주를 가지고 싶다는 욕심. 생각해 봐. 황민주는 널 이용했어. 그리고 이용 가치가 없어졌으니까 떠난 거고. 그런데 넌 지금도 황민주를 못 잊고 있잖아. 안 그래?"

수동이 아무 대답도 하지 않자 여준석은 그냥 자기 하고 싶은 말을 이어갔다.

"넌 아직도 황민주가 간첩이라는 걸, 테러리스트라는 걸 못 믿고 있어. 아니, 믿고 싶지 않은 거겠지. 믿으면 네가 품고 있는 욕심을 채울 수 없게 되니까 말이야. 황민주를 다시 만나고 싶다는 욕심 말이야."

택시가 신호등에 걸려서 멈추어 섰다. 여준석은 차를 한 대 중간에 끼워 주고 그 뒤에 차를 멈췄다.

"만약 황민주가 간첩이 아니었다고 해도 그런 짓은 하면 안 되는 거야. 끝난 건 끝난 거야. 넌 앞으로 절대로 황민주를 다시 만날 수 없어. 다시 사랑할 수도 없고, 다시 키스할 수도 없고, 다시 섹스를 할 수도 없어. 이미 헤어졌으니까. 그게 연애야. 연애의 기본 규칙이야. 너, 나이가 몇인데 그것도 몰라? 응?"

"아냐."

수동은 얼결에 이렇게 대꾸를 하고 말았다.

"아니라고? 다시 황민주를 만나고 싶은 게 아니라고?"

"그런 게 아니라고."

"그래, 그런 건 아닐지도 모르지. 그럼 이건 어때? 넌 네가 오래전부터 품고 있었던 의문을 풀고 싶은 욕심이 있는 거야."

"의문……이라고?"

"그래, 의문. 연애를 하고 있는 사람이라면 절대 가져서는 안 되는 의문. 가지게 되면 서로가 불행해지는 의문 말이지."

수동은 그 의문이 뭔지 알고 있었다. 다시 황민주를 만나고 싶다는 마음이 있는 것도 바로 그 의문을 풀고 싶어서라고 할 수 있으리라.

"'과연 그 여자가 날 사랑했을까?' 그렇지? 넌 황민주를 만나서 묻고 싶은 거야. '너, 나를 사랑했었니?' 하하하. 멍청한 새끼."

수동은 여준석의 이 말에 아니라고 부정을 할 수 없었다. 고개를 숙이고 한숨을 길게 내쉬고 싶다는 욕망이 일었다. 하지만 지금 여기서, 그것도 여준석 앞에서는 결코 그런 꼴을 보이고 싶지 않았다.

"너, 좀 지나친 것 같다?"

수동은 나름대로 인상을 쓰면서 목소리를 깔고 이렇게 말을 했다.

"내가 각오 단단히 하라고 했지? 오늘 황민주는 죽어. 죽게 되어 있어. 나도 황민주가 죽는 걸 바라지 않아. 그래야 더 많은 정보를 뽑아 먹을 수 있을 테니까 말이지. 그래도 어쩔 수 없어. 일해부대가 출동한 이상 황민주는 절대로 살아남을 수 없어."

하지만 수동의 반발은 여준석에게 별다른 영향을 끼치지 못한 모양이었다. 여준석은 조금도 태도를 바꾸지 않고 있었다.

"미련 버리란 소리야. 이제 포기하라는 말이라고. 다 너 생각해서 하는 말이야."

택시는 이제 성남시 시내버스 종점을 지나 외곽으로 향하고 있었다.

- 야, 준석아. 성남 벗어나는 것 같아?

스피커폰으로 백정규 요원이 물었다.

"여기 지나면 화성이나 광주로 간다는 소릴 텐데요. 이 비를 뚫고 택시 타고 거기까지 가야 할 이유가 있을 것 같진 않아요, 선배."

302

- 아마 거기 어디가 목적지일 것 같지?

"저도 그렇게 생각해요, 선배."

여준석은 이렇게 말하면서 속도를 늦췄다. 택시와의 거리를 더 벌리기 위해서였다. 택시는 공장 지대로 접어들었다.

"공장! 여기 있는 공장 어딘 거 같아요!"

여준석이 다급한 목소리로 소리쳤다. 여준석의 흥분은 이제 더 이상 수동을 향하고 있지 않았다. 수동은 혼자 다행이라고 생각했다.

- 오케이, 벌써 판진아가 자료 뽑고 있다. 천천히 거리 벌리고 따라가.

"택시 섰어요."

여준석은 차를 길가 쪽으로 대고는 헤드라이트를 끄면서 말했다. 모니터에 나오고 있던 전방의 영상이 순간 어두워졌지만 곧 다시 밝아졌다. 초록색 화면으로 바뀐 걸로 봐서 적외선 카메라로 전환된 모양이었다.

"지금 전방 카메라로 보이죠? 저 공장 안으로 들어갔어요. 기숙사 안에 있는 아파트형 공장 같아요. 공장 앞 간판 보니까 '어깨동무 공장'이라고 써 있어요."

- 알아. 여기서 다 확인했다. 판진아가 분석 들어갔어. 수고했다. 거기서 대기해라.

"저 새끼, 어디 공장 뒷문 같은 곳으로 튀는 거 아닐까요?"

- 걱정 마라. 근처 CCTV 벌써 확보했어. 아무리 비가 쏟아져도 이 화면은 못 벗어나.

"하수구나 뭐 그런 지하로 도망칠 가능성은요?"

- 음……, 그럴 가능성은 없을 것 같다. 지금 자료 뽑아서 나왔는데, 거기 벌써 우리가 손을 쓴 곳이야.

"손쓴 곳이요?"

– 이미 우리가 조사 들어간 공장이라고. 어깨동무 공장, 탈북자들 데리고 일하는 공장이다. 간첩이 있다는 첩보가 있어서 감시팀 보내서 감시 중이었거든. 자세한 자료 보내 줄 테니까 확인해 봐라. 그리고 일해부대 도착할 때까지 무조건 대기하고 있어. 절대 먼저 들어가면 안 된다. 알겠지?

백정규 요원이 다짐을 받듯 강하게 말했지만 여준석은 건성으로 알겠다고 대답했다. 하지만 시선이 출력되고 있는 어깨동무 공장 관련 자료로 향하고 있는 것으로 봐서 무시하겠다는 뜻은 아닌 것 같았다.

"이거 원래부터 뒤가 구린 곳이군. 자선단체 탈을 뒤집어쓰고 탈북자들 등쳐먹는 곳이잖아. 거기에 간첩질까지? 거참."

여준석은 자료를 보면서 이렇게 중얼거렸다. 수동은 할 말이 없어서 그냥 자료가 나오는 모니터를 바라보았다. 하지만 글자가 통 눈에 들어오질 않았다.

"이제 정신 똑바로 차려."

여준석이 말했다.

"이제 곧 황민주가 죽는 걸 보게 될 테니까 말이야."

수동은 그 말이 어떤 협박이나 위협보다 더 무섭게 들렸다.

여준석과 김수동이 차에서 일해부대가 도착하기를 기다리는 사이, 국가정보부는 급박하게 돌아가고 있었다.

윤태형 3과장은 택시가 어깨동무 공장 앞에 멈춰 선 직후부터 판진아와 함께 움직였다. 그와 동시에 오인규 차장에게 수시로 보고를 올렸다. 당장 해결해야 할 사소한 문제들이 쌓여 있었다. 통신과 영상 확보는 필수였다. 판진아는 모든 모니터에 영상을 띄우고, 그것을 적절하게 배치하는 작업을 했다. 하지만 문제가 발생했다. 기존에 어깨동무 공장을 조사하고 있던 감시팀과 연락이 닿질 않았다.

"국가정보부에서 국가정보부 요원하고 연락이 안 된다는 게 말이 되는 소리라고 생각하나?"

오인규 차장은 윤태형 과장에게 압박을 가했다. 그 압박은 바로 판진아에게 이어졌다.

"야, 판진아! 현장에 있는 우리 감시팀하고 연락 아직도 안 됐나?"

윤태형 과장이 인상을 잔뜩 찌푸리고서 당장이라도 한 대 칠 것 같은 기세로 말했다. 판진아는 출력한 문서를 들고 보고를 했다.

"어깨동무 공장을 조사하고 있던 팀은 한창남 요원이 지휘하는 팀이에요. 임무 맡은 지는 3개월 정도 됐고요, 이번 황민주 사건과는 전혀 다른 지휘 체계로 움직이고 있어요."

"한창남이면 그 뉴스에 얼굴 잡혔던 요원 아니냐? 서울대 도서관 테러 터졌을 때 말이야."

"예, 맞습니다, 과장님."

"그 친구, 신도림역 폭파 사건 때도 가장 먼저 현장에 도착해서 CCTV 화면 확보했었지? 거참, 운이 좋은 친구인지 운이 나쁜 친구인지."

윤태형 과장은 혀를 끌끌 찼다.

문제는 기존에 어깨동무 공장을 감시하고 있던 팀이 연락이 되지 않는다는 점이었다. 요원들의 핸드폰은 모두 꺼져 있었고, 무선은 통하지 않았다. 팀을 지휘하는 한창남 요원에게는 감시팀과 바로 통하는 핫라인이 있겠지만 문제는 한창남 요원과도 연락이 닿지 않는다는 점이었다. 아마도 잠복 중이거나 그에 준하는 상황인 모양이었다.

"이 상태로는 차장님이 부장님께 보고를 드릴 수가 없어. 다른 문제는 해결된 거 맞지?"

"예. CCTV, GPS, 여준석 모두 연결되어 있어요. 성남시 교통 카메라는 어깨동무 공장 반경 10킬로미터까지 확보했고, GPS는 여준석과 일해부대원 전원 다 잡았어요. 지금부터 일해부대가 도착할 때까지 어깨동무 공장에서는 우리 눈을 피해서는 개미 새끼 한 마리 못 빠져나가요."

"여준석이 보내서 연락하면 어때?"

윤태형 과장이 아이디어를 냈다.

"감시 중인데 노출될 가능성이 있어요. 이렇게 비가 쏟아지는데 공장 주변을 어슬렁거리는 사람이 눈에 띄면 녀석들이 눈치챌 수도 있다고 생각해요."

판진아의 말에 윤태형 과장은 고개를 끄덕였다.

"알았어. 연락은 계속 시도해. 일해부대 도착 예정 시각은?"

"일해부대는 어깨동무 공장에서 15분 거리에 있어요. 속도를 더 높이라고 지시할까요?"

"아냐, 아냐. 비도 오는데 그럴 것 없어. 15분 거리면……."

윤태형 과장은 초조한지 계속해서 혀로 입술을 적셨다.

"차장님께 보고하실 건가요?"

판진아가 물었다. 이제는 청와대에 들어가 있는 부장에게 보고가 되어야 했다. 그래야 부장이 대통령에게 보고를 할지 말지를 판단할 수 있을 거였다.

"젠장, 고작 15분 남았는데 감시팀 연락이 안 된다는 게 말이나 되는 소리야?"

"통상 감시팀은 임무 성격상 회사랑 통신을 끊기도 하잖아요. 거기에 악천후까지 겹쳤으니 연락이 안 되는 것도 절대로 일어나지 않는 일이라고 볼 수는 없어요."

"그런 일이 하필 차장님께 보고 드려야 할 때 일어나면 안 되지!"

윤태형 과장은 판진아에게 짜증을 쏟아 부었다. 그러자 사방이 온통 조용해졌다. 분주하게 움직이던 요원들이 숨을 죽이고 과장의 눈치를 살폈다.

"아, 모르겠다."

요원들의 굳은 표정을 살피던 과장은 결국 결심을 한 모양이었다. 핸드폰을 들고 바로 단축 버튼을 눌렀다.

"차장님, 저 윤 과장입니다. 15분 뒤면 일해부대가 도착합니다. 예, 현장 감시팀은 통신 두절입니다."

— 야, 윤태형! 거기 우리 요원 나가 있잖아! 여준석이! 여준석이 시켜서 감시팀 연락해! 당장! 이 상태로 부장님께 어떻게 보고를 드려?

전화기 저편에서 들려오는 오인규 차장의 목소리는 근처에 있는 요원들이 다 들을 수 있을 정도로 컸다.

"차장님, 여준석이 보냈다가 황민주 일당에게 노출될 가능성이 있습니다. 그냥 무선으로 연락을 계속 시도해 보는 편이……."

— 아, 몰라! 무조건 여준석이 보내! 그 친구 일 잘하는 현장 요원이

잖아. 이렇게 비가 쏟아지는데 놈들 눈치 못 채게 움직이는 일 하나 못 하면 당장 정보부 때려치우라고 해!

차장은 이렇게 고함을 치고는 일방적으로 전화를 끊어 버렸다. 윤태형 과장은 잠시 한숨을 내쉬더니 판진아에게 손짓을 보냈다. 판진아는 바로 여준석에게 연락을 취했다.

"여준석 요원, 뒤쪽으로 돌아가면 우리 감시팀 승합차 있어. 보면 바로 알 수 있을 거야. 그래, 한창남 요원이 지휘하는 팀이야. 지금 당장 연락 취해."

판진아가 여준석에게 지시를 내리자마자 중앙에 위치한 모니터에 오인규 차장의 얼굴이 떴다. 윤태형 과장의 보고를 받고는 바로 온라인으로 연결한 모양이었다.

- 야, 지금 당장 모니터 연결하고 브리핑해 봐. 판진아, 빨리!

차장은 초조한 기색이 역력했다.

"지금 모니터로 보고 계신 것은 공장 부근 CCTV 화면과 현장에 파견된 여준석 요원 차량에서 찍고 있는 화면입니다. 황민주 일당은 현재 공장 안에 있는 것으로 추측되며, 대략 10분 내외로 타격팀이 도착할 예정입니다. 곧 작전이 있을 것이며, 황민주의 얼굴을 식별할 수 있는 민간인 두 명이 함께할 예정입니다."

- 작전 중 예상되는 피해는?

차장이 물었다.

"일해부대 지휘관과 협의하여 최소화할 예정입니다."

판진아가 답변하자 차장은 고개를 한 번 끄덕였다.

- 황민주는 사살할 건가?

오인규 차장이 물었다.

"물론 사로잡는 게 이상적이긴 합니다만, 황민주와 그 일당은 박격포까지 가지고 있는 중무장 상태라고 추측됩니다. 당연히 우리 요원의 안전을 생각하지 않을 수 없습니다."

윤태형 과장이 막힘없이 답변했다. 차장은 이미 이해하고 있다는 듯 깊게 고개를 주억거렸다.

ㅡ 이번 작전에 무궁화1호부대가 투입됐다. 수많은 테러리스트들과 맞서 싸워 온 부대이니만큼 실수는 하지 않겠지. 조금 이따가 부장님 연락할 건데, 작전 투입 전에 1호부대 지휘관과 대화를 나누시게 할 수 있을까?

"예, 투입 직전에 연결하도록 하겠습니다."

ㅡ 좋아. 그럼 그 전에 판진아가 지금 보이는 화면들을 자세히 설명해 봐.

"제가 설명해 드리겠습니다."

부장의 말에 바로 판진아가 모니터 앞으로 섰다. 모니터 화면을 설정하고 배치한 실무자이니 판진아가 설명하는 게 맞는 상황이었다. 그런데 판진아는 어쩐지 이상하다는 느낌이 들었다. 뭔가가 빠져 있는 것 같았다. 마치 아침에 집을 나서는데 지갑을 두고 나왔을 때 느낄 법한 기분이었다.

ㅡ 판진아 요원, 저 초록색 화면은 어디서 찍은 거지?

하지만 그런 기분에 연연하고 있을 수는 없었다. 오인규 차장이 공장 정면에 설치된 적외선카메라 영상을 가리키며 질문을 했기 때문이었다. 판진아는 설명을 시작했다. 하지만 여전히 그 기분은 사라지지 않고 있었다.

여준석은 수동에게 우의를 내밀었다. 머리까지 뒤집어쓰게 되어 있는 검은색 우의였다.

"나도……, 같이 가?"

우비를 받아 들기는 했지만 영 떨떠름한 표정을 하고서 수동이 말했다.

"당연히 가야지. 여기서 너 말고 황민주 얼굴 알아볼 수 있는 사람이 누가 있어?"

여준석은 당연하다는 듯 말하고는 먼저 우비를 챙겨 입었다. 그러고는 권총집에서 K-5 권총을 뽑아 우비 주머니에 넣었다.

"음, 나는 그렇게 안 해도 되겠지?"

수동도 우비를 입으며 말했다. 여준석은 대답 대신 9mm 탄이 들어 있는 탄창을 던졌다.

"아홉 발 들어 있어. 지금 탄창 결합하고 약실에 한 발 장전한 다음에 안전장치 걸어 둬."

뜻밖이었다. 수동은 실탄이 들어 있는 탄창을 잠시 내려다보았다. 황금빛으로 빛나는 총탄에서 희미한 화약 냄새가 풍겼다. 전역한 이후로 까맣게 잊어버린 냄새였다.

"무선 끄겠습니다."

여준석은 이렇게 말하고는 버튼을 조작했다. 그러고는 수동 쪽으로 바짝 다가왔다. 수동은 자신도 모르게 몸을 움찔했다.

"이제 10분이면 일해부대 애들이 들이닥칠 거야. 그 뒤로는 더 이상 공을 세울 기회는 없어. 만에 하나라도 가능하다면 지금 여기서 나가서 황민주를 내 손으로 잡는 것, 그게 내가 공을 세울 수 있는 마지막 기회야."

여준석의 눈빛이 번득이고 있었다. 조금 전 흥분된 목소리로 수동에게 말을 쏟아 부을 때 보았던 바로 그 눈빛이었다.

수동은 피식 웃음소리를 냈다. 그러자 여준석이 눈에 힘을 주고 수동을 노려보았다.

"뭐냐?"

"너, 좀 전에 나한테 그랬지? 욕심이 사람을 바보로 만든다고."

수동은 한쪽 입술로만 미소를 지었다.

"그래서?"

"그거 바로 네 이야기야. 말해 줘도 모른다고 했던 그 샤론의 장미. 그게 널 바보로 만들고 있어. 난 그게 뭔지는 몰라도 네가 지금 바보짓을 하고 있다는 건 알아. 조금 전 백정규 요원이 그랬잖아. 절대로 일해부대 도착하기 전에 움직이지 말라고."

"함부로 지껄이지 마."

여준석의 목소리가 가라앉았다. 정말로 화가 났다는 뜻이리라.

"판진아한테 밀리는 게 그렇게 싫은 거야? 하긴 그렇겠지. 그러니까 너한테 해야 할 소릴 나한테 지껄인 거지. 도대체 샤론의 장미가 뭐야? 그게 그렇게나 대단해?"

"아, 씨발. 네가 뭘 안다고 그래!"

여준석이 버럭 소리를 질렀다. 수동은 자신이 제대로 짚었다는 걸 알 수 있었다.

"준석아, 그렇게 해서 황민주 잡으면 뭐 할 거야? 어차피 너나 판진이나 같은 공무원 아니냐, 공무원. 한솥밥 먹는 처지에……."

"알았어, 알았어!"

여준석은 더 이야기하기 싫다는 듯 등을 돌리고는 차 문을 열고 내렸다. 수동도 조수석 쪽 차 문을 열고 밖으로 내렸다.

비는 차 안에서 볼 때보다 훨씬 더 심하게 퍼붓고 있었다. 내리자마자 신발과 바지 자락이 젖었다. 우의 안에서 체온이 올라와 턱 밑을 감돌았다. 고어텍스나 그 비슷한 소재로 만든 우의인지 땀이 차지는 않았지만 그렇다고 해서 쾌적한 기분은 아니었다.

"공장 안으로 들어가진 않을 거야. 그냥 승합차로 가서 감시팀하고 연락만 할 거라고! 젠장."

여준석은 투덜거리면서 먼저 걸음을 옮겼다. 수동은 그 뒤를 따랐다.

공장이 꽤 많은 동네였다. 아파트형 공장과 기숙사로 보이는 건물들이 눈에 들어왔다. 이렇게 비가 오는 밤에도 야근을 하는지 불이 켜져 있는 곳이 많았다. 여준석은 걸음을 옮기며 계속 뭐라고 중얼거렸지만 빗소리에 묻혀 제대로 소리가 들리진 않았다. 들어 보나마나 신세 한탄일 거라고 생각했다.

'흥분해서 그런 걸 거야.'

조금 전 택시를 미행하면서 여준석이 자신에게 토해 냈던 욕설이나 다를 바 없는 말들이 떠오르자 수동은 애써 이렇게 생각했다.

"저기야."

여준석이 손가락으로 승합차를 가리키면서 말했다. 수동은 한눈에 알아볼 수 있었다. 그도 그럴 것이 아침에 자신을 태웠던 바로 그 승합차와 같은 종류였다. 여준석이 다가가자 승합차의 헤드라이트가 켜졌다. 그리고 곧이어 우의를 입은 사람이 차에서 내렸다. 한눈에 보기에도 수동과 여준석이 입고 있는 것과 같은 종류였다. 여준석은 손을 흔들었다.

"야, 여자다."

여준석이 왼손은 계속해서 흔들고, 오른손을 우의 주머니에 넣으며 말했다. 우의 주머니에는 K-5 권총이 들어 있다.

"황민주냐? 황민주야?"

수동은 손차양을 만들어 헤드라이트 빛을 막으며 다가오고 있는 우의를 입은 사람을 살펴보았다. 여준석의 말대로 여자였다. 하지만 처음 보는 얼굴이었다.

"황민주 아니야."

"수동아, 다시 한 번 똑바로 보고 말해라. 만약에 저 여자가 황민주면 너도 나도 여기서 죽는다."

여준석이 다짐을 받듯 물었다.

"황민주 아니야. 처음 보는 사람이야."

어둡고 비까지 내리고 있기는 하지만 수동은 확신할 수 있었다. 여자는 오랫동안 그렸던 황민주의 얼굴이 아니었다. 하지만 사실을 말하면서도 수동은 만약 상대가 황민주였다면 어떻게 되었을까를 생각했다.

'황민주였다면, 그리고 그 황민주가 총을 가지고 있다면 분명 준석이는 황민주를 쏘았겠지? 황민주도 응사했을 테고. 하지만 나는 어떻게 했을까? 아니, 뭘 할 수는 있었을까?'

"여준석 요원?"

수동이 생각하고 있는 사이 여자가 다가오면서 말했다.

"제가 여준석입니다. 그쪽은 한창남 요원 팀이죠?"

여준석이 답했다.

"그리고 옆에 있는 사람이 김수동인가요?"

여자는 대답 대신 이렇게 물었다. 여준석은 잠깐 머뭇거리다가 대답했다.

"예, 맞아요."

그리고 다음 순간 수동은 무슨 일이 벌어진 건지 이해하기 위해 꽤오랜 시간을 들여야 했다. 우의를 입고 있었기 때문에 여자의 양손은 잘 보이질 않았다. 사실 여자의 손은 우의 안에 있었다. 그리고 손에는 스콜피온 9mm를 쥐고 있었다.

여자는 여준석을 향해 두 발을 발사했다. 9mm 탄두는 우의를 뚫고날아가 여준석의 이마에 박혔다. 여준석은 그대로 뒤로 쓰러졌고, 여자는 곧바로 스콜피온 9mm의 총구를 수동 쪽으로 돌렸다.

"김수동, 두 손 보이게 번쩍 들어! 어서!"

수동은 자기도 모르게 여자의 명령을 따르면서도 쓰러진 여준석에게서 시선을 떼지 못했다.

머리에 총을 맞은 여준석은 사지를 완전히 뻗은 상태로 경련을 일으키고 있었다. 두 눈은 지금 일어난 일을 이해하지 못하겠다는 듯 부릅뜬 상태로 하늘에서 쏟아지는 비를 고스란히 맞고 있었다. 발사된두 개의 탄두는 여준석의 이마를 뚫고 들어가 뒤통수를 부수고 지나갔다. 노란 뇌수와 피가 뒤섞인 체액이 빗물과 함께 섞여 하수구를 향해흘러갔다.

"승합차로 간다. 앞장서."

여자의 말에 수동은 두 손을 머리 위로 올린 상태로 승합차를 향해발을 옮겼다.

사람은 누구나 죽는다. 하지만 보통 사람은 자신이 죽는다는 사실을 언제나 생각하면서 살지는 않는다. 그래야 죽음의 공포가 삶을 지배하지 않는다.

그러나 수동은 바로 옆에서 친구가 죽는 광경을 목격했다. 그러자 지금까지 잊고 살았던, 혹은 생각하지 않고 살았던 죽음의 공포가 강하게 일 수밖에 없었다. 걸음을 옮기는 다리는 시간이 지날수록 점점 더 심하게 후들거렸다. 비명을 지르며 뛰어가고 싶다는 욕망과, 그렇게 할 경우 바로 죽음을 맞이하게 될 거라는 생각이 동시에 떠올라 머릿속을 어지럽혔다.

상대가 황민주였다면 어떻게 했어야 할까 같은 생각은 그냥 사치였다. 여준석은 머리에 총을 맞고 죽었다. 그리고 수동은 살고 싶었다. 다른 어떤 것보다도 살고 싶다는 욕망이 더 강하게 일었다.

'정신 차리자, 정신!'

수동은 호랑이 굴에 들어간 어떤 사람의 오래된 이야기를 떠올리면서 몇 번이고 이렇게 생각했다. 그래야만 미쳐 버리지 않을 수 있을 것 같았다.

"차 문 열어."

승합차 앞에 도착하자 여자가 큰 소리로 말했다. 문을 열고 나면 날 죽일까? 아니다. 만약 죽일 생각이었다면 조금 전 여준석을 죽였을 때 자신도 죽였으리라. 수동은 여자가 자신을 살려 둔 이유를 모르고 있었지만 이 문을 열고 나면 그 이유를 알게 될 거라는 걸 직감했다. 그리고 그 이유를 알게 되는 순간 죽게 될 것 같다는 생각도 들었다. 하지만 그렇다고 해서 거부할 수 있는 상황은 아니었다.

수동이 승합차의 문을 열었을 때, 승합차에 쓰러져 있는 세 구의 시체는 눈에 들어오지도 않았다. 난생 처음 맡아 보는 악취가 모든 감각을 지배했다. 뒤에 자신을 겨누고 있는 총구가 있다는 사실조차 잠시 잊게 만들 정도의 악취였다.

"들어가."

하지만 악취가 공포를 이긴 건 한순간뿐이었다. 수동은 눈을 질끈 감고 안으로 한 걸음을 옮겼다. 그제야 쓰러진 시체를 자세히 볼 수 있었다. 셋 다 여준석과 마찬가지로 이마에 총상이 있었다.

- 야, 저 새끼 뭐야! 저 새끼, 왜 지금 김수동 데리고 저길 들어가!

- 지금 상황 파악 중입니다!

- 아 씨발, 파악이고 나발이고 일해부대 당장 보내! 당장! 일해부대 몇 분 거리야!

- 7분, 아니, 6분 거리입니다.

- 밟으라고 해! 비가 오건 눈이 오건 상관없어! 무조건 달리라고 해! 저거 황민주야, 황민주! 당장 사살해!

승합차에 설치된 스피커가 요란한 대화 내용을 전송했다. 수동은 이 여자가 승합차에 탄 정보부 요원 셋을 사살한 뒤에 이곳에서 몸을 숨기고는 정보부와 오가는 모든 대화 내용을 듣고 있었다는 걸 알 수 있었다.

'그래서 준석이하고 내 이름을 알고 있었구나.'

하지만 이런 날카로운 추리 따위는 지금 상황에서 별다른 소용이 있어 보이진 않았다. 여자는 수동에게 앉으라고 말했다.

"손등을 바닥에 대고 손바닥에 엉덩이를 깔고 앉아."

여자가 지시했다. 막상 해 보니 상당히 불편한 자세였다. 뿐만 아니라 무슨 일이 생겨서 자리에서 일어나야 할 경우 단숨에 일어날 수 없는 자세이기도 했다.

"오랫동안 널 찾았다, 김수동."

"저, 절요?"

수동은 목이 타들어 가는 것처럼 말랐다. 목소리도 엉망으로 갈라져서 나오고 있었다. 물 한 모금이 절실했다.

"그래. 너, 이중 스파이지?"

전혀 예상하지 못한 질문이었다.

"예?"

"황민주 알지? 왕개미를 죽인 황민주 말이야. 황태산하고는 언제부터 연락했어? 응?"

수동 입장에서는 전혀 이해할 수 없는 질문이었다.

'왕개미? 왕개미를 죽인 황민주? 황태산은 또 누구지?'

수동은 입을 멍하니 벌리고 여자의 얼굴만 바라볼 수밖에는 없었다. 그러자 여자는 코로 한숨을 내쉬었다.

"김수동, 이제부터 대답 안 하면 바로 총알 날아간다. 어디부터 쏴 줄까? 불알 한쪽을 날려 줄까?"

수동이 대답을 하지 않고 머뭇거리자 여자는 이렇게 말했다. 진짜 불알 한쪽을 쏠 거라고 충분히 짐작할 수 있을 만큼 여자의 표정은 진지했다.

"아, 아뇨. 아닙니다."

"무선 들었지? 우리한테는 길어야 5분 정도밖에 시간이 없다. 난 시간을 허비하고 싶지 않아. 다시 묻는다. 너, 이중 스파이지?"

"아닙니다. 오늘, 아니, 어제 아침까지 저 PC방 알바 했어요. 그 전에는 모델 일 했고요. 진짜예요."

수동은 절박한 심정으로 말을 순식간에 쏟아 냈다. 여자가 인상을 찌푸렸다.

"그럼 황민주는 어떻게 아는 거야?"

"황민주하고 전에 사귀었어요. 지금은 헤어졌고요. 그런데 신도림역 폭발 사건 이후 국가정보부 요원들이 절 데리고 왔어요. 그뿐이에요. 진짜예요, 진짜!"

여자는 길게 한숨을 내쉬었다.

"그래, 대충 알겠다. 아무튼 너, 황민주 얼굴은 알아볼 수 있지?"

"예."

"알았어. 그럼 넌 지금 나하고 같이 가야겠다."

'내가 황민주 얼굴을 알아볼 수 있기 때문에 날 살려 둔 건가? 그럼 이 여자는 황민주가 있는 곳을 알고 있다는 소릴까?'

수동이 이런 의문을 떠올리는 사이 여자는 자리에서 일어서서 승합차의 문을 열었다. 그 순간 여자의 등 뒤로 피가 뿜어져 나왔다. 여자의 입에서 컥, 하는 신음 소리가 나왔지만 그리 크지는 않았다. 두 개의 탄두가 여자의 가슴을 뚫고 지나간 것이다. 너무나도 급작스럽게 일어난 일이라 수동은 빗소리에 묻힌 총성을 제대로 듣지도 못했다.

수동은 여자가 총에 맞았다는 걸 알지는 못했지만 본능적으로 몸을 숙이려고 했다. 하지만 자기 손을 깔고 앉은 자세이다보니 자연스럽게 옆으로 쓰러졌다. 여자의 몸에서 뿜어져 나온 피가 우의에 묻었다.

다시 한 번 총성이 울렸고, 수동은 이번엔 총성을 제대로 들을 수 있었다. 여자의 머리가 뒤로 튕겼다. 여자는 아주 잠시 몸을 바로잡는 것처럼 움직이다가 결국에는 뒤로 쓰러졌다. 쓰러진 여자의 몸이 조금 전 본 여준석처럼 경련을 일으키고 있었다.

- 뭐야! 어떻게 된 거야? 일해부대인가?

- 일해부대는 아직 5분 거리, 아니, 4분 거리입니다!

- 누구야! 우리 요원인가? 도대체 무슨 일이야!

- 저희도 모르겠습니다!

무선이 다시 한 번 긴박한 대화를 이어갔다. 수동은 이제 네 구로 늘어난 시체 사이에 옆으로 누워서 어떻게 해야 할지를 생각했다. 마음 같아서는 당장 악취 풍기는 승합차에서 뛰어내려 빗속으로 달려가고 싶었지만 몸을 일으키는 순간 어디선가 총탄이 날아올 것만 같아서 도저히 움직일 수가 없었다.

그리고 수동은 열린 승합차 차 문 너머로 우의 차림의 암살자가 달려오는 것을 보았다. 정체불명의 암살자는 다가와 승합차 안을 한 번 둘러보더니 이렇게 말했다.

"수동아, 당장 내려."

황민주였다. 황민주를 다시 만나게 될 것 같다는 생각은 해 보았다. 하지만 이런 식으로 만나게 될 거라는 건 상상조차 해 보지 못했다.

"미, 민주야……."

"시간 없어. 빨리 내려!"

황민주가 말했고, 수동은 기어가듯 몸을 움직여 간신히 승합차에서 내릴 수 있었다. 황민주가 손을 내밀었다.

"설명은 조금 이따가 할게. 지금은 일단 여기를 피해야 해."

"어, 그, 그래."

수동이 황민주의 손을 잡자 황민주는 전력을 다해 뛰기 시작했다. 방향은 어깨동무 공장 쪽이었다.

김수동과 정체불명의 괴한이 어깨동무 공장 안으로 사라지자 국가정보부는 완전 패닉 상태에 빠졌다.

여준석 요원이 사살된 순간부터 수동이 황민주로 판단되는 여성과 승합차로 들어가는 광경, 그리고 황민주로 판단되는 여성이 정체불명의 괴한에게 사살되는 광경, 마지막으로 수동과 정체불명의 괴한이 CCTV 화면에 잡히지 않는 곳으로 사라지는 광경을 보면서 급하게 상황실로 달려온 오인규 차장은 고래고래 고함을 쳤다. 그리고 그 고함에 대꾸할 수 있는 요원은 단 한 사람도 없었다.

"야, 판진아! 윤태형! 누가 뭐라고 말 좀 해 봐!"

차장은 고함을 치며 상황 파악을 요구했다.

윤태형 과장은 과장 나름대로 상황을 알아보기 위해 애를 썼다. 판진아 요원 역시 분석을 위해 최선을 다했다. 그러나 지금 모니터를 통해서 본 상황을 이해할 수 있는 사람은 아무도 없었다.

"누구야? 여준석을 쏜 게 누구냐고?"

차장이 고래고래 고함을 쳤지만 답변은 없었다.

"황민주냐? 황민주야? 그럼 황민주를 쏜 건 도대체 누구야?"

"일해부대가 3분 거리입니다. 이제 곧 도착해서 상황을 정리할 겁니다."

윤태형 과장이 궁여지책으로 이렇게 말했다. 하지만 이런 상황에서 이 정도 답변으로 만족할 지휘관은 없으리라.

"지금 김수동이 끌고 간 건 도대체 누구야? 우리 요원 아닌 건 확실한 거지?"

차장이 물었다.

"공장으로 바로 향했습니다."

요원 중 누군가가 답했다.

"그건 나도 모니터로 봤어. 공장 안! 공장 내부 카메라 없나?"

"공장 내부에는 CCTV가 없습니다."

"헬기는? 그래, 헬기는?"

"헬기는 악천후 때문에 뜨지 못했어요. 그리고 만약 떴다고 해도 내부를 파악하는 데에는 한계가 있고요."

판진아가 답변했다.

"이런 쌍, 일 돌아가는 꼬락서니하고는! 당장 상황 파악해! 나 지금 부장님한테 보고 드려야 한단 말이야! 지금 당장 파악 못 하면 전부 다 옷 벗을 각오 해! 옷 벗을 각오!"

오인규 차장은 고함을 치면서 책상을 주먹으로 두드렸다. 그러자 그 소리가 신호라도 된 것처럼 설치된 모든 모니터에서 환한 빛이 잡혔다. 공장 1층을 중심으로 거대한 불꽃이 피어오른 것이다. 비록 소리는 전송되지 않았지만 화면만으로도 충분히 무슨 일이 벌어졌는지 알 수 있었다.

폭발이었다. 어깨동무 공장에 폭발이 일어난 것이다. 소란스럽던 상황실이 일순간에 조용해졌다.

"이, 이건 또 뭐냐?"

침묵을 깨고 가장 먼저 입을 연 건 오인규 차장이었다. 폭발로 인한 충격 때문인지 CCTV 화면이 일그러졌다. 폭발 현장과 가까운 곳에 설치된 CCTV는 아예 꺼져 버렸다.

"저, 공장에서……, 폭발이 일어난 것 같아요."

판진아가 말했다. 역시나 별 의미는 없는 보고였다. 요원들 모두 멍하니 모니터만 바라보는 사이 차장은 머리를 쥐어뜯었다.

"야! 멍청하게 가만히 서 있기만 할 거야?"

참다못해 오인규 차장이 이렇게까지 말했지만 요원들은 그저 서로 눈치만 살필 뿐이었다. 결국 지시는 차장이 직접 내려야 했다.

"인근 경찰 다 튀어 나가라고 해! 소방차, 구급차, 부를 수 있는 거 다 불러! 아니, 군부대 연락해서 인근 10킬로미터 도로 다 차단하라고 해! 아, 씨발! 이 상황을 도대체 뭐라고 보고하지? 이거, 지금 당장 보고 안 하면 대한민국 국가정보부 부장이 현장 상황을 뉴스로 먼저 파악하게 된단 말이야!"

오인규 차장은 이제 거의 울먹이고 있었다.

폭발로 일어난 화재가 공장을 불태우고 있었다. 공장 직원들이 비가 쏟아지는 밖으로 대피하는 광경이 화면에 생생히 드러났다.

"도대체 뭐가 어떻게 된 거야?"

윤태형 과장이 나지막이 중얼거렸다. 누구도 대답할 수 있는 사람이 없는 공허한 질문이었다.

11. 고백하는
스파이

2000년 6월 13일 월요일.

황태산은 초조한 마음으로 텔레비전 뉴스를 시청하고 있었다.

남조선의 대통령이 정상회담을 위해 북으로 향한다는 건 누구나 알고 있는 사실이었다. 하지만 정말로 정상회담이 이루어질 수 있는지를 알고 있는 건 북쪽의 고위층 몇몇 뿐이었다. 그리고 그 몇몇조차도 언제 회담이 이루어질 것인가 하는 건 알지 못했다. 모든 것은 오직 국방위원장의 결심에 달려 있는 상황이었다.

마침내 남조선의 대통령이 비행기에서 내렸다. 놀랍게도 국방위원장은 직접 나와 남조선의 대통령을 맞이했다. 그리고 역사적인 포옹이 있었다. 두 사람은 같은 차를 타고 이동했다. 황태산은 두 눈으로 화면을 똑똑히 보고 있었음에도 불구하고 도저히 믿을 수가 없었다. 심장이 격하게 뛰기 시작했다. 저도 모르게 탄성이 나왔다.

이날 열린 북남정상회담은 전 세계 톱뉴스가 되었다. 하루 종일 정상회담이 생중계되었다. 뉴스는 역사적인 순간을 하나도 빼놓지 않고 담으려는 듯 두 정상의 일거수일투족을 보여 주었고, 황태산은 그때마다 탄성을 질렀다.

꿈만 같은 일이었다. 황태산은 통일이 눈앞에 다가온 것 같은 착각에 빠졌다. 이제는 습관처럼 머리에 새겨진 말인 '일희일비하지 말지어다.'를 까맣게 잊을 정도였다. '황태산의 환희는 하루 종일 이어졌다. 저녁에 아파트 초인종이 울리기 전까지.

이 시각에 황태산의 아파트 초인종이 울린다는 건 일어날 수 없는 일이었다.

황태산은 자신을 찾아올 만한 사람들을 모두 알고 있었다. 흔한 검침원이나 택배 따위를 점검하는 건 기본이었다. 잡상인이나 외판원, 보험 판매원 등은 1층 경비실에서 알아서 차단하게 되어 있었다. 새로 이사 온 이웃이 초인종을 누를 수도 있겠지만, 최근 이사 온 이웃은 없었다.

아주 짧은 시간이었지만 황태산이 내린 결론은 둘 중 하나라는 거였다.

'남쪽이거나, 북쪽이거나.'

어느 쪽이건 황태산에게 좋은 소식일 수는 없었다.

먼저 머리에 떠오른 건 안방 금고에 숨겨 놓은 무기를 들고 와 최후까지 저항하다 죽는 계획이었다. 하지만 그건 이미 10년 전에 폐기한 계획이기도 했다. 이미 10년 전에 황태산은 이런 일이 벌어질 경우 협상을 통해 살아남기로 마음먹었다. 상대가 북쪽이건 남쪽이건 아직까지 황태산은 협상에 내놓을 만한 패를 쥐고 있었다. 하지만 상대가 그 패를 쓸 만하다고 생각해 줄지는 미지수였다.

꽤 많은 생각을 하기는 했지만 흐른 시간은 짧았다.

다시 한 번 초인종이 울렸다. 황태산은 인터폰 화면을 통해 밖을 확인했다. 모니터를 정면으로 응시하고 있는 것은 뜻밖에도 아는 얼굴이었다. 초인종을 누른 건 김철수였다. 황태산은 잠시 망설였다. 남쪽이라면 상황은 단순해진다. 적어도 이 자리에서 자신을 제거하거나 하지는 않을 것이니 협상의 여지도 그만큼 커질 것이다. 황태산은 문을 열었다.

"여기 오면 안 된다는 거 알고 있습니다."

김철수의 입에서 술 냄새가 풍겼다. 황태산은 뒤를 슬쩍 확인했다. 아무도 없는 것 같았다.

"나 혼자 왔어요. 좀 들어갑시다."

김철수는 술기운이 좀 올랐는지 살짝 휘청거리면서 안으로 한 걸음 들어왔다. 황태산은 얼결에 길을 내주었다.

"혼자 먹기 아쉬워서 좀 들고 왔습니다."

김철수가 쇼핑백을 들어서 황태산에게 넘겨주었다. 안에는 술병이 들어 있었다.

잠시 뒤, 두 사람은 식탁 테이블을 사이에 두고 앉게 되었다.

"물어보면 안 되긴 하겠지만, 내가 여기에 있다는 건 어떻게 알게 된 겁니까?"

황태산이 술병을 식탁 위에 올려놓으면서 물었다. 김철수는 질문을 받고는 웃음을 지었다.

"건대입구역에서 따라잡았습니다. 나이치고는 꽤 재빠르시더군요. 하지만 저도 만만치 않습니다."

김철수가 웃으면서 말했고 황태산은 헛기침을 하며 시선을 피했다. 제대로 한 방 먹었구나 싶었다. 하지만 어쩐지 유쾌한 기분이 들었다. 적어도 김철수가 자신에게 적의를 품고 있지는 않다는 걸 확인할 수 있어서가 아닐까 싶었다. 미행당한 스파이인 황태산은 지금 완벽한 패자였다. 승자는 보통 패자에게 관대해지는 법이다.

쇼핑백에 들어 있는 건 다섯 병의 술이었다. 사케, 고량주, 위스키, 보드카, 소주. 황태산은 그 다섯 병의 술을 보면서 김철수의 의도를 어느 정도는 짐작할 수 있었다.

"일본 술에 중국 술, 미국 술에 러시아 술, 그리고 우리나라 술이로군요."

"그렇지요. 우리나라."

황태산은 굳이 '우리나라'라는 표현을 썼다. 김철수도 그 표현이 마음에 드는지 황태산의 말을 반복했다.

"이걸 같이 마시기 위해 찾아오신 겁니까?"

황태산이 물었다.

"오늘 같은 날, 아무래도 한잔해야 할 것 같아서 말입니다. 그런데 같이 마실 사람을 생각해 보니, 역시 당신이더군요."

김철수는 소주병을 따면서 대답했다. 황태산은 잔을 준비했고, 두 사람은 곧 소주를 한 잔씩 마셨다.

"걱정 마십시오. 여긴 나 혼자만 알고 있습니다. 당신을 추적한 것도 나 혼자였고, 오늘 여기 온 걸 아는 것도 나 혼자뿐입니다."

김철수가 잔을 채워 주며 말했다.

"그때 정말로 혼자 왔었군요."

"우리 직업 특성상 거짓말을 하지 않을 수는 없지요. 하지만 가끔은 진실도 말하잖아요. 안 그래요?"

"하긴 나도 가끔 거짓말을 하지 않기도 하니까요."

두 사람은 잔을 비우며 다시 웃음을 터뜨렸다.

그리고 술이 한 병씩 비기 시작했다. 별다른 대화는 없었다.

"남북정상회담 뉴스, 보셨지요?"

"그렇습니다."

김철수의 질문에 황태산은 간단하게 대답했다.

"북남 간의 평화조약이 발표되겠지요?"

"그렇겠지요."

황태산의 질문에 김철수 역시 간단하게 대답했다.

"정말로 평화가 찾아올까요?"

이번에는 김철수가 물었다.

"글쎄요."

일희일비할 게 아니라는 말은 굳이 하지 않았다. 답을 바라는 질문은 아닌 것 같았다.

"평화가 찾아오면 우리 같은 사람들은 아무 짝에도 소용이 없게 되겠지요."

김철수가 한탄조로 말했다.

"범죄 없는 세상에서는 경찰관이 아무 짝에도 소용없는 것처럼 말이죠?"

황태산의 말에 김철수가 잔을 들어 답을 했다.

그리고 술병이 비었다.

"당신이 알려 준 정보 덕분에 나는 꽤 큰 공을 세우게 됐어. 어떤 식으로 내가 위에 보고했는지는 묻지 마쇼. 자세한 걸 알게 되면 서로 초라해질 테니까."

"안 물어봐. 물어볼 이유도 없고."

어느새 두 사람은 서로 반말을 쓰고 있었다.

"조사를 해 봤어. 그런데 침대에 엎드려서 죽은 그 친구, 당신한테 할 말이 있었던 것 같더군. 아마 돌아오라는 메시지를 전달하려고 했던 것 같던데."

김철수가 물었다. 황태산은 대답하지 않았다. 어쩌면 이게 본론이겠구나 싶었다.

"그래서 이렇게 생각을 해 봤지. 내가 30년 동안 대한민국에서 살아남은 간첩인데, 어느 날 갑자기 북에서 돌아오라는 지령을 받았다면 어떻게 행동했을까, 이렇게 말이야."

"그래? 어떻게 생각했는데?"

김철수는 눈앞에 놓여 있는 잔을 검지로 빙빙 돌리며 대답을 시작했다.

"남조선에서 30년! 그동안에 자본의 맛을 잔뜩 봤다, 이거야. 자본주의적인 시각으로 보면 성공한 삶이지. 그런데 북으로 돌아오라? 여기서 이뤄 놓은 걸 다 포기하고? 그거 참 곤란하겠더라고. 게다가 자신의 선임자는 북으로 돌아가서 숙청을 당했지. 그렇다면 어떻게 하는 게 좋을까?"

여기서 김철수는 잠시 사이를 두었다가 다시 말을 이었다.

"제거하는 거지. 북으로 돌아오라는 메시지를 들고 찾아온 동지를 배신하는 거야. 그렇게 해서 살아남는 거지. 게다가 시기도 좋잖아? 남북정상회담이야, 남북정상회담. 그것도 평양에서 열리는. 북한이 이런 시기에 암살자를 내려보낼 만큼 어리석지는 않지. 안 그래?"

김철수의 말에 황태산은 잔에 가득 담긴 사케를 죽 들이켰다.

"아무래도 일본 술은 비리단 말이야. 내 입에는 소주가 맞아."

황태산은 엉뚱한 소리를 했다. 두 사람은 더 이상 대화를 나누지 않았다. 그저 잔을 계속해서 비울 뿐이었다. 마침내 가지고 온 술병이 다빈 병으로 변하고 나서야 김철수가 입을 열었다.

"도망쳐."

김철수는 자리에서 일어났다. 이미 얼큰하게 취한 김철수는 조금 비틀거리긴 했지만 발음만큼은 분명했다.

"이러면 안 되는 거 알아. 우리 조직을 배신하는 행위지. 하지만 생각해 보면 꼭 그렇지만도 않아. 조직은 이번에 세운 공을 높게 사서 날 공기업 간부로 낙하산 태워 보내 준다고 하더군."

"연금이나 퇴직금보다는 낫군."

"그야 그렇지. 하지만 내가 공기업에 가서 뭘 하겠어? 나는 평생 이 일을 해 왔어. 다른 건 알지도 못해. 거기서 그냥 자리만 지키다가 월급만 축내는 신세가 되겠지. 멍청하게 시간만 보내는 신세."

김철수는 잠시 말없이 뭔가 생각하는 것 같았다. 황태산은 김철수의 말이 이어지길 기다렸다.

"어쨌거나 난 이제 은퇴할 거야. 나한테 연금이나 퇴직금보다 나은 걸 안겨 줬으니 그 보답은 해야겠지. 그러니까 도망쳐. 내 맘 변하기 전에. 맘 변해서 애들 데리고 여길 덮치기 전에 말이야."

"도망치라……."

"그래, 도망쳐."

김철수는 이렇게 말하고는 인사도 없이 그냥 현관문을 열어 놓은 채 황태산의 아파트를 나섰다. 잠시 동안 황태산은 김철수가 사라진 곳을 멍하니 바라만 보았다.

"도망쳐."

황태산은 김철수가 했던 말을 반복했다. 어쩐지 웃음이 나왔다. 자신을 위해서 한 일이 결국 자신이 생각한 것보다 훨씬 더 좋은 결과를 가지고 왔다. 아니, 어쩌면 황태산 인생에 있어서 가장 큰 행운인지도 모를 일이었다.

"날 보고 도망치라 이거지?"

중얼거리며 자리에서 일어섰다. 취기 때문에 어지럽기는 했지만 정신은 맑았다. 자신에게 찾아온 행운을 저버려서는 안 된다는 것 정도는 분명하게 알 수 있었다.

"가만있자, 일단 민주한테 전화를 해야겠군. 차우차우도 불러야겠어. 혼자는 다 옮기기 힘들 테니까."

전화기 쪽으로 걸어가면서 황태산은 중얼거렸다.

"고맙군, 김철수. 고마워. 고마워. 그런데 이 은혜를 갚을 기회가 있으려나 모르겠네."

수화기를 집어 들었다. 북남의 정상이 만나는 걸 지켜본 감격보다도 같은 직종의 남자가 자신을 위해 큰일을 해 줬다는 사실이 더 감동적인지도 모르겠구나 싶었다.

"그래, 도망쳐야지. 도망쳐 버려야지."

황태산은 황민주에게 전화를 걸기 위해 전화기 버튼을 누르기 시작했다.

"도망치지 못하게 해! 막아! 막으란 말이야!"

윤태형 과장이 고함을 쳤다. 하지만 도망치지 못하게 하라는 명령을 수행하기에는 너무나 어려운 상황이었다.

일해부대는 이미 투입이 되었지만 큰 의미는 없었다. 승합차에는 시체뿐이었고 어깨동무 공장은 불타고 있었다. 작동 가능한 CCTV는 전부 감시하고 있었지만 어디에도 김수동이나 정체불명의 괴한이 남긴 흔적은 없었다.

소방차가 불을 끄고 있었다. 구급차에서 내린 응급 요원들이 부상자들을 돕고 있었다. 경찰들은 공장 주변에 있는 모든 사람을 조사하고 있었다. 수도방위사령부에서까지 뽑아 온 병력들은 도로를 완벽하게 장악하고 검문을 하고 있었다. 저마다 자신이 맡은 역할을 충실하게 하고 있다고 볼 수 있는 상황이었다.

다만 문제는 정보부였다. 정보부에서 제대로 된 정보 분석을 내놓지 못하고 있는 상황인 것이다.

"전 요원 영상 집중해! 놓치지 마! 이 폭발은 범인이 저지른 짓이야! 틀림없이 이 혼란을 틈타서 도망치려는 거야!"

판진아가 날카로운 음성으로 CCTV 영상을 분석하고 있는 요원들에게 지시했다. 판진아 입장에서는 자신이 할 수 있는 최선이었다. 하지만 그것뿐이었다. 지금 상황에 대한 제대로 된 분석은 도저히 내놓을 수가 없었다.

'뭔가 잘못된 대전제에서 시작된 논리였던 거야. 그래서 결과가 다르게 나온 거지.'

여기서부터 일단 생각을 전개해야 할 것 같았다. 판진아는 완전히 원점으로 돌아가 모든 걸 다시 검토하기로 했다.

어디서부터 다시 생각해야 할까?

먼저 떠오르는 기억은 차우차우가 신도림역 폭탄 테러 사건의 범인으로 황민주를 제보했던 거였다. 하지만 아무리 생각을 해 보아도 차우차우가 거짓 제보를 할 이유가 없었다. 게다가 황민주가 체코로 출국했다가 돌아온 이후, 완전히 다른 얼굴로 바뀐 것은 자신이 직접 눈으로 보고 확인한 사항이었다.

더 전으로 돌아가 보면 탈북자였던 차우차우를 포섭해 정보원으로 삼았던 일도 떠올랐다. 물론 차우차우가 자신에게 의도를 가지고 접근한 이중 스파이일 가능성도 있었다. 하지만 이 역시 '만약 그렇다고 가정하려고 해도 그럴 이유가 없다.'고 판단할 수밖에 없었다. 차우차우가 준 정보는 전부 북에 불리한 정보였고, 차우차우의 정보를 이용해서 큰 성과를 거둔 적도 있었다.

그렇다면 테러 목표를 잘못 판단하고 있는 게 아닐까 싶기도 했다. 한미 정상회담이 아닌 다른 곳을 타깃으로 잡고 있는 건 아닐까? 혹시 완전히 다른 공작, 즉 VIP를 암살하려고 한다거나 혹은 특정 기관에 이중 스파이 잠입을 시킨다거나 하는 등 다른 공작을 은폐하기 위해 이 모든 걸 꾸미고 있는 거라고 볼 수는 없을까?

판진아에게 필요한 건 시간이었다. 시간이 조금만 주어진다면 원점부터 모든 걸 다시 검토해서 새로운 결론을 내릴 수 있을 것 같았다. 하지만 그런 시간이 주어질 만큼 여유 있는 상황이 아니었다.

"과장님, 일해부대 부대장이 보고하겠답니다!"

요원 하나가 고함을 쳤다. 워낙 소란스러워서 고함을 치지 않고는 소리가 들리지 않을 분위기였다.

"통신기 가져와! 야, 다들 잠깐 조용히 해!"

윤태형 과장이 고함을 치자 잠시 상황실이 조용해졌다. 요원은 과장에게 통신기를 건네주었다.

"아, 부대장님, 3과 과장 윤태형입니다."

- 중간보고 드리겠습니다.

스피커에서 낮은 목소리가 들렸다. 아마도 일해부대 승합차 안에서 보고를 하고 있는 모양인지 별다른 잡음은 들리지 않았다.

- 현재 우리 애들이 공장을 뒤지고 있습니다만 김수동의 행방이 묘연합니다. 만약 CCTV 영상 분석이 정확하다면 아직까지는 공장에 있을 겁니다.

만약 김수동을 찾지 못한다면 CCTV 영상 분석이 정확하지 않다는 뜻으로 해석할 수 있는 말이었다.

"알겠습니다. 계속 수색해 주십시오. 김수동, 지금 거기 있습니다. 분명히."

- 그리고 승합차 수색 결과를 말씀드리겠습니다. 여준석을 쏜 여자는 황민주가 아니었습니다.

"뭐, 뭐라고요?"

윤태형 과장이 놀라 소리쳤다. 판진아도 똑같이 놀라지 않을 수 없었다.

- 여기 함께 있는 민간인, 박다은이 확인한 사항입니다. 사망한 여자가 누구인지는 알 수 없지만 이 여자가 정보부 요원 셋을 사살한 건 분명해 보입니다. 사망한 정보부 요원 셋 다 이마에 두 발을 맞았습니다. 여준석 요원도 마찬가지입니다.

"이마에 두 발이라면 젓가락닷컴 사장하고 변호사를 죽인 범인하고 일치하는 수법이에요, 과장님."

판진아가 재빨리 속삭이듯 말했다. 윤태형은 알고 있으니 조용히 하라는 손짓을 보냈다.

– 그런데 이 여자를 죽인 자는 완전히 다른 수법을 썼습니다. 가슴에 두 발, 그리고 머리에 한 발을 쐈더군요.

잠시 침묵이 흘렀다. 모두가 새로운 정보에 머리가 멍해진 탓일 것이다.

– 그럼 추가 사항이 생기면 다시 보고하겠습니다. 이상.

통신은 끊어졌다. 판진아는 여준석을 쏜 게 황민주가 아니라는 사실이 모든 일을 원점에서 다시 생각해야 한다는 자신의 판단이 옳다는 걸 증명한다고 생각했다.

"야! 그럼 신도림역 테러도, 서울대 도서관 테러도 다 이 여자 짓이란 소린데?"

윤태형 과장이 판진아를 똑바로 보면서 물었다.

"그건……."

"처음에 네가 황민주라고 했잖아. 정보가 있다고 했잖아."

"그야 그렇지만……."

"테러를 한 게 황민주가 아니고, 총을 쏜 것도 황민주가 아니라면 도대체 황민주는 누구야?"

윤태형 과장의 물음에 판진아는 답변을 생각했다. 하지만 답변이 떠오르지 않는 건 물론이고 마땅히 변명할 말조차도 떠오르지 않았다.

"황민주! 민주야! 너 도대체 누구야?"

수동은 큰 소리를 쳤다. 다른 이유가 있어서 물은 게 아니었다. 무슨 수를 써도 도대체 황민주가 멈출 생각을 하지 않고 뛰고 있어서였다.

황민주의 손을 잡고 뛰던 수동은 숨이 턱까지 차올라서 더 이상 뛸 수가 없었다. 그래서 수동은 필사적으로 황민주를 세우기 위해 이런 말 저런 말을 해 보았지만 별다른 효과가 없었다. 하지만 누구냐고 묻는 말에는 반응이 있었다.

황민주가 멈춰 섰고, 수동은 앞으로 쓰러져 무릎을 꿇었다. 이마에서 땀방울이 뚝뚝 떨어지고 있었다. 그러고 보니 아직도 우의를 입고 있었다는 게 떠올라 냉큼 벗어 버렸다. 상의 단추도 몇 개 풀고 나니 숨을 쉴 수 있을 것 같았다.

수동은 도대체 어쩌다가 이런 꼴이 되었나를 돌이켜보았다. 폭발이 일어나기 직전, 황민주는 뚜껑이 열려 있는 맨홀 앞으로 수동을 끌고 갔다.

"먼저 내려가. 여기 CCTV 사각이야. 시간이 없어. 빨리."

"밑으로?"

"빨리!"

황민주가 소리쳤고 수동은 어쩔 수 없이 시커먼 구멍 속으로 들어가야 했다. 고약한 악취가 풍기고 있었다. 조금 전 시체 냄새에 비한다면 좀 나은 악취였다. 하지만 더 심한 악취를 경험한 뒤라고 해서 악취가 향기로 바뀌는 건 아니어서 수동은 숨을 쉬기가 힘이 들었다. 황민주는 맨홀 뚜껑을 닫을 수 있는 데까지 닫은 뒤 수동을 뒤따라 내려갔다.

밑은 암흑이었다. 아무것도 보이지 않았다. 하지만 황민주가 손전등을 켜자 하수도는 곧 환해졌다.

"일단 저쪽으로 가자."

황민주는 수동의 손을 잡고 몇 걸음 움직였다. 수동은 얌전히 그 뒤를 따랐다.

"저, 민주야……."

수동이 뭐라고 말을 하려고 했지만 황민주는 시선을 피해 손목시계를 보았다.

"수동아, 귀 막아. 엄지손가락으로 귓불을 접어서. 빨리!"

"왜?"

"10초 남았어. 빨리 해."

황민주는 이렇게 말하곤 손전등을 꺼 버렸다. 사방이 어둠에 잠기자 수동은 잠시 모든 동작을 멈출 수밖에 없었다. 등 뒤에서 따뜻한 손길이 다가왔다. 황민주였다.

"이렇게 귓불로 귓구멍을 막으라고."

황민주는 수동의 손을 감싸 쥐어서 귀를 막아 주었다. 수동은 어둠 속에서 황민주의 손길을 따랐다. 고약한 하수도 냄새 사이에 은은한 화약 냄새가 섞여 있었다. 아마도 황민주의 손에서 풍기는 것이리라. 조금 전 여자의 등과 머리통으로 피가 뿜어져 나오던 걸 봤던 기억이 되살아났다.

그리고 폭발이 있었다. 발바닥으로 진동을 감지할 수 있을 정도의 폭발이었다. 손전등이 다시 켜졌다. 맨홀을 통해서 뭔가의 잔해가 바닥으로 떨어지는 게 보였다. 황민주는 손전등으로 자신이 내려온 맨홀 뚜껑이 있는 쪽을 비추었다. 뭔가가 맨홀을 막고 있었다.

"됐어. 저 위로 벽을 무너지게 했거든. 이걸로 시간을 벌 수 있을 거야. 하지만 오래는 못 버텨. 빨리 가야 해."

황민주가 다시 수동의 손을 잡았다.

"저, 어디로 간다는 거야?"

"내가 온 곳으로."

황민주는 이렇게 말하고는 뛰기 시작했다. 수동은 황민주와 보조를 맞추어서 뛰었다. 하지만 고약한 악취 속에서 뛰어 본 경험이 없는 수동은 몇 번이고 호흡곤란을 일으켰다. 그 결과 뛰면서 발목을 삐끗하기를 네 번, 앞으로 넘어지기를 두 번, 황민주에게 더 못 뛰겠다고 애원하고 소리치기를 열한 번이나 해야만 했다.

그러나 황민주는 멈출 생각을 하질 않았고, 결국 이렇게 소리쳐야만 했던 것이다.

"황민주! 민주야! 너 도대체 누구냐고!"

그제야 황민주는 멈춰 섰다. 수동의 이마에서는 땀이 줄줄 흘러내려서 눈이 다 따가울 지경이었지만 황민주는 땀 한 방울 흘리기는커녕 숨도 몰아쉬지 않고 있었다.

몸은 무거웠고 배도 고팠다. 숨 쉬기는 여전히 힘들었고, 다리는 자기 다리가 아닌 양 감각이 없었다. 그나마 하수구에 들어온 지 좀 오래되어서 이제는 더 이상 악취를 느끼지 못한다는 게 좀 나은 정도였다.

"내가 누구냐고?"

"그래, 황민주. 너, 대체 누구야?"

"정보부에서는 내가 누구라고 했어?"

황민주는 오히려 이렇게 되물었다.

"테러리스트. 신도림역과 서울대 도서관을 폭파한 테러리스트. 거기에 동대문에서 사장하고 변호사를 쏴 죽였다고 했어. 진짜야? 민주야, 너 진짜 그런 사람이야?"

수동은 이마에 흐르는 땀방울을 손등으로 닦으며 물었다. 황민주는 대답할 생각이 없는지 무표정한 얼굴을 하고 있었다.

"나 권총 있어! 권총 있다고! 말해, 너 진짜 그런 사람이야?"

"권총? 그걸로 날 쏘려고?"

황민주가 한쪽 입술로 웃으면서 말했다. 군대에서 권총을 쏴 본 게 전부인 수동이 조금 전 가슴에 두 발, 머리에 한 발을 쏴서 한 명을 쏴 죽인 황민주를 이길 수 있을 리가 없었다.

"말해 줘, 제발. 너, 진짜 테러리스트야?"

수동이 애원하듯 물었다.

"맞기도 하고 틀리기도 해."

모호한 답변이었다. 거짓말이기도 하고 아니기도 한 대답. 어쩌면 황민주와 사귀는 내내 수동은 이런 대답을 들어 왔는지도 모를 일이었다.

"뭐가 맞고 뭐가 틀린데?"

수동은 따져 묻고 싶었다.

"수동아, 지금 우리는 쫓기고 있어. 정보부에서 맨홀 뚜껑 찾아내는 건 시간문제야. 그렇게 되면 나 혼자 죽는 걸로 안 끝나. 너도 죽을 거야. 우리를 추적하는 친구들은 아주 거칠고 험악한 친구들이거든."

황민주는 답답한지 인상을 잔뜩 찌푸리고서 말했다. 손전등 빛을 받은 황민주의 찌푸린 얼굴은 마치 공포 영화 속에 나오는 살인마처럼 괴기하게 보였다.

"나, 널 만나려고 여기까지 온 거야. 내가 묻고 싶은 게 얼마나 많은지 알아? 도대체 왜 그런 거야? 나한테 왜 그런 거야?"

다음 순간, 황민주는 수동에게 다가가 덥석 포옹을 했다. 손전등 빛이 수동의 등 뒤로 향하는 바람에 아무것도 보이지 않았다.

"잠깐만, 내가 하고 싶은 말은……."

수동은 더 이상 말을 이을 수 없었다. 입술 사이로 황민주의 혀가 밀려들어 왔기 때문이다. 오랫동안 잊고 있었던 익숙한 혀의 감촉이 느껴지자 수동의 머릿속은 텅 비어 버렸다. 황민주의 정체고 여준석이 죽은 일이고 조금 전 본 시체고 전혀 떠오르질 않았다.

이런 상황이 되고 보니 엉뚱하게도 '키스를 하는 건 자전거를 타는 것과 같다.'는 말이 떠올랐다. 아무리 오랫동안 하지 않아도 몸은 기억하고 있다. 예전에 그랬듯 황민주와 키스를 하면서 수동은 얼마나 오랜 시간이 지나면 자전거 타는 법을 잊어버리게 될까 하는 생각을 했다.

"금방 설명해 줄게. 일단 피해야 해. 안전한 곳으로 가자."

마무리로 가볍게 입맞춤을 한 뒤에 황민주가 말했다.

"어, 어디?"

"안전한 곳이라고."

수동은 고개를 끄덕였다.

"우의 주워."

수동은 황민주의 지시에 따랐다. 우의를 줍고 황민주와 함께 다시 달렸다.

군대에서 급속 행군을 할 때의 기억이 떠올랐다. 아마 분대장 시험을 치를 때였을 것이다. 40킬로그램짜리 군장을 짊어지고 연병장을 돌면서 시간을 측정할 때 수동은 이게 군 생활에 있어서 육체적으로 가장 힘든 순간이 될 거라고 생각했었다. 지금 황민주와 함께 하수도를 뛰는 이 시간도 그에 못지않게 힘든 시간이었다.

하지만 그 시간은 매우 짧기도 했다. 황민주는 철문 앞에서 멈췄다.

"여기가 안전한 곳이야?"

수동은 나름대로 목소리를 깔고 점잖게 물으려 했다. 하지만 숨이 차서 발음이 엉망진창이었다. 다행스럽게도 황민주는 무슨 말인지 알아들은 모양이었다.

황민주는 철문의 손잡이를 잡고 돌렸다. 문이 열리자 붉은 빛이 새어 나왔다. 수동이 먼저 안으로 들어섰고, 곧이어 황민주도 뒤따랐다. 문 안쪽으로는 꽤 긴 통로가 이어져 있었다. 끝이 보이지 않는 통로에는 붉은색 조명이 달려 있었다.

황민주가 육중한 철문을 닫았다. 이어서 문도 잠갔다.

"이제 시간을 좀 벌었어. 아마 10분 정도는 괜찮을 거야."

수동이 뭔가 말을 하기 위해 호흡을 고르는 사이 황민주는 먼저 앞장서서 걷기 시작했다. 수동은 아무 말도 하지 못하고 심호흡을 하며 그 뒤를 따를 수밖에 없었다.

"민주야."

간신히 정상 호흡을 되찾자마자 수동이 황민주의 어깨에 손을 올리며 말했다. 황민주가 걸음을 멈췄다.

"너, 누구야? 너 정말 간첩 맞아? 북에서 온 스파이 맞아?"

"아니야."

황민주가 딱 잘라 말했다.

"그렇지? 너 누명 쓴 거지? 그런 거지?"

수동은 간절한 소망을 담아서 물었다. 하지만 묻는 순간 이 질문에 대한 대답은 부정적일 수밖에 없다는 사실을 깨달았다. 조금 전 자신을 위협하던 여자의 가슴과 머리에 총을 쏜 건 다름 아닌 황민주였다. 일반적으로 평범한 대한민국 여성은 권총을 쏘지 않고, 쏠 수도 없다.

황민주는 담담한 표정으로 수동을 보고 있었다. 꼭 옆집 꼬마의 재롱을 지켜보는 이웃집 누나가 지을 법한 표정이었다.

"나, 지하철역 CCTV에 찍혔다는 네 사진 봤어. 누군지 도저히 알아볼 수 없을 정도로 엉망인 사진이었어. 지금 정보부 사람들은 그 사진 가지고 널 찾고 있어. 나, 그 사진을 보고 너인지 알 수 없다고 했어. 사진만으로는 부족하다고 했어. 그래서……."

"나 맞아."

황민주가 말했다. 수동은 더 이상 말을 이을 수 없었다.

"지하철역에 폭탄을 설치한 것도 나고, 서울대 도서관을 폭파한 것도 나야."

수동은 뭐라고 말을 하기 위해서 입을 벌렸다. 하지만 나오는 것은 말이 아니라 그저 허망하게 흩어지는 숨소리뿐이었다.

"하지만 동대문에서 사람을 쏜 건 내가 아니야. 정보부 요원들을 쏜 것도 내가 아니고. 내가 쏜 여자, 그 여자야."

"그, 그럼 그 여자는 누구야?"

벌린 입으로 간신히 소리를 내어 수동이 물었다.

"그 여자가 북에서 온 간첩이야. 암호명은 수선화. 아니, 수련화였나? 확실히 기억은 안 나는데, 어느 쪽이건 상관없어. 이젠 죽었으니까."

담담한 말투에서 수동은 이 말이 절대 농담이 아니란 걸 느낄 수 있었다.

"그 여자가 그랬어. 왕개미를 죽인 황민주를 아냐고. 그리고 황태산이 누군지 아냐고도 물어봤어. 그게 무슨 뜻이야?"

황민주는 수동의 손을 잡고 다시 걸으려고 했다.

"시간이 그렇게 많지 않아. 가면서 설명해 줄게."

"안 가!"

수동은 거칠게 황민주의 손을 뿌리쳤다. 아무래도 총을 들고 있는 상대에게 할 만한 좋은 행동이 아닐 것 같다는 생각도 들었지만 이미 저질러 버린 후였다.

"대답해 줘. 그때까지는 한 걸음도 못 가."

"짧게 대답할 수 있는 게 아니라 그래. 수동아, 내 손 잡아."

황민주가 손을 내밀었다. 수동은 고개를 돌렸다.

"수동아, 나도 너 보고 싶었어. 나한테 이러지 마."

다정한 음성이었다. 그리던 음성이었다. 황민주의 손이 수동의 볼에 닿았다. 수동은 고개를 숙였다. 따뜻한 체온이 뺨으로 느껴졌다. 그리고 은은한 화약 향이 풍겼다.

결국 수동은 황민주의 손을 잡고 다시 걷기 시작했다. 조금 전 폐가 터져 버릴 정도로 숨 가쁘게 도망쳤던 것과는 다른, 꼭 데이트하는 것 같은 느낌이 드는 걸음이었다. 어둡고 긴 복도를 손을 잡고 걷는다. 체온. 그리고 하수구 냄새와는 또 다른 오래된 지하실에서 나는 것 같은 답답한 먼지 냄새. 붉은 조명.

두 사람은 꽤 오래 걸었다. 몇 개의 갈림길이 있었지만 황민주는 망설이지 않고 길을 택했고, 수동은 불안해하지 않고 그 뒤를 따랐다.

마침내 통로의 끝이었다. 조금 전 들어올 때 본 것과 똑같은 형태의 철문이 눈에 들어왔다.

"왕개미는 예전에 내가 죽였던 북조선 스파이야."

통로의 끝에 다다른 황민주는 성의 있게 대답을 하려고 마음먹은 모양이었다. 말하는 억양이 차분했다.

"그 여자, 네 얼굴을 알아볼 수 있냐고 물었어. 그래서 날 살려 둔 거고."

"알고 있어."

"왜 그런 거야? 그 여자, 그 간첩이 왜 널 찾는 거야?"

철문이 열렸다. 환한 빛이 들어와 눈이 부셨다.

"그건 나 때문이었다."

수동의 질문에 대답한 것은 문 저편에 서 있는 사람이었다. 처음에는 형태만 대충 파악할 수 있을 정도였지만 시간이 지나자 제대로 볼 수 있었다. 빛을 등지고 한 노신사가 서 있었다. 한눈에 보기에도 부유해 보이는 인상이었다.

"기다렸다, 민주야."

노신사가 황민주에게 말했다. 수동은 상대가 누구인지 파악하려고 애쓰며 눈치를 살폈다.

"걱정하셨죠? 죄송해요."

"괜찮다. 살아 돌아왔으니까. 애초부터 김수동이가 변수가 될 거라고는 생각했다. 예상에서 크게 벗어난 행동은 아니지."

노신사는 이렇게 말하곤 수동을 빤히 바라보았다.

"네가 김수동이구나. 나, 황태산이다."

황태산이 자신을 소개했다. 수동은 뭐라고 말해야 좋을지 몰라서 그냥 고개를 꾸벅 숙였다.

"널 직접 만나는 건 계획에 없었지만, 막상 보게 되니 반갑구나."

황태산은 찬찬히 수동의 얼굴을 살폈다. 수동은 황태산의 눈가가 촉촉하게 젖어 있는 것을 보았다. 아무리 노인의 눈물이 흔하다지만, 난생 처음 보는 자신을 보고 눈시울을 적시는 노인을 보는 건 절대로 마음 편할 수 없는 일이었다.

"어쩌면 이렇게 만나게 된 것도 운명이겠지. 아, 너는 나를 잘 모르 겠지만 나는 너를 조금 안단다."

황태산은 손수건으로 눈가를 찍어 내듯 닦으며 말했다. 수동은 황태 산과 황민주를 번갈아 가면서 쳐다보았다.

"할아버님이셔?"

수동이 작은 목소리로 황민주에게 물었다.

"난 민주 아버지다."

"아, 그, 그러시군요."

보기보다 젊으시군요, 따위의 농담이 떠올랐지만 수동은 그런 생각 을 얼른 지워 버렸다. 총을 가지고 있는 여자의 아버지라면 똑같이 위 험하거나 혹은 훨씬 더 위험할 거라는 판단에서였다. 게다가 그 여자와 함께 산 적이 있는 상황이라면 더더욱 위험할 게 분명했다.

"궁금한 게 많을 텐데 시간이 그렇게 많지 않구나. 시간이 허락하는 범위 안에서 이게 어떻게 된 일인지 말해 주마."

황태산은 안으로 들어서면서 말했다. 수동과 황민주는 그 뒤를 따랐다.

철문 안쪽은 창고였다. 상자와 낡은 의자, 책상이 벽 쪽으로 정돈되 어 있었다. 안으로 들어서자 황민주는 의자 몇 개와 상자 몇 개를 옮겨 철문을 가리기 시작했다. 그사이 황태산은 버튼을 눌렀다. 아마도 통로 를 밝히던 붉은 조명을 끈 모양이었다. 문틈으로 살짝 보이던 붉은 빛 이 버튼을 누르자 사라졌다.

"일단 내 정체를 고백해야겠구나. 나는 남파 간첩이다."

황민주가 테이블과 상자를 옮기는 사이 황태산이 말했다. 황민주와

이야기를 나눈 뒤에 듣는 말이라 그런지 그렇게 놀랍지는 않았다.

"1971년부터 남파되었으니 아마 최장 기간 남파된 간첩이 아닐까 싶구나. 내 선임자도 이렇게 길게는 못 있었으니."

황태산은 다시 손수건을 꺼내 눈가를 닦았고 수동은 황태산이 말을 잇기만을 기다렸다.

"북에서 날 다시 소환하려고 한 게 2000년 일이니 벌써 10년 전 일이다. 하지만 돌아가고 싶지 않았다. 그래서 나는 민주를 보내서 왕개미를 해치웠단다. 왕개미. 나를 소환하기 위해서 북에서 남파한 스파이지."

수동은 조금 전 여자에게 들었던 말이 떠올랐다. 그렇다면 그 여자는 황민주를 이용해 황태산을 찾아내는 임무를 맡은 모양이었다. 물론 성공하지는 못했지만.

"지난 10년은 행복한 시기였다. 2000년 정상회담 이후, 북남 관계는 크게 개선되었지. 물론 작은 충돌이 없었던 건 아니지만 결국에는 대화를 통해서 다 풀어 갈 수 있었어. 덕분에 지난 10년 동안 북조선은 나를 내버려두었단다. 굳이 암살자를 파견하는 무리수를 둘 이유가 없었던 거지. 하지만 정권이 바뀌었고, 북남 간의 대화는 끊어졌지. 지난 10년 동안 있었던 충돌은 장난이라고 여겨질 만큼 국지전에 가까운 무력 충돌이 몇 차례나 있었고. 그러자 북조선은 나를 제거할 암살자를 파견했단다."

"그게 그, 수선화인지 그 여자인가요?"

수동이 묻자 황태산은 고개를 끄덕였다.

"북에서 수선화라는 암호명의 여자 파괴 공작원을 파견해서 날 제거하려고 한다는 정보를 입수한 게 올해 초의 일이다. 그래서 나는 계획을 짰지. 평양에서 나를 제거하기 위해 파괴 공작원이 내려온다면 그걸 막는 건 혼자 힘으론 불가능하거든. 파괴 공작원, 즉 암살자는 공격할 위치를 정할 수 있지만 나는 온전히 방어만 해야 하니까. 그래서 정보부의 힘을 빌리기로 한 거다. 민주가 지하철역과 서울대 도서관을 폭파한 건 그 때문이었다."

수동은 황민주를 바라보았다. 어느새 상자와 책상 정리를 마친 황민주는 멀뚱히 서서 수동을 바라보고 있었다.

"그러니까 그 암살자를 막기 위해서, 우리나라 국가정보부가 막도록 하기 위해서 민주한테 그런 일을 시키셨다는 건가요?"

수동이 물었다. 심장이 격하게 뛰기 시작했다. 결국 황민주는 이 앞에 있는 '아버지'라고 말하는 사람을 지키기 위해 폭탄을 터뜨렸다는 말이었다. 함께 살며 매일같이 보기도 했었고, 그 뒤로는 계속 그리던 얼굴이었지만 지금 수동은 황민주의 얼굴이 무척이나 낯설게 느껴졌다.

"그게 내가 하는 일이야. 죽이고, 터뜨리고, 도망치고. 난 파괴 공작원이거든."

황민주가 말했다. 여전히 담담한 투였다. 수동은 다리에 힘이 풀려버려서 제대로 서 있을 수가 없었다. 의자 하나를 끌고 와서 거기에 앉았다. 시선을 어디에 둬야 할지 알 수가 없었다.

"간첩, 스파이, 나 그런 건 나하고 아무 상관도 없는 줄 알았어. 그런데……."

수동은 말을 잇지 못했다. 황태산은 그런 수동을 한동안 물끄러미 보다가 다시 말을 이었다.

"나한테는 민주 같은 아들딸들이 꽤 있단다. 그래서 그중 하나를 체코로 보냈지. 아마 정보부에 갔을 때 그 친구 사진을 봤을 거다. 졸업 사진 말이다."

수동은 정보부에서 보았던 황민주와 전혀 다르게 생긴 졸업 사진을 떠올렸다.

"여기 민주는 중학교 이후로는 학교를 보내지 않았어. 필요 없기도 했고, 본인이 싫어하기도 했으니까. 그래서 대신 다른 아이를 그 자리로 보냈단다. 이름도 황민주로 바꾸고. 그 아이의 원래 이름이나 그런 건 그냥 비밀로 하지. 나중에 정보부에서 찾아내겠지만, 당장은 밝혀지면 좀 곤란할 수도 있으니까."

"그럼 너 성형수술한 거 아니었어?"

수동이 황민주에게 물었다.

"그렇게 생각하도록 유도하긴 했어. 구 체코 정보부 성형외과 의사가 관련이 있을 수도 있다는 정보를 슬쩍 흘렸지. 원래 결론을 이미 가지고 있는 상태라면 다른 사소한 것들은 다 그 결론에 짜맞추게 되어 있어. 특히 오래된 관료 조직이라면 말이야."

황민주는 꼭 대단한 말이라도 한 것처럼 짐짓 겸손한 척 어깨를 한 번 으쓱했다.

"그러니까 민주를 추적하지 못하게 하려고 다른 사람을 황민주인 척 꾸미신 건가요?"

"그렇게 했다. 그 친구는 그냥 평범한 학생이었지만, 민주는 파괴 공작원이었으니까."

"그럼 그냥 이런 지하실 같은 곳에 숨겨 두시지 뭐 하러 체코까지 보내셨어요?"

수동이 묻자 황태산은 잠깐 황민주의 눈치를 보더니 대답을 했다.

"체코에서 구해 올 물건이 하나 있었거든. 박격포 가늠좌인데…….
영화 촬영용 삼각대에 붙여서 들여왔지. 굳이 내가 설명하지 않아도 나
중에 정보부에서 조사하면 다 나올 거다."

황태산은 여기까지 말하고는 시계를 보았다.

"이 장소로 유인한 건 내 생각이었다. 이곳에 있는 어깨동무 공장이
정보부의 감시를 받고 있었으니까 수선화를 제거하기에는 딱 좋은 곳이
라고 생각했던 거지. 하지만 수선화는 감시조를 해치우고 함정을 파 놓
고 기다리고 있었다. 사실 민주가 나선 건 의외였다. 가만히 있어도 남조
선 특수부대가 알아서 해치웠을 텐데, 그걸 굳이 자기 손으로……."

이 대목에서 황민주는 시선을 피했다.

"아무튼 민주가 널 구했고, 아무도 다치지 않았으니 그걸로 됐다. 김수
동, 이 창고 문에는 타임록이 장착되어 있다. 우리가 문을 닫고 나가면 저
절로 잠기고, 내일 아침 9시에 자동으로 열릴 거다. 옆방에도 같은 타임록
이 장치된 창고가 있는데, 거기에 있는 곽 사장하고 같이 내일 아침에 정
보부로 가거라. 혹시 그 전에 정보부에서 널 찾아낼지도 모르겠지만 그래
도 별 상관은 없다. 나하고 민주는 완전히 사라진 뒤일 테니까 말이다."

"저, 곽 사장이 누군가요?"

수동이 물었지만 황태산은 대답 대신 손목시계를 한 번 보았다.

"이제 시간이 별로 없구나, 민주야."

황태산은 금고에서 챙겨 온 상자를 보여 주었다.

"이 안에 앞으로 우리에게 필요한 것들이 들어 있단다. 알고 있지?"

황민주는 고개를 끄덕였다.

"나 먼저 올라갈 테니 너는 3분 뒤에 오거라. 아무래도 단둘이 보낼

시간이 필요하겠지."

황태산은 먼저 창고 문을 열고 밖으로 나섰다.

잠시 침묵이 흘렀다.

"그럼 왜 너하고 함께 있었냐고 묻고 싶은 거겠지?"

먼저 물은 건 황민주 쪽이었다. 수동은 무슨 말을 먼저 해야 할지 몰라서 그냥 멍하니 있기만 했다. 지금 들은 이야기를 생각하는 것만으로도 충분히 머릿속이 복잡했다.

"우리 관계는 애초에 내가 의도적으로 접근한 거야. 우연히 네가 먼저 나보고 만나자고 했지만, 그렇게 하지 않았어도 내가 만나자고 했을 거야. 그건 일이었으니까. 내가 젓가락닷컴으로 옮긴 건 순전히 정보부에서 추적할 수 있도록 정보를 남기기 위해서였어."

"그럼……."

수동은 차마 입이 떨어지지 않았다. 자신과 함께했던 시간을 모두 부정하고 싶지는 않았다.

"아냐. 처음엔 정말 그럴 생각이었지만 나중에는 나도 널 좋아하게 됐어. 이건 진짜야. 아니라면 나는 널 구하러 가지 않았을 거야. 너도 알잖아? 그렇지?"

수동은 만약 황민주가 자신을 구하러 오지 않았다면 자신은 그 여자, 수선화의 손에 죽었을 거라고 생각했다. 황민주가 위험을 무릅쓰고 자신의 목숨을 구한 것은 분명한 사실이었다.

황민주는 수동을 정면에서 안았다. 수동도 황민주의 등을 감싸 안았다. 따뜻했다. 오랫동안 잊고 있었던 황민주의 살 내음이 향긋했다.

"수동아, 이제 나는 가야 해. 미안해. 정말 미안해."

수동은 자신의 가슴에 얼굴을 묻고 있는 황민주의 눈에서 눈물이 흐르고 있다는 걸 알 수 있었다. 뜨거운 콧김이 눈물과 함께 흘러 수동의 가슴팍을 적셨다.

"너, 안 믿을지도 모르겠지만, 나, 누군가와 헤어지는 게 슬퍼서 우는 거, 태어나서 처음이야."

황민주가 울먹였다. 수동은 천장을 올려다보았다. 하얀 형광등 빛이 어지럽게 깜빡이고 있었다. 수동은 숨을 깊게 들이마셨다가 내쉬었다. 이제 다시는 볼 수 없다는 말이 실감나질 않았다. 이렇게 따스한데. 이렇게 내 품에 안겨 있는데. 어째서? 왜?

"왜 하필 나였어?"

수동이 물었다. 내가 아니었다면, 그랬다면 이런 일은 없었을 텐데. 그냥 멍청하게 PC방 알바나 하면서 행복하게 지낼 수 있었을 텐데.

"말했잖아. 그건 의도적인 거였다고. 나, 그렇게 지시받았어. 스키니 톨 모델로 지원하라고 말이야."

황민주는 눈가를 닦으며 포옹을 풀었다.

"나도 이유는 잘 몰라. 하지만 너한테 이걸 전하라는 지시를 받았어. 이게 내 마지막 임무야."

황민주가 봉투를 한 장 내밀었다. 봉투 안에는 다음과 같이 적혀 있었다.

우리가 만났던 호텔을 기억하십니까? 1301호로 가 보십시오. 내 전임자의 암호명을 대면 키를 내줄 겁니다. 이게 내가 줄 수 있는 마지막 선물입니다.

"이게 무슨 소리야?"

수동이 물었다.

"나도 몰라. 너희 큰아버지한테 전해 주라고만 했어."

"큰아버지?"

"그래, 김철수라고 하던데?"

"응, 우리 큰아버지 성함이 김철수 맞아."

황태산, 그리고 김철수. 이게 도대체 무슨 이야기인지 수동은 전혀 이해할 수 없었다.

"이제 헤어져야 할 시간이야."

황민주는 억지로 환하게 웃으려고 애쓰면서 말했다.

"나, 이제 정보부로 가게 될 거야. 너무 많은 이야기를 들으면 죽게 된다고 하던데."

수동도 농담조로 말했다. 황민주는 고개를 끄덕였다.

"스파이가 고백할 때는 둘 중 하나야. 상대를 죽일 때, 혹은 누가 알아도 상관없을 때. 난 너를 죽이지 않을 거야, 수동아. 네가 들은 이야기, 모두 정보부에 가서 해도 되는 이야기야."

"안심해도 될까?"

황민주는 이번에는 진짜로 웃었다.

"넌 항상 날 웃게 해 줬어. 너하고 있었던 시간이 내 인생에서 가장 즐거운 시간이었어. 죽는 날까지 기억할 거야."

수동도 그렇게 하겠다고, 죽는 날까지 결코 잊지 않겠다고 말하고 싶었다. 하지만 말할 수 없었다. 도저히 그 말이 입에서 나오질 않았다.

"여길 나가면 이제 다시는 볼 수 없을 거야. 나, 멀리 떠나. 아주 멀리."

수동은 아무 말도 할 수 없었다. 다시 볼 수 없을 거라는 황민주의 말이 심장을 후벼 파는 것만 같았다.

"마지막으로 물어보고 싶은 거 없어?"

황민주가 물었다.

묻고 싶은 것은 많았다. 하고 싶은 말도 많았다. 얼마나 그리웠는지, 얼마나 보고 싶었는지. 하지만 작별을 앞둔 지금 그런 말은 모두 의미가 없었다. 그저 서로를 고통스럽게 할 말일 뿐이었다.

묻지 말아야 한다고 생각하면서도 자꾸 여준석이 죽기 전에 했던 말이 떠올랐다. 연애하고 있는 사람이라면 절대 가져서는 안 되는 의문. 가지게 되면 서로가 불행해지는 의문.

"민주야."

수동은 묻고 싶었다. 물어야만 한다고 느꼈다. 지금이 지나면 기회는 영영 돌아오지 않을 것이다.

"너, 그 가슴, 수술한 거야?"

황민주의 눈동자가 커졌다.

"가슴 말이야. 요즘은 개량 실리콘으로 코젤이라는 걸 쓴다며? 실리콘 팩이 흘러나오지 않게 개량한 거라고 하던데. 촉감도 진짜하고 똑같……"

수동은 끝까지 말하지 못했다. 황민주가 정강이를 진짜로 세게 걷어 찼기 때문이다. 덕분에 수동은 들고 있던 봉투를 떨어뜨리고 볼썽사납게도 한쪽 다리로 껑충거리다가 상자에 걸려서 옆으로 쓰러져 버렸다.

수동은 아파하다가 웃음을 터뜨렸다. 황민주도 웃었다.

잠시 후, 웃음이 그치자 두 사람 사이에 다시 한 번 침묵이 흘렀다.

조금 전과는 다른, 무겁고도 어색한 침묵이었다.

황민주가 수동을 일으켜 세워 주었다. 수동은 일어난 다음 황민주의 입술을 강하게 빨았다. 두 사람의 혀가 서로를 갈구했다. 이제는 더 이상 맛볼 수 없는 키스였다. 수동은 황민주의 혀에서 짠맛이 난다고 느꼈다.

먼저 입술을 뗀 건 황민주였다.

"나, 수술 안 했어."

황민주는 이렇게 말하고는 웃음을 지었다. 수동도 애써서 웃음을 지었다. 황민주는 웃는 얼굴로 돌아서서 창고를 나섰다. 창고 문이 닫혔고 육중한 자물쇠 채워지는 음이 들렸다. 이제 저 문은 아침까지 열리지 않으리라.

수동은 황민주의 뒷모습이 사라진 곳을 바라보며 잠시 서 있다가 바닥에 무너지듯 주저앉았다. 조금 전 떨어뜨렸던 봉투가 눈에 들어왔다. 수동은 봉투를 집어 들었다. 그리고 권총집에 들어 있던 장전된 K-5 권총을 꺼내 봉투 위에 올려놓았다. 처음에는 웃음이 나왔다. 하지만 곧 그 웃음은 울음으로 바뀌었다.

수동은 한참을 책상에 엎드려 울었다. 창고 안에서 일어난 모든 일을 지켜본 형광등이 부스스 몸을 떨고 있었다.

그 시각, 국가정보부에서는 오인규 차장이 마침내 결단을 내린 참이었다. 오인규 차장은 무선으로 일해부대 지휘관을 호출했다.

"국가정보부 오인규 차장입니다."

- 알고 있습니다. 말씀하십시오.

"우리의 임무는 테러리스트를 잡고, 한미 정상회담이 무사히 열릴 수 있도록 하는 일입니다. 내 말 이해하시겠지요?"

- 물론입니다.

"그래서 이렇게 결론을 내리기로 했습니다. 신도림역과 서울대 도서관을 폭파하고 민간인을 사살한 간첩 황민주는 조금 전 일해부대에 의해서 사살되었습니다. 이 과정에서 안타깝게도 우리 측 요원 네 명이 순직했고요. 내 말 무슨 말인지 알겠습니까?"

잠시 대답이 없었다.

"이미 부장님과 상의한 일입니다. 이게 국가에 충성하는 길이라는 걸 이해하셨으면 합니다."

- 이해합니다.

"그럼 그렇게 하는 겁니다."

- 알겠습니다. 이상.

무선이 끊어졌다. 오인규 차장은 윤태형 과장과 판진아를 호출했다. 이제 다음 일은 언론에 뿌릴 보도 자료를 작성하는 일뿐이었다. 하지만 진짜 벌어진 사태를 파악하기 위해서는 도대체 얼마나 되는 시간과 자원을 투자해야 할지 감이 잡히질 않았다.

"그냥 옷 벗어 버릴까."

오인규 차장은 이렇게 중얼거렸다.

에필로그

그 뒤로 두 달이 흘렀다.

황민주 테러 사건은 한동안 모든 뉴스에서 톱으로 다루었다.

한미 정상회담을 눈앞에 둔 시점에서 벌인 북의 도발인가?

북은 관련 사실을 전면 부정

대한민국은 테러 위협 국가

추가 테러 가능성은?

현장 증언 – 나는 황민주가 죽는 것을 보았다!

동시에 인터넷은 황민주 사건과 관련된 음모론으로 들끓었다. 동대
문에서 살해된 민간인이 사실 CIA 요원이었다거나, 성남에서 살해되었
다고 말하는 정보부 요원들이 실은 살아 있다거나, 모든 것은 한미 정

상회담에서 강경론을 지지하기 위해 극우파가 벌인 자작극이라거나 하는 식이었다.

음모론과 추측이 난무할수록 진실은 점점 멀어져 갔다. 그리고 한미 정상회담이 끝나고 어떤 것이 진실인지 아닌지가 별로 중요하지 않게 될 즈음이 되자 황민주 테러 사건은 자연스럽게 사람들의 관심에서 멀어져 갔다.

하지만 국가정보부 판진아 요원에게 있어서 황민주 테러 사건은 계속 진행형이었다. 사건 조사를 마무리하기까지는 얼마나 더 많은 시간이 필요할지 알 수 없었다. 관련 자료와 정보는 지나칠 정도로 방대했다. 다행인 것은 정확한 평가를 위해 상부로부터 주어진 시간 또한 많다는 사실이었다.

김수동과 박다은, 강석규는 하루가 멀다 하고 정보부를 찾아야 했다. 판진아는 들었던 이야기를 몇 번이고 반복해서 들었다. 서로에게 피곤한 일이었지만 피할 수 없는 일이기도 했다. 그러는 사이 시간은 훌쩍 두 달이 흘렀다.

오후 6시 30분이 되었다. 이제는 신문을 마쳐야 할 시간이었다. 판진아는 저녁을 사겠다고 제안했고, 네 사람은 함께 국가정보부 구내식당으로 향했다.

판진아는 구내식당으로 가기 전, 세 사람과 함께 안보 전시관으로 향했다. 매일 빠지지 않고 들르는 곳이었다.

안보 전시관 구석에는 이름 없는 비석이 하나 놓여 있었다.

'조국을 위해 헌신한 순직 국가정보부 요원들을 추모하며.'

비석에는 이렇게 적혀 있었다. 그리고 그 밑으로는 56개의 별이 음각되어 있었다. 조각되어 있는 별은 국가정보부에서 일하다가 순직한 요원들을 기리기 위해서 새긴 것이다. 황민주 테러 사건을 조사하던 중 순직한 여준석 요원도 이중 하나였다.

"여준석 요원이 살아남았으면 좋았을 텐데."

판진아가 음각된 별 중 하나를 손가락으로 더듬으면서 말했다.

"여준석 요원, 내가 인정한 진짜 유능한 현장 요원이었어. 학창 시절에도 타의 모범이 되는 학생이었다며?"

"예, 판 주임님."

김수동도 음각된 별을 보면서 대답했다. 여준석의 죽음을 곁에서 지켜봤다는 사실은 충격적이었지만 김수동은 잘 극복했다. 정보부 심리 치료사의 말에 따르면 그다지 큰 애착 관계가 없었기 때문에 그만큼 빨리 충격을 극복할 수 있었다고 했다. 판진아는 조사에 차질을 빚게 되지 않아 다행이라고 여겼다.

"김수동, 너 참 대단한 것 같다."

판진아가 흘낏 보며 말했다.

"뭐가요?"

"살아남았잖아, 거기서. 제아무리 뛰어난 현장 요원이라고 해도, 제아무리 모범생에 우등생이었다고 해도 죽어 버리면 이렇게 끝이잖아."

판진아는 푸념처럼 말했다. 어쩌면 비록 임무에 실패했고, 남들이 모두 귀찮아하는 사건 조사에 매달려 있는 자신에게 하는 소리인지도 모를 일이었다.

"여준석이는 샤론의 장미 때문에 죽었어요. 그렇죠?"

김수동이 물었다. 판진아는 이제는 더 이상 숨길 것도 없다는 생각을 했다.

"맞아, 샤론의 장미 때문이었지."

"샤론의 장미가 뭔지 이제는 알아요. 무궁화 정보부. 청와대 직속 정보부 별명이잖아요."

판진아는 고개를 끄덕였다.

"그래, 대통령 직속 정보부지. 정보부 요원이라면 누구나 탐내는 자리였어. 나도 그렇고 여준석 요원도 그렇고, 다들 거길 가고 싶어 했지."

"준석이는 그러다가 무리를 한 거고요."

"그래, 그랬던 거지."

자신도 무리를 하고 있었는지 모른다. 다만 여준석 요원은 위험에 노출된 현장 요원이었고, 자신은 본부에 남아 있었기 때문에 살아남은 건지도 모를 일이다. 음각되어 있는 별이 어쩐지 어둡게 보였다.

"결국 나도 여준석 요원도 샤론의 장미로는 가지 못하게 됐어. 참, 한창남 요원 알지?"

"알아요. 신도림역 폭발 사건 때도 근처에 있었고, 서울대 도서관에서는 TV에도 나왔었잖아요. 어깨동무 공장에는 자기 팀을 파견해 놓고는 자기만 살아남았고요."

"한창남 요원은 샤론의 장미로 가게 됐어."

"TV 화면에도 잡히고, 그렇게 사고를 쳤는데도요?"

"운이 좋다나, 뭐라나. 다 그런 거지, 뭐. 다음 주면 무궁화 정보부에 대한 이야기가 공식적으로 발표될 거야."

"그런데 무궁화 정보부를 왜 샤론의 장미라고 한 거죠?"

뒤에서 듣고 있던 박다은이 호기심 어린 눈초리를 하고서 물었다.

"성경에 나오거든. 샤론의 장미라고. 우리나라 어떤 성서학자들은 그 샤론의 장미를 무궁화라고 번역해. 우리 대통령님이 그 성서학자 쪽 계열이라 사람들이 무궁화 정보부를 샤론의 장미라고 부른 거야."

"그런데 그렇게 다 말해 줘도 되는 건가요? 그거 들으면 죽어야 하는 거 아닌가?"

박다은 옆에 서 있던 강석규가 웃는 얼굴로 농담을 했다.

"내가 아는 어떤 사람이 그랬어. 스파이가 고백할 때는 상대를 죽일 생각이거나, 아니면 말해도 아무 상관없을 때뿐이라고."

김수동이 말했다.

"죽을 걱정은 하지 마. 다음 주에 공식 발표가 있다니까. 이제는 말해도 아무 상관없어."

판진아는 김수동을 슬쩍 한 번 살펴보았다. 뭔가 떠오르는 게 있는지 김수동의 얼굴에 잠깐 그늘이 스쳐 가는 것 같았다. 하지만 판진아는 김수동이 자신을 놀리고 있는 게 분명하다고 확신했다.

"내 특기가 정보 분석이야. 사소한 사실도 기억하고 있다가 교차 분석해 낼 수가 있지. 그런데 어떻게 김수동, 네 큰아버지가 국가정보부 요원이었다는 걸 모를 수가 있었는지 모르겠어."

"그야 큰아버지께서 워낙 잘 숨기셨으니까 그렇죠. 당신 기록 깨끗하게 다 지우고 은퇴하셨으니까요."

"그래. 거기다가 황태산이 남긴 자료들도 복구해 내셨지. 그 덕에 샤론의 장미에 고문으로 참여하게 되셨어. 잘된 일이지. 평생 이 일을 하신 분인데."

김철수의 복귀. 이것이 황태산이 남긴 마지막 선물이었다. 10년을

쉰 김철수였지만 감각은 여전히 살아 있었다. 이름뿐인데다가 보수도 형편없는 공기업 간부 자리보다 왕성하게 활동할 수 있는 무궁화 정보부 고문 자리가 김철수에게 더 어울리는 건 당연한 일이었다.

"이제 밥 먹으러 가자. 내가 쏠게."

"구내식당 밥 식권으로 쏠 거면서."

박다은이 이죽거렸지만 별로 진심이 느껴지는 투는 아니었다.

"참, 궁금한 게 있었는데요, 수선화 시신은 어떻게 됐어요?"

구내식당 쪽으로 걸음을 옮기는데 김수동이 물었다.

"북에서 시신을 안 받아 줬으니까 적군묘지에 묻혔지."

"적군묘지요?"

"응, 그래. 북에서 받아 주지 않는 시신이 가는 곳. 사살된 남파 간첩들은 거기에 묻혀."

그러고 보니 그곳의 무명인 묘비나 이곳의 이름 없는 별이나 마찬가지가 아닐까 싶었다. 하지만 무슨 상관이 있으랴 싶었다. 어차피 죽으면 아무것도 할 수 없다는 점은 마찬가지일 것이다.

"식사 전에 밥맛 나는 이야기나 좀 하자. 젓가락닷컴 말이야, 거기 아주 엉망이더라고. 조폭들이 돈세탁하느라고 아주 재무 상태를 엉망진창으로 만들었던 모양이야. 담보에 채권까지 아주 골치 아프게 됐더라고. 거기 정리하느라고 2과 국내 조폭팀에서 아주 힘들었다고 들었어."

구내식당 앞에서 판진아가 말했다. 세 사람의 시선이 모두 판진아에게 모아졌다.

"그런데 조금 전에 2과에서 연락이 왔는데 말이지, 거기를 우리가 접수하기로 했다나 봐."

"조폭 회사를 국가정보부가요?"

강석규가 물었다.

"통상 정보부에서는 자금을 운용하기 위해서 유령회사를 운영하거든. 젓가락닷컴을 정리하고 나니까 유령회사로 쓰기 좋을 거 같다고 판단한 모양이야. 2과에서 애쓴 게 아까워서 그런 건지도 모르겠고. 아무튼 너희들 앞으로 거기서 일하지 않을래?"

"지금 당장 대답해야 하나요?"

김수동이 인상을 찌푸렸다.

"응. 나는 말해도 아무 상관없다고 생각했는데, 거절하겠다면 죽어 줘야지, 뭐. 안 그래?"

"전 좋아요!"

박다은이 손을 번쩍 치켜들면서 말했다.

"안 그래도 다시 쇼핑몰을 운영하려고 생각하고 있었거든요. 모델도 정해 뒀고요."

박다은이 김수동의 옆구리를 쿡 찌르며 말했다.

"난 안 해! 나, 분명히 말했다. 안 한다고."

김수동은 툴툴거리면서 얼른 구내식당 안으로 들어가 버렸다. 남은 세 사람은 김수동의 뒷모습을 보면서 킬킬거렸다.

그날 밤 판진아는 야근을 하면서 이미 석방된 차우차우의 파일을 살펴보았다.

결론은 이미 오래전에 났다. 차우차우는 황태산이 뿌린 이중 스파이였다. 차우차우가 북에 불리한 정보를 준 것도 이제와 생각해 보면 당연한 일이었다. 애초에 거기에 넘어간 자신이 바보였던 것이다.

차우차우는 조사를 받기는 했지만 곧 석방되었다. 황태산의 지시를 받아 국가정보부 요원의 차를 미행한 것만 가지고서는 간첩죄를 적용시킬 수가 없었다. 억지로 꿰어 맞출 수도 있었겠지만 차우차우의 국적이 문제가 되었다. 중국인인 차우차우를 억지로 북과 연결시켜 사법처리했다가는 외교 문제가 될 수도 있었다. 황태산을 도운 다른 중국인들도 마찬가지였다. 외교 문제도 외교 문제였지만, 대부분 중국에서 이미 이중, 삼중으로 신분을 세탁한 자들이다 보니 중국 사법 당국에 넘긴다는 것도 큰 의미가 없는 일이었다.

결국 판진아는 이용만 당한 꼴이 되었다. 게다가 차우차우가 판진아로부터 정보를 얻어 황태산 쪽에 전해 준 정황도 포착되었다. 사건의 진상 조사를 맡은 판진아는 고민을 하지 않을 수 없었다.

차우차우가 과연 어떻게 정보를 빼 갔는지를 엄중하게 조사할 것이냐, 아니면 그냥 묻어 둘 것이냐.

사실 판진아는 김수동을 신문하는 과정에서 차우차우가 쓴 수법을 알 수 있었다. 차우차우와 연락했던 개인 핸드폰이 문제였다.

언제 바뀐 건지는 알 수 없었지만 자신의 핸드폰은 마이크로칩 형태의 도청 장치가 심겨져 있는 폰으로 바꿔치기 되어 있었다. 같은 모델의 핸드폰이 완벽하게 복제가 되어 있어서 전혀 눈치를 채지 못했던 것이다. 아마도 차우차우를 직접 만났을 때, 자신이 부주의한 틈을 타서 바꾼 것이리라. 아무튼 이 도청 장치 덕분에 판진아가 개인 핸드폰을 들고 있는 동안 말한 사실은 고스란히 황태산의 귀로 들어갈 수 있었다.

핸드폰의 도청 장치는 바로 회수했지만 그렇다고 문제가 끝난 건 아니었다. 만약 이 사실이 알려진다면 샤론의 장미는커녕 당장 정보부에서 쫓겨나는 것은 물론이고 구속까지도 될 수 있는 상황이었다.

판진아는 사건이 일단락된 직후 차우차우를 잡아들인 다음 신문을 하면서도 이 문제를 건드리지 않기 위해서 교묘하게 질문을 피해 가야만 했다.

차우차우는 중국으로 돌아갔다. 혹시 언젠가 수동이 이 문제에 대해서 묻는다면 어떻게 해야 할까 하는 의문이 들었다.

"죽여야 하나?"

판진아는 이렇게 중얼거리곤 싱겁게 피식 웃었다. 어찌 되었건 비밀이 하나 생겼다고 볼 수 있었다. 이 비밀은 오랫동안 간직하게 될 것이다. 적어도 누가 들어도 상관이 없을 때까지는.

『킬러에게 키스를』 끝

작가 후기

꿈을 꾸었다.

서울과 매우 비슷한 도시에서 국가정보원과 아주 흡사한 국가정보부 요원들이 등장하는 꿈이다. 김수동이라는 한 청년이 등장하고 황민주라는 여성이, 또 황태산이라는 간첩이 등장한다. 이들은 내 꿈속에서 생생하게 살아 숨 쉬며 나에게 말을 걸었다. 그들의 목소리를, 그들의 꿈을 담아내기 위한 노력이 내가 『킬러에게 키스를』을 쓴 과정이라고 보면 될 것이다.

꿈이 있었다.

아마 중학생 때부터 그랬던 것 같다. 이야기를 지어내는 걸 좋아했고, 그 이야기를 글로 쓰는 걸 좋아했다. 그래서 소설가가 되고 싶다고 생각했다. 좋아하는 일을 업으로 삼아 살고 싶었다. 나는 소설가가 되고 싶다는 꿈을 이루기 위해 문예창작학과로 진학했다.

소설가가 되었다.

1998년도에 장편소설로 데뷔했고, 그 뒤로 지금까지 계속 소설을 써 왔다. 내가 꿈꾸었던 소설가와는 꽤 거리가 있다고 느끼기는 하지만, 아무튼 소설가가 되기는 했다. 10년 넘게 이 일을 하고 있으니 나름 대로 자부심도 있다.

존경하는 선배 작가가 언젠가 나에게 이런 말을 해 준 적이 있다.

'네가 10년을 버텼으니 10년을 버텼다는 자부심을 보상으로 얻게 되었구나. 앞으로 10년을 더 버티면 20년을 버텼다는 자부심을 보상으로 얻게 될 것이다.'

딱 이 정도의 자부심이다.

소설가가 된 이후 계속해서 새로운 장르에 도전하고 있다.

1998년도에 쓴 소설은 『탑그루』라는 판타지였다. 열두 권짜리 장편이었고, 아직도 기억하는 사람이 꽤 있는 소설이다. 나를 소설가로 만들어 준 소설이기도 하다.

이후에 시공사에서 네 권짜리 SF『하이어드』를 써냈다. 내 소설 중에서 처음으로 재간된 소설이다.

2006년에는 팩션 『정약용 살인사건』을 썼다. 팩션이라는 개념이 그리 흔하지 않은 시절이었다.

2007년에 출간된 『대무신왕기』는 고구려를 배경으로 한 역사소설이다. 자료가 적어서 어려움이 있었다. 반면 오히려 상상력이 개입할 수 있는 여지가 컸기 덕분에 즐겁게 당시를 꿈꾸며 소설을 쓸 수 있었다.

『킬러에게 키스를』은 역사적 사건을 배경으로 한 스릴러이다. 굳이 장르 이름을 붙여서 '팩션스릴러'라고 부르고 싶은데, 아마 그렇게 불러 줄 사람은 없으리라. 역사적인 사건도 등장하고 팩션적인 요소도 있다. 내가 써 온 소설의 장점이라고 할 수 있는 요소들을 나름대로 버무린 비빔밥이라고 봐 주면 좋겠다.

이렇게 늘어놓고 보니 지난 10여 년간 꽤나 다양한 장르의 소설을 써 왔다고 볼 수 있을 것 같다.

꿈을 꾸고 있다.

소설가로 계속해서 먹고살고 싶다는 꿈이다. 그러기 위해서는 조금이라도 덜 부끄럽고, 조금이라도 더 재미있는 소설을 써야 하리라. 그래서 나는 여전히 꿈을 꾼다. 내가 좋아하고, 내가 잘한다고 생각하는 일을 하며 살아간다는 꿈이다.

내가 꿈꾼 이야기가, 나의 꿈이 이 소설에 녹아 당신에게 전해질 수 있다면 더 바랄 것이 없겠다.

아, 그리고 혹시 몰라서 덧붙이는데, 1971년 8월 23일은 월요일이었다.

2011년 1월
김상현

368